등대지기

조창인 장편소설

7월10여
한의.

밝은세상

등대지기

지은이 | 조 창 인
펴낸이 | 김 석 원
펴낸곳 | 도서출판 밝은세상
초판   1쇄 발행일 | 2001년 8월 31일
초판 88쇄 발행일 | 2004년 2월 7 일
주   소 | (413-832) 경기도 파주시 교하읍 문발리
파주출판문화정보산업단지 509-3
전   화 | 031-955-8101
팩   스 | 031-955-8110
인터넷 홈페이지 | www.baleun.co.kr
전자우편 | wsesang@korea.com
출판등록 | ·1990. 10. 5(제10-427호)
ⓒ조창인, 2001, Printed in Korea

값 8,000원

ISBN 89 -8437 -011 -8   03810

등대지기

등대지기가 존재하는 이유는 오직 등댓불을 밝히기 위해서다.
내일 당장 죽음이 찾아와도 나에겐 여전히 오늘이 남아 있고,
오늘의 몫으로 등대를 사랑하는 거다.

차례

제1장 갈매기

1.

구명도는 머나먼 섬이다.

남도의 항구 도시인 영산에서 꼬박 3시간 난바다를 헤쳐 나가야 그 곳에 닿을 수 있다. 그러나 뭍과 구명도를 잇는 뱃길은 따로 없다. 이 틀에 한 차례 운항하는 여객선은 15해리 밖 차물도에서 회항하고 만 다. 멀기도 하려니와 여객선을 이용할 만한 주민이 없다는 뜻이다. 그 렇다고 무인도로 단정해선 안된다.

머나먼 섬 구명도에는 네 명의 사내들이 살고 있고, 재우 역시 그 중의 하나이다.

재우는 해양수산청 산하 항로표지과 기능직 공무원이다. 간단히 말해 등대를 삶의 터전으로 삼으며, 등대를 지키며, 등대에 불을 밝히는 등대원이다.

등대지기.

사람들은 흔히 그리 부른다. 하지만 동료들은 그런 식으로 호명되는 게 영 못마땅한 기색이다. 문지기니 산지기니 청지기니 하는, 예로부터 '지기'라는 의미가 갖고 있는 직업적 천시 때문이겠지. 재우야 어떤 식이든 별다른 유감은 없다.

"왜 하필이면 등대지기가 될 생각을 했니?"

이렇게 물었던 여자가 있다. 마악 등대에 발을 들여놓았을 즈음이었다.

재우는 아무런 답도 건네지 못했다.

하많은 이유들이 자신을 등대까지 보낸 듯했다. 하지만 그걸 딱히 가려내 대답할 자신이 없었다. 분명한 건, 단 한 번도 등대지기가 되길 소망하지 않았다. 먼발치에서 등대를 바라본 기억조차 없음에도 외딴섬의 등대지기가 되었다.

8년이 흘렀다.

그 세월이 사무치도록 길었는지, 한바탕 꿈인 양 속절없었는지 모르겠다. 시간은 물리적 잣대일 뿐 마음의 흐름까지 잴 수는 없는 법이다. 어쨌든 세월은 흘러갔으며 재우도 제법 이력이 붙은 등대지기가 되었다.

그녀가 똑같은 질문을 다시 던진대도, 그러나 여전히 대꾸할 말이 없다. 아직도 하많은 이유들이 남아 있기 때문은 아니다. 8년의 세월은 어느덧 그 모든 이유들을 마모시켰고 걷어냈으며, 종내 아무런 흔적조차 남기지 않은 느낌이다.

다만 재우는 이런 생각을 하고 있다.

우리네 삶이란 어느 길을 가려 걷든 뭐 그리 유별날까. 어떠한 삶이든 기쁨과 애달픔과 안타까움과 간절함 따위가 뒤섞인 채로 존재하리라. 때로는 넘어져 무릎이 깨지기도 하고, 때론 골짜기를 빠져나가는 계곡의 물처럼 거침없이 흘러가기도 하는 것이 바로 인생일 테지. 또 삶이란 어떻게 살아가야겠다는 각오와 맹세에서 얼마나 자주, 얼마나 멀리 비켜나는가. 그러면서 결국 어찌어찌 살아지는 것이 아닐까.

* * *

망망한 바다 위에 떠 있는 외딴섬.

언덕 위에 하얀 등대.

영산 지방 해양수산청 구명도 항로표지관리소.

거기에 재우가 살고 있다.

하루에도 수십 차례 악수를 나눠야 하는 여느 세상 속의 삶은 분명 아니다. 어깨를 부대끼며 걸을 필요도 없고, 소리쳐 누군가를 부를 까닭도 없으며, 사람을 가려 사귀어야 할 이유는 더더구나 없다.

재우는 어느 순간부터 세상과의 거리를 애달퍼하지 않기로 했다. 슬픔이란 언덕 저 위에서 굴러 내려오는 눈덩이 같은 것이다. 품고 있을수록 스스로 덩치를 부풀리는 그런 것. 하지만 결심하고 각오한다

해도 이따금씩 슬픔은 수평선에서 피어오르는 뭉게구름 같다. 그때마다 재우는 홀로 생각하곤 한다.

세상과의 거리를 인정할 때 비로소 등대지기가 될 수 있다. 등대지기는 너무 많은 걸 가슴에 담아둬선 아니 된다. 너무 멀리 바라보지도 않는다.

8년째 키우고 있는 해피라는 이름의 개가 있다. 1년의 절반을 곁에 머물러주는 갈매기들이 있고, 해마다 잎새를 더하는 풍란이 있다. 24시간 지켜봐야 하는 등대가 있고, 잠들 수 있는 관사가 있고, 서로의 안부 따위를 묻지 않아도 속내까지 훤히 들여다볼 수 있는 동료들이 있으며, 그리움으로 떠올릴 사람이 있다.

그럼 된 거 아닌가.

구명도라는 말만 들어도 눈물이 난다는 사람을 재우는 알고 있다. 그 사람은 등대원으로 3년 동안 구명도에 머물렀고, 뭍으로 나가 주방용품을 생산하는 중소기업체 사장이 되었다. 그는 구명도의 혹독했던 생활이 자신의 오늘을 가능케 하였노라고 고백했다.

'등대지기는 울지 않는다. 행여 울고 싶거든 갯바위에 부딪혀 울부짖는 파도를 바라보라. 그러면 된 거고, 그게 등대지기의 삶이다.'

구명도에서 보낸 첫해, 등대장 정필곤 소장에게서 들은 말이었다.

어찌 갯바위에 제 살을 부수며 통곡하는 파도뿐이랴. 구명도 도처에는 울음이 흘러넘쳐서 구태여 등대지기가 또다른 울음을 보탤 까닭이 없다. 동백나무숲으로 들어가 흐느끼는 해풍, 짝을 잃은 갈매기의 구슬픈 노래, 안개 속에 울려퍼지는 무적의 깊고 처연한 떨림…….

구명도를 떠올리는 것만으로도 왈칵 눈물이 솟아날 날들이 있을까. 모르겠다. 중요한 것은 재우 자신이 울어선 안되는 등대지기며, 당장 만나는 세상의 전부가 외딴섬 구명도라는 것이다.

3천5백 평의 구명도.

한껏 게으름을 부리며 구불구불 돌아 걸어도 10분이면 일주할 수 있는 거리. 재우가 살아가는 공간의 전부이다.

3천5백 평이 어느 때는 0.75평 독방에서 징역을 사는 무기수인 양 턱없이 비좁게도 느껴지지만, 돌려 생각하면 지구에서 은하계 끝자리까지의 거리만큼이나 아득하다. 시속 7백 킬로미터로 비행하는 제비갈매기의 날갯짓도 광막한 우주에서는 한 점에 불과하다. 하루 종일 배밀이를 해도 몇십 미터 이동에 불과한 민달팽이의 여로에도 세상의 모든 것이 담겨 있을 것이다.

그러니까 모두 마음먹기 나름이다.

마음먹기 나름.

8년의 등대 생활을 통해 재우가 알아낸 가장 확실하고도 분명한 사실이다. 무엇에 더 욕심을 부릴 텐가. 어느 것에 과도히 연연해 할 참인가. 등대를 바라보며 자족하는 법을 배워온 거라고, 재우는 믿고 있다.

2.

"쉬엄쉬엄 하게나."

간밤 흩뿌린 빗방울에 더럽혀진 등탑의 유리창을 닦고 있던 재우는 소리를 좇아 고개를 돌렸다. 등탑 아래, 정 소장이 두 손에 종이컵을 나눠 든 채 서 있었다.

재우는 걸레를 물통에 던져넣고 스물여덟 칸의 철제 사다리와 백아흔아홉 개의 나선형 계단을 밟으며 등탑을 내려갔다.

"철용이한테 시키면 될 일을 자네가 왜 직접 나섰는가?"

"아무나 하면 어때요."

등탑의 청소는 등대원 중 서열이 낮은 자의 몫이며 관례다. 지난해 등대에 발을 들여놓은 송철용이 막내인 셈이다.

송철용은 대학을 졸업하고 7급 공무원 시험에 몇 차례 떨어진 후 9급인 등대원이 되었다. 그렇다고 마음마저 7급에서 멀어진 것은 아니다. 등대원은 하나의 과정일 뿐이라고, 어느 날 술자리에서 고백했다. 여전히 7급 시험을 준비하고 있었다.

"구명도가 무슨 고시원이라도 되나. 저런 썩어빠진 정신으로 등대를 지키겠다니……."

6년 경력의 이길성은 송철용을 노골적으로 비난했고, 지나치다 싶을 정도로 많은 잔무를 떠넘겼다. 그러나 기회가 주어진다면 언제든 떠날 태세인 건 이길성 역시 마찬가지였다.

재우는 송철용을 탓하고 싶지 않았다. 9급이든 7급이든, 꿈을 갖고 있다는 사실만으로도 존중받아야 마땅하리라. 비난받아야 할 것은 꿈도, 현실에 대한 수긍도 없는 상태가 아닐까.

정 소장이 종이컵을 건네며 입을 열었다.

"자네가 매사 그런 식이니까 새까만 후배가 만만하게 보는 걸세."

"새까만 후배 커피 심부름이나 하는 소장님도 별다르진 않습니다."

서열로 따지자면 정 소장 다음의 위치가 재우인 셈이다. 그러나 서열이니 관례니 하는 것에 얽매이고 싶지 않았다. 딱히 후배의 입장을 고려해서도 아니었다.

재우는 자신이 결코 관대한 사람이 아니라는 사실을 알고 있다. 원만한 대인관계에도 영 소질이 없다. 다만 서열 따위에 연연하다 보면 구명도는 한층 더 좁아지고, 스스로 역시 치사하고 처량한 존재가 되어버린 듯한 느낌이 싫기 때문이다.

"자네가 몸 바쳐 일해도 아무도 알아주지 않아."

정 소장이 등탑 입구의 맨바닥에 풀썩 주저앉았다. 재우는 정 소장의 맞은편 바위에 자리를 정했다.

"소장님께서 알아주지 않습니까?"

"나야 어차피 떠날 사람이 아닌가."

말해놓고, 정 소장은 허리를 굽혀 발치에 함부로 자란 잡초들을 뽑아내기 시작했다. 등탑 주변은 언제나 새로 손질한 겉옷처럼 말끔해야 된다고 믿는 정 소장이었다.

주름이 깊게 패인 정 소장의 목덜미를 바라보고 있노라니 재우는 가슴이 뭉클해졌다.

등대에 막 발을 들여놓았을 때도 저러했다. 그보다 더 머나먼 세월을 거슬러 올라가도 정 소장은 매양 저 모습으로 등대를 가슴에 보듬고 살았으리라. 비바람이 몰아치거나 혹한이거나 폭염의 일기거나,

그리운 여인에게 손을 내밀 듯, 어린 자식을 어루만지듯 등대 곁을 떠나지 못했을 것이다.

정 소장이 고개를 들어 등탑에 시선을 던졌다.

"요즘 부쩍 생각한다네. 스무 살이 갓 넘어 시작한 등대살이가 줄창 그리워하다 끝이 난 거라고. 뭍을 그리워하다, 사람을 그리워하다, 스쳐지날 뿐인 배들을 그리워하다, 그렇게 종을 친 거라고."

재우도 정 소장을 좇아 등탑을 바라보았다.

"이젠 뭘 더 그리워해야 할지 모르겠네. 그게 참 난감해."

그게 참 난감해······.

퇴임을 앞두고 있는 정 소장이었다. 등대가 이 땅에 생긴 이후 최장기 근무 기록이라는 42년의 외길 인생. 그 기나긴 세월 동안 애오라지 등대를 지키며 살아온 뒤 속절없이 난감해 하고 있었다.

"오늘로 꼭 일주일이 남았어요"

"그렇군. 구명도와의 질긴 인연도, 허허, 이제 끝인가······."

영산 해양수산청 산하에 세 개의 유인등대가 있다.

장기포, 소리도, 구명도.

장기포는 뭍에 있고, 주민 5백여 명이 거주하는 소리도는 외부와의 소통이 원활한 편이다. 구명도만이 외딴섬이다. 항로표지과 소속 열두 명의 등대원 대부분이 구명도 근무를 기피하고 있다. 아득한 거리도 문제지만 3개월 동안 완벽하게 바깥 세상과 차단된 채 지내야 하기 때문이다.

가족이 딸린 기혼자의 경우 구명도 근무는 곤혹스러운 노릇이었다. 항로표지과에서도 구명도 발령은 미혼자 우선 발령의 원칙을 세워놓고 있었다.

2년 주기의 순환 근무였다. 하지만 정 소장도 재우도 구명도 근무를 자원해왔다. 딱히 뭍에 인연이 없는 재우로선 그렇다 치더라도, 구명도가 자신의 유일한 가족을 데려갔음에도 정 소장은 고집을 부려온 셈이었다.

* * *

정 소장이 품에서 담배를 꺼내며 물었다.

"자넨 이 생활이 몇 년째지?"

대답을 기대한 물음이 아니었다. 굳이 애쓰지 않아도 서로에 대해 숨기고 가릴 것이 없는 처지였다.

"자네가 처음 구명도에 왔을 때가 생각나는군. 희멀건한 얼굴에 양복까지 척 차려입고 부두에 내린 자네를 보고 무슨 생각을 했는지 아나? 기껏해야 석 달이라고, 그 이상은 절대 못 배겨낼 거라고 장담했다네."

등대가 재우의 첫 직장은 아니었다. 방위산업체에서 군복무를 대신해 선반공으로 일하며 수년을 보낸 뒤였다.

등대원이 사무실에 앉아서 서류나 뒤적거리진 않을 테지만 적어도 첫 출근은 양복 차림이 마땅하다고 생각했다. 낙도라고 해도 명색이 공무원이지 않은가. 구명도에 도착해서야 재우는 자신이 얼마나 우스짱스러운 몰골인지 알았다. 재우를 맞이한 등대원들은 땀에 절은 작업복이거나 헐렁한 운동복을 입고 있었다.

그만큼 등대에 대해 무지한 재우였다. 등대가 자신의 삶을 어떻게 바꿔놓을지도 모른 채 무작정 뛰어든 거였다.

"석 달 근무하고 휴가 나갈 때 끝이라고 생각했다네. 자네는 말 붙이기도 겁날 정도로 얼굴을 찌푸리고 있었으니까. 그런데 한 달 후에 다시 돌아오더군. 그래서 또 생각했지. 잘하면 반 년쯤은 더 버틸지 모르겠다고. 그게 벌써 팔 년이라니……자네도 참 어지간한 친구야."

처음, 재우의 머릿속에는 오직 한 가지 생각밖에 없었다.

등대지기는 나한테 어울리지 않아. 그만 때려치우자. 여긴 사람이 살 만한 곳이 아니다.

재우에게 주어진 일은 기술직이라는 말이 민망할 정도로 단순 노동에 가까웠다. 사람들을 피해 들어온 외딴섬의 고요함도 오히려 재우를 옥죄는 그리움의 올가미에 불과했다. 하루에도 수차례 몸바꿈을 시도하는 바다도 진력나는 풍경일 뿐이었다. 걸핏하면 머리 위에 배설물을 뿌려대는 갈매기들도 불길하고 고약한 저주처럼 느껴졌다.

당치도 않은 일을 직업으로 택했고, 몹쓸 곳에 유배되어 있다는 생각을 떨쳐낼 수 없었다. 석 달 내내 그랬다.

아마 실어다 줄 배만 있었다면 일주일도 버티지 못했으리라. 당장 구명도를 벗어날 방법이 없었다. 뭍으로 나가는 즉시 사표를 내던지리라 작심을 하며 방광에 차오른 오줌을 참아내듯 도리 없이 석 달을 견뎠다.

그러나 뭍에 발을 내딛는 순간부터 구명도가, 칠흑의 바다를 비추던 등대의 불빛이 재우의 머릿속에서 떠나지 않았다.

기이한 노릇이었다. 해가 저물면 등댓불부터 밝혀야 한다는 생각에 마음이 분주해졌다. 자주 뭍의 밤하늘을 올려다보며 구명도 등댓불의 유연한 궤적을 떠올리곤 했다. 안개라도 잡힌 날이면 등댓불 대신 길잡이 역할을 하는 무적이 귓가에 저절로 울려퍼졌다. 어느덧 재우는 등대에 길들어져 있었던 셈이다.

머릿속에 들어와 박힌 등대의 잔상과 싸우면서, 한편으로는 자신을 외딴섬으로 내몰았던 세상과 화해를 시도했다. 그렇게 한 달을 지낸 후 백기를 든 병사처럼 재우는 구명도에 투항했다.

정 소장이 두번째 담배를 물었다.

"등대원은 말일세, 청춘을 몽땅 묻어버리기엔 덧없는 일이야. 다른 일을 찾아보게나. 뭍에 나가서 리어카를 끌어도 등대원보다는 나을걸세."

"언제는 저더러 타고난 등대지기라고 하시더니 그만두라니요, 섭섭합니다."

"타고난 등대지기라……그런 말을 한 적이 있었던가. 사실이라면, 자네 부려먹을 욕심이었을 걸세."

정 소장은 소리내어 웃더니 정색을 하고 덧붙였다.

"등대지기는 나처럼 재주 없고 앞뒤 꽉 막힌 사람이나 하는 일이라네. 자네에겐 어울리지 않아. 자넨 아직 젊어. 어디를 가든 지금 같은 열심만 있다면 환영을 받을 걸세.

정 소장은 과묵한 사람이다. 좀처럼 속내를 드러내는 법이 없었다. 게다가 융통성이라곤 손톱만치도 없는 고리타분한 성격 탓에 동료들 사이에선 은연중 따돌림의 대상이기까지 했다.

한 사람을 제대로 알기까지는 만만치 않은 세월이 필요한 법이다. 어느 순간부터 재우는 정 소장을 가슴 깊이 받아들였고, 정 소장에게서 한번도 받아보지 못한 부정의 따스함마저 엿보곤 했다.

아버지.

스스로 세상을 버린 분이었다. 두메산골 농사꾼이었던 아버지는 특용작물 재배의 실패로 빚더미에 올라앉은 순간 제초제 한 병을 삼켜버렸다고 한다. 그리고 꼭 석 달 열흘 만에 재우가 태어났다.

정 소장이 길게 한숨을 토하며 덧붙였다.

"좀더 나이 먹고선 발버둥쳐도 벗어날 수 없는 게 등대일세."

외딴섬에서, 누구도 기억해주지 않는 등대지기로 평생을 살아야 할 재우의 장래를 염려하고 있었다. 하지만 정 소장이 차마 입 밖에 내지 못하고 있는 말을 재우는 넉넉히 들을 수 있었다.

자네만이라도 남아야 하네. 다들 등대를 버리고 떠나도 자네만은 남아주길 바라네.

"타고난 등대지기로서 소장님의 최장기 근무 기록에 도전해볼 참입니다."

재우는 웃고는 자리에서 일어섰다. 채 닦지 못한 등탑의 유리창이 자꾸만 마음에 걸렸다.

'등대지기가 존재하는 이유는 오직 등댓불을 밝히기 위해서다. 더

멀리, 더 환한 빛을 뿌리기 위해서 등탑 유리창에 티끌 한 점 남겨둬
서는 안된다.'

정 소장은 그렇게 가르쳐왔고, 재우는 착한 학생처럼 배운 대로 실
천했다. 그 말이 반드시 옳았기 때문은 아니다. 등명기에서 쏟아대는
20만 룩스의 광도에 유리창의 먼지쯤 문제 될 것이 없었다. 그러나 재
우는 티끌 한 점을 닦아내기 위해 곡예에 가까운 창 닦기에 매달렸다.

나는 등대지기다. 등대지기는 등대를 사랑할 수밖에 없는 운명이
다. 등대를 부정한다는 것은 내 자신을 송두리째 부정하는 꼴이다.

재우는 일부러라도 그리 생각해왔다. 정 소장도 다르지 않겠지. 그
러므로 정 소장의 후회 섞인 말들은 오랜 세월 등대를 사랑해온 뒤 잠
시 느끼는 허탈감 같은 것으로 이해하고 싶었다.

정 소장의 손에서 흉하게 일그러져 있는 종이컵을 받아들며 재우
는 말했다.

"퇴직하시더라도 자주 오십시오, 소장님."

"악담을 하게나. 이젠 지겹네. 마흔두 해 동안 꼼짝 못하고 등대에
묶여 지냈네. 마흔두 해라……지겨울 만도 하지 않은가. 팔도 유람이
나 해야지. 지치면 아무 데나 쉬고 기운 차려 또 떠나면서, 헐렁헐렁
살 걸세."

재우는 빙긋이 웃었다.

그러십시오. 당신은 그래도 됩니다. 당신에게는 충분히 그럴 자격
이 있답니다.

막 등탑으로 오르는 계단에 발을 내딛었을 때, 정 소장의 목소리가

들려왔다.

"이런 정신 좀 보게나. 어서 내려가 보게."

돌아서는 재우에게 정 소장이 덧붙였다.

"자네를 찾는 전화가 왔었네."

"전화요?"

재우는 되묻지 않을 수 없었다. 묻고 나서 이내 벌거벗은 채 인파 속으로 뛰어든 듯한 낭패감에 빠져들었다.

전화는 구명도와 뭍을 잇는 유일한 연락 수단이다. 동료들은 전화를 통해 가족의 안부를 묻고, 친구의 소식을 전해 들으면서 자신이 세상의 한 구성원임을 확인한다. 어느 때는 이곳의 생활이 등대를 중심으로 이뤄지는 것이 아니라 전화가 그 구심점인 듯한 착각마저 일게 한다. 편지를 많이 받을수록 잘 나가는 병사로 여겨지는 군대처럼, 통화 횟수가 한 개인의 사회적 위치와 능력의 기준이라도 되는 양…….

그러나 애석하게도 구명도의 전화는 좀처럼 울리지 않는다. 어쩌다 걸려오는 전화라고 해봤자 본청의 지시사항이기 일쑤였다.

한 통의 사적인 전화라도 받은 날이면, 아무리 고달픈 시간을 보냈어도 성공한 하루가 되는 셈이다. 세상의 그 누군가에게 기억되어 있는 존재라는 사실만으로도 구명도에서는 충분히 흥분할 일이다.

"자네한테 전화가 다 오고, 하여간 별일일세. 혹시 숨겨둔 애인이 있었던 거 아닌가? 아니면 언젠가 한번 왔었던 그 아가씨인가?"

그 아가씨…….

재우는 심장을 꺼내 얼음 덩어리에 올려놓은 듯 어깨를 떨었다.

정 소장이 재우의 얼굴을 유심히 쳐다보더니 말을 이었다.

"철용이 말로는 한 시간쯤 후에 다시 걸겠노라고 했다니 지금 내려가면 될 걸세."

3.

전화벨은 좀처럼 울리지 않았다.

시간은 깊은 물 속에 잠긴 양 더디게 흘러갔다. 세상의 모든 시계들이 달리의 그림처럼 축 늘어져 나뭇가지에 걸려 있는 듯했다.

진난희.

연락처를 알고 있는 사람은 난희밖에 없고, 등대 밖에서 연락을 취해오는 유일한 사람이다. 한 달에 한 번꼴로 소식을 물어오던 난희였다. 하지만 마지막 전화가 왔던 게 언제였더라. 기억조차 아득하다. 이태 전 봄, 구명도에서 나흘을 머물다 떠난 직후의 전화가 끝이었다.

─ 나도 너처럼 살 수 있을까. 너처럼 살 수 있다는 확신이 들면 연락하겠어.

난희는 긴 한숨을 여운처럼 남기고 전화를 끊었다. 그리고 마치 세상에 존재하지 않는 양 침묵하고 있었다. 침묵이 당연하다는 생각마저 들었다. 확신으로 살아지는 삶이 아니었다.

삶은 미명의 안개 속에서 낯선 길을 찾아나선 것과 같다. 가보는 것이다. 뚜벅뚜벅, 저 미지의 땅으로 혼돈과 불안을 누르며 가보는 것이다. 산을 만나면 넘어서고, 물이 가로막으면 건너고, 막다른 길과 마주치면 이제껏 걸어왔던 그 길이 바로 되짚어 가야 하는 길이다. 삶의 노정에는 어떠한 확신도 존재하지 않는다.

재우는 사무실에 앉아서 전화를 기다렸다. 조바심 내지 말고, 무턱대고 기뻐하지 말고, 지나치게 반가운 기색도 드러내지 않은 채 차분하게 전화를 받을 작정이었다.

참고 견뎌야 하는 일에 익숙한 재우였다. 기다림에도 어지간히 단련되어 있었다. 그러므로 인내하며 기다렸다고 분개하거나 초조해할 까닭은 없었다. 2년이었다. 그 세월에 비하면 병정개미의 더듬이만도 못한 짧은 시간이 아닌가.

"두 시간이 지나도 감감무소식이네요. 하여간 시간에 묶여 사는 사람들이 약속 시간은 더 안 지키더라고요."

송철용이 위로인지 비아냥거림인지 분간하기 어려운 말을 중얼거렸다.

재우는 본청에서 보내온 한 달분의 신문을 뒤적이다 자리에서 일어났다. 맥없이 전화를 기다리고 있는 자신이 초라해져 견디기 힘들었다. 보고 또 봐서 너덜너덜해진 한 달 전의 신문처럼 말이다.

사무실을 나서자 해피가 커다란 꼬리를 설렁설렁 흔들며 다가왔다. 바닷가를 들쑤시고 다녔는지 북실북실한 털에서 툭툭 물기가 떨어졌다.

해피는 세인트버나드 종의 수캐다.

파란 몸통에 빨강 지붕을 한 개집과 함께 행정선 편으로 구명도에

왔다. 갓 어미 젖을 벗어난 형편이었지만 해피의 목걸이에는 구조견 답게 나무로 만든 위스키 통이 달려 있었다. 딱지처럼 접은 난희의 편지가 위스키 통에 들어 있었다.

해피라고 정했어.
흔하고 촌스럽지만, 그래도 꼭 해피라고 불러줘. 네가 해피를 부를 때마다 잠깐씩이라도 행복해졌으면 좋겠다는 생각이 들었거든. 그리고 행복은 소리쳐 부르는 사람만을 골라서 찾아가는 법이래.

해피!
난희의 말은 옳았다. 해피를 소리쳐 부를 때마다 재우는 난희를 떠올렸고, 얼마쯤은 행복한 재우였다.
해피는 재우의 등대 생활의 연륜만큼 산 셈이다. 10년 넘게 사는 개가 드물다고 했던가. 개의 평균 수명에 견준다면 이미 황혼의 시기에 접어든 셈이다.
며칠 전 해피는 왼쪽 송곳니 하나를 잃었다. 휑하니 비어버린 송곳니 자리를 볼 때마다 재우는 몹쓸 죄라도 짓고 있는 기분이었다. 주인을 잘못 만나 외딴섬에서 전 생애를 마감해야 하는 쓸쓸함을 해피는 알고 있을까. 개를 위한 치과가 있다면, 해피에게 하얗고 단단한 의치를 마련해주고 싶은 심정이다.
재우는 해피의 큼직한 콧잔등을 쓰다듬어주고는 등탑을 향해 걸음을 옮겼다.

등탑은 구명도의 가장 높은 곳에 자리하고 있다. 수면 높이 87미터, 등탑 자체 높이 34미터.

사무실에서 등탑까지 3백여 미터 바위와 동백나무가 어우러진 오솔길을 올라야 한다. 중간 지점부터 동백나무숲이 끝나고 완만한 구릉지가 서쪽 바다를 향해 흘러내린다.

오솔길을 벗어나 구릉지 한가운데로 가면 두 사람이 어깨를 잇대고 앉을 만한 벤치가 억새와 구절초 사이에 파묻혀 있다. 구명도의 유일한 벤치다.

"여기에 자그마한 벤치가 하나 있었으면 좋겠어. 상상해봐. 벤치에 앉아 커피를 마시면서 낙조를 바라보면 얼마나 근사하겠니?"

난희가 떠난 뒤 재우는 서둘러 벤치를 만들었다.

난희의 소원이었지만 벤치는 줄곧 재우만의 자리다. 커피를 마시면서 낙조를 바라보는 것도 재우만의 몫이다. 동료들은 좀처럼 오솔길을 벗어나 구릉지로 들어서는 일이 없고, 벤치에 앉아 바다를 바라보는 일 따위는 더더욱 하지 않는다.

바다는 구명도 어디에서든 보인다. 그러나 익숙한 것은 오히려 관심 밖으로 내몰리기 마련일까. 바다에 에둘려 지내며 정작 바다를 의식지 못한 채 살아가고 있고, 재우는 그게 억울하다는 생각이 들어 자주 벤치를 찾았다. 물론 그녀가 손톱 밑에 박힌 가시의 통증처럼 되살아나기도 했다.

재우는 벤치에 앉아 먼 바다를 고요히 바라볼 참이었다. 전화 때문에 분주해진 마음을 수평선 너머로 몰아내고 싶었다.

막 구릉지로 접어드는 순간 등뒤에서 소리가 들려왔다.

"유 선배! 왔어요, 왔어!"

송철용이 사무실 입구에서 손사래를 쳤다. 해피가 컹컹거리며 재우를 향해 꼬리를 흔들어댔다.

＊ ＊ ＊

재우는 잰걸음으로 사무실로 들어가 송철용에게서 수화기를 건네받았다.

"여보세요……."

대답이 없다.

"말씀하세요. 구명도 항로표지관리소 유재우입니다."

― 재우야!

뜻밖에도 남자의 목소리였다. 한순간 맥이 풀리는 기분이었고, 뒤따라 들려온 말에 뒤통수를 호되게 얻어맞은 듯했다.

― 형이다.

재우는 멀뚱히 선 채 사무실 천장에 매달린 형광등과 송철용을 번갈아 보았다.

그래, 나에게도 형이 있었지.

혼잣말을 삼키며 재우는 송철용에게 등을 보이고 돌아섰다. 울컥, 서러움이 밀려든 탓이었다.

― 재우야, 대답해라. 형 목소리도 아예 잊어버린 거냐?

재차 자신의 이름이 수화기 저편에서 들려오고 나서야 재우는 입을 열었다.

"오랜만이네."

— 네 연락처 알아내려고 얼마나 고생했는지 모른다. 도대체 이게 뭐냐? 이러고도 우리가 한핏줄을 나눈 형제라고 할 수 있겠니?

재우는 잠자코 검지손가락에 수화기의 선을 감았다 풀었다를 반복했다.

8년 동안 잠잠하다 뒤늦게 찾은 이유가 무엇일까. 형제의 인연을 끊자고 선언한 쪽은 형이었고, 재우는 그 선언대로 행했을 뿐이다. 그런데 왜 이제 와서 자신의 연락처를 알아내려 수고했단 말인가.

재우는 헛기침을 토해낸 후 물었다.

"잘 지냈어?"

— 나야 잘 지내고 있다만, 넌 도대체 어떻게 된 거냐? 거기가 어디고, 또 거기서 무엇을 하고 있어?

"여긴 섬이야."

— 섬이라고? 섬에는 뭐하러 가 있어?

"등대에서 일해."

— 등대에서……그럼 그 뭐냐, 등대지기란 말이야?

"맞아, 등대원."

— 할일이 없어서 사내자식이 등대지기를 해?

아직 여자 등대원은 없다. 그러므로 형의 말은 터무니없는 억지다. 재우는 형의 억지를 싹 무시해버리고 말했다.

"형은 잘 지내고 있나봐. 하나도 안 변했어."

형은 여전히 제멋대로군. 자신만이 정당하다는 그 억지는 세월이 가도 어쩔 수 없는 모양이지.

그러나 재우는 말을 삼키고 말았다.

형에게는 무조건 복종해야 한다고 배웠고, 그게 현명한 처사임을 어린 시절부터 몸으로 알아버린 재우였다. 화난 형에게 말대답을 하거나 비난한다는 것은, 섶을 지고 불 속으로 뛰어드는 꼴이었다. 형이 화가 났을 때는 침묵을 택하거나 아예 형의 눈 밖으로 줄행랑을 치는 게 최선이었다. 재우가 형보다 머리 하나 더 웃자라고 나서도 언제나 그랬다. 형을 마지막으로 본 그날만 제외하고는…….

―넌 어떻게 생겨먹었기에 그렇게 매정하냐?

"……."

―어머니께서 널 얼마나 걱정하셨는지 알기나 하냐?

재우는 순간 두 눈을 감았다.

어머니를 아주 잊은 것은 아니다. 세상에는 애쓰고 발버둥쳐도 도무지 의도한 바대로 되지 않는 일이 있다. 어머니를 완벽하게 잊는 일도 그 중의 하나일 것이다.

"어머니는……."

―내가 모시고 있다. 장남이 모시는 건 당연한 거지. 지나간 사연들을 전화로 시시콜콜 이야기할 수는 없는 것이고, 일단 만나자.

"무슨 일이 있어?"

―꼭 일이 있어야만 만나겠다는 말투다? 언제까지 하늘에서 뚝 떨

어진 것처럼 너 혼자서 그렇게 살 테냐? 우리도 이제 남들처럼 왕래하면서 살아야 하지 않겠어?

내게는 돌아갈 집이 없고, 나의 가족은 오래전에 날 버렸다.

재우는 그렇게 생각해왔다. 아니, 버린 쪽은 재우 자신이었는지도 모른다. 이유야 어쨌든 재우는 세상의 외톨박이고, 그것을 자신이 감당해야 할 숙명처럼 여기며 살아왔다. 그런데 형이 손을 내밀고 있었다.

─ 어머니께서 널 보고 싶어하셔.

설마, 그럴 리가? 재우는 목구멍까지 올라온 말을 겨우 참아냈다.

─ 그리고 만나서 상의할 일이 있다.

우리 사이에 과연 상의할 만한 일이 아직 남아 있을까. 재우는 씁쓸히 웃고는 물었다.

"무슨 일인데?"

─ 어머니 문제다.

"어머니 문제? 혹시, 어디 불편하신 거야?"

─ 아니. 건강하시다. 식사도 잘하시고, 잠도 잘 주무셔……하여튼 당장 서울로 올라와라.

재우는 표나지 않게 한숨을 내쉬었다. 그럴 필요까지는 없었다. 아무리 외면하고 살았다 해도 어머니와 아들이었다. 그럼에도 자신의 감정을 형에게 들키고 싶지 않은 재우였다.

─ 언제 올라올래?

"형 말대로 나는 등대지기야. 함부로 자리를 비울 수 있는 형편이 못돼."

－그래서 못 올라오겠다는 거냐?

"여긴 아주 먼 곳이야. 또 이제 와서 형이나 어머니를 만난다는 게 솔직히……."

－솔직히 뭐냐?

마음 편한 일은 아냐, 두렵기도 하고.

재우는 한숨을 내쉰 후 달리 말했다.

"전화로 이야기하면 안될까?"

형에게선 대꾸가 없었다.

구명도가 얼마나 머나먼 섬인지 형이 알지 못하듯, 재우 자신 역시 8년 만에 동생을 찾은 형의 심정을 이해 못하고 있다는 생각이 들었다. 세월은 모난 부분을 쳐내 조약돌이 되게 하는 물살과도 같아서 형의 독선적인 부분들을 반듯하게 만들어놓았을지도 모른다. 그리고 세월은, 깡그리 사라져 버린 가족의 정리를 죽은 땅에서 새싹을 키우듯 소생시켰을 수도 있었다.

4.

공원의 벤치는 젖어서 앉을 수도 없다
내년까지는 모든 것이 끝장이다
벤치는 젖어 있고 나뭇잎의 색은 변하고
뿔피리는 울리고 싶을 만큼 울렸도다……

벤치는 밤이슬이 내려 축축하게 젖었으며, 재우는 젖은 벤치에 앉아 라포르그의 시 '겨울이 오다'를 떠올렸다. 깊어가는 봄밤, 왜 하필이면 겨울의 절망을 노래한 시가 머릿속에 맴도는지 알 수 없었다.

한때 수많은 시를 외우고 다녔다. 밤 새워 시를 쓴답시고 쓴 적이 있었다. 재우에게도 무엇이 되고자 소원한 바가 있었다면……시인이 되고 싶었다. 이젠 낡은 앨범 속 흑백사진을 보듯 퇴색한 꿈의 한 갈피에 불과했지만, 당시 재우는 자신의 내부에 들끓는 감정을 시 외에 달리 표현할 줄 몰랐다.

인문계 고등학교와 국문과를 거쳐 시인이 되고 싶었다. 시인이었던 담임선생이 제시해준 길이었다. 하지만 재우는 처음부터 그 길로 접어들지 못했다.

어머니는 실업계 고등학교로 진학하길 원했다. 재우는 시인이 될 겁니다. 담임선생이 반대했다. 그러나 시라는 것이 도대체 무엇에 소용되는 것인지 알지도 못하고 관심도 없던 어머니의 고집을 꺾을 수는 없었다.

야간 공고 기계과 지원서에 도장을 찍고 학교를 나올 때 어머니는 말했다.

"한 집안에서는 한 사람만 성공하면 된다. 그러면 사돈의 팔촌까지, 나머지는 다 먹고살 길이 자연적 생기는 법이란다."

그 한 사람은 재우가 아니라 형이었다. 형의 성공을 위한 조력자로 만족해야 한다는 뜻이었다. 어머니는 또 재우가 사돈의 팔촌도 아니고 형의 단 하나뿐인 동생이라는 사실을 여러 번 강조했다.

재우의 진학을 안타깝게 생각한 건 난희뿐이었다.

"꿈은 스스로 포기하지 않는 한 기어코 이루게 되어 있대. 힘들겠지만 같이 해보자. 내 도움이 필요하면 언제든지 말하고."

재우는 기계과 실습 외에 난희의 참고서를 얻어 보면서 입시 준비를 했다. 그리고 3년 뒤 둘은 같은 대학에 응시했다. 국문과에 지원한 재우는 합격했지만, 영문과를 택한 난희는 내년을 기약해야 했다. 난희가 준비하는 사이 재우는 군대에 다녀올 생각이었다.

"입학금만 대주세요. 그 다음에는 제가 알아서 하겠습니다."

"안된다. 난희가 떨어져서 초상집이 되었는데, 네가 대학을 간다고 해봐라, 우리는 이 집에서 쫓겨나고 말 거다. 정히 대학 공부가 하고 싶거든 나중에 해라. 형이 잘되면 너 하나 대학 못 가르치겠냐. 그때 해도 늦지 않다."

어머니는 단호했고, 결국 입학금 납부 기한을 넘겼다.

재우는 군대에 가는 대신 학교에서 추천해준 방위산업체에 취직을 했다. 다시 대학 입시에 매달릴 기회는 더 이상 오지 않았다. 물론 시를 외우거나 쓰는 일도 없었다. 돌이켜 생각하면, 시는 재우에게 지친 영혼이 잠시 기댈 언덕 같은 거였는지도 모른다. 슬픔이 격해져 눈물이 되듯 말이다.

사람을 미워한다는 것은 분명 괴로운 노릇이다. 재우는 어머니 때문에 괴로웠고, 자신조차도 참을 수 없이 미워졌다. 한편 어머니를 이해하고 싶기도 했다. 이해하자고 마음먹을 때마다 어머니가 한없이 안쓰러웠다.

어머니는 형이 법관이 되길 원했다. 어머니의 고단한 생활을 견디게 하는 힘이 바로 형이었다. 몰락한 집안을 다시 세울 수 있는 희망이었다. 어머니의 희망이 되기에 충분히 영리한 형이었다.

형은 초등학교부터 고등학교를 마칠 때까지 전교 1등을 놓치지 않았다. 최고 명문 대학의 법학과에 입학했으며, 2학년 때 사법고시 1차를 통과해 어머니를 감격하게 만들었다. 그러나 거기까지였다. 이후 6년 동안 형은 번번이 2차의 관문을 통과하지 못했다.

어느 날 형은 사법고시를 포기하겠노라고 선언했다.

"취직을 하겠어요. 어머니를 더는 고생시키고 싶지 않아요."

"그게 어디 너 하나 잘되겠다고 시작한 일이었니. 더 해봐라. 난 손톱만치도 고생스럽지 않단다."

"이젠 재우 볼 낯도 없고요."

"재우도 이 어미랑 같은 생각일 거다. 넌 아무 걱정 말고 공부만 하면 된다."

어머니는 둘째 아들의 동의 따위는 묻지 않은 채 단정했다. 그러나 재우의 생각은 달랐다. 어느 순간부터 형은 스스로 꿈을 저버렸다.

형은 재우의 월급 절반과 어머니의 고된 노동의 대가를 유흥비로 탕진하고 있었다. 고시원에 틀어박혀 있는 대신 당구장과 기원과 술집을 전전했다. 재우가 선반공으로 언제 손가락이 잘려나갈지 모를 상황에서 쇠를 다듬고 주무르는 동안, 어머니가 새벽부터 밤 늦은 시간까지 두 집 살림을 꾸려가는 고단한 일과를 보내는 동안, 형은 딴짓에 열중하고 있었다.

울화통이 터질 노릇이었다. 그러나 재우는 모른 척하고 말았다. 어머니의 애달픈 희망의 종말을 재우 편에서 먼저 인정하고 싶지 않았다. 아니, 형의 엇나감에서 야릇한 쾌감마저 느꼈을까. 혹은 당신이 틀렸다는 사실을 어머니가 시인할 때까지 기다렸는지도 모르겠다.

그러나 대체로, 형이 취직을 해서 정상적으로 살기를 바랐다. 법관이 곧 형의 행복을 보장해주지 못하듯 취직이 불행으로의 전락을 의미하진 않을 테니까. 무엇보다 형의 안정된 생활이 어머니를 고된 노동으로부터 벗어나게 하는 일이라고 믿었다.

형은 어머니의 반대에도 불구하고 취직을 했다. 그러나 재우의 기대와는 달리 어머니의 고단한 생활은 계속되었다.

* * *

4년 전이었다.

어머니의 회갑을 며칠 앞둔 날이었다. 누구도 회갑이라고 연락해오지 않았다. 미움과 원망 속에서도 한 가닥 그리움은 재우의 등을 떼밀었고, 먼발치에서 어머니의 모습을 확인만 해도 좋겠다고 생각했다.

어머니는 시장 한구석에서 허름한 식당을 꾸려가고 있었다. 재우가 떠나면서 남의 집 더부살이에서 벗어난 셈이었다. 어느 편이든 어머니에겐 변함없이 힘겨운 세상살이였으리라.

붉은 페인트로 순댓국, 곱창구이, 머릿고기를 써놓은 유리문을 열고 들어갔을 때, 어머니는 설거지라도 하는지 등을 보인 채였다.

"뭘 드시겠수?"

어머니가 돌아보는 순간까지 재우는 어머니의 굽은 등을 향해 속말을 중얼거렸다.

어머니, 저 왔어요.

어머니는 10초쯤 재우를 바라보았다. 그보다 더 긴 시간이었는지도 모른다. 재우는 어머니가 손을 내밀어주길 바랐다. 아니, 적어도 어머니의 눈빛에서 반가움이나 안타까움 따위를 읽고 싶었다.

아무런 감정도 실려 있지 않은 듯한 목소리가 들려왔다.

"앉거라."

재우는 어머니가 턱을 내밀어 가리킨 자리로 갔다.

네 개의 탁자 중 한 탁자를 차지한 두 사내가 묵묵히 술잔을 비워냈고, 어머니는 설거지에 열중했으며, 재우는 속절없이 어머니의 굽은 등만 쳐다봐야 했다.

사내들이 떠나고 어머니가 재우 쪽으로 다가와 바로 놓였던 의자를 슬쩍 돌려 앉았다. 어머니는 옆얼굴을 보이며 유리창 너머로 퀭한 눈빛을 던졌다.

"잘 지내셨어요?"

어머니는 대꾸 대신 두어 차례 고개를 끄덕였다.

전 잘 지내지 못했어요, 어머니.

재우는 입안에 맴도는 말을 끝내 토해내지 못했다.

외로웠다. 세상의 변방으로 내몰려 외톨박이로 지냈다. 그리고 지쳤다. 잠시만이라도 어머니의 품에서 안식하고 싶었다. 그게 가능하다면 말이다.

그러나 그들 모자 사이의 벽은 세월의 무게로도 무너지지 않는 느낌이었다. 그 완강함에 재우는 어쩔 줄 모르고 있었을 뿐이다. 어머니도 그러했을까. 모르겠다, 모르겠어.

어머니는 아무것도 묻지 않았다. 집 떠난 아들이 어디에서 살았는지, 무엇을 하며 지냈는지, 하다못해 왜 왔는지조차 궁금해 하지 않았다.

"가야겠어요."

한없는 침묵이 이어진 후 재우는 자리에서 일어섰다. 어머니는 여전히 유리창 너머로 시선을 못박아둔 그대로 말했다.

"이왕 왔으니 순댓국이나 한 사발 먹고 가라."

무럭무럭 김이 솟아나는 순댓국이 앞에 놓였다. 숟가락질을 하기도 힘겨울 만큼 맥이 풀렸지만, 재우는 머리를 처박고 최후의 국물까지 알뜰하게 먹어치웠다. 정확히 말해 입안에 털어넣었다고 해야 할 것이다.

꾸벅, 고개를 숙여 보이고는 식당을 나섰다. 어머니의 회갑을 위해 마련한 쌍가락지를 끝내 탁자 위에 올려놓지도 못한 채로. 어머니가 멀어져 가는 자신의 뒷모습을 보았는지는 알 길이 없었다.

수년 만에 만난 어머니였다. 세월은 진공의 병 속에 갇혀 있던 모양이었다. 변한 것은 없었다. 아니, 어머니와의 관계가 개선될 가능성이 전무하다는 사실을 새삼 일깨워준 셈이었다.

그날 밤 재우는 쌍가락지를 되팔아 정신이 혼미해지도록 술을 퍼마셨다. 그리고 남도행 열차에 몸을 실으며 다짐했다.

고통도 어느 순간에 이르러 스스로를 보호하려는 이치처럼 이젠 자신이 변하기를, 어머니로 인해 더 이상 애달퍼하거나 야속해 하지 않기를, 미워하는 일마저 씻어낼 수 있기를 바랐다. 무엇을 더 기대할 것인가. 어머니는 어머니의 삶을, 재우는 제 나름의 생활을 살아가면 족했다.

어머니가 보고 싶어하셨노라고, 형은 말했다.

그 말이 과연 사실일까. 아니면 동생의 무심함을 어머니에 빗대 탓하고 싶은 것인가.

* * *

엄지손톱을 깎아 매달아놓은 듯한 그믐달이 수평선 너머로 나타났다.

춥다. 밤이슬에 젖은 어깨가 으슬으슬 떨려왔다. 그만 일어서자고, 재우는 스스로를 채근하면서도 냉큼 구릉지를 벗어나 관사로 돌아가지 못했다.

등댓불은 12초 주기로 어깨를 넘어와 바다에 빛을 뿌리고 있었다. 등댓불이 등뒤로 사라진 순간 수평선에 드문드문 떠 있는 고깃배의 불빛이 잠깐씩 위태롭게 반짝였다.

잠드는 것이 두려울 때가 있었다. 잠든 사이 의지와 상관없이 만나야 할 꿈들과, 그 꿈속에 대면해야 할 어머니의 모습이 두려웠다. 꿈속에서조차 어머니와 자신 사이에 자리한 벽을 새삼 확인하게 될지도 모른다는 생각 때문에 재우는 우두커니 먼 바다를 바라보고만 있었다.

형의 요구에서 비켜서고 싶었다. 어머니의 일을 상의하자는 것이 도대체 무엇일까. 하지만 그조차 모른 척하고 흘려버리고 싶었다.

이제껏 외면하고 살아온 것처럼 앞으로도 그럴 수 있다. 깊은 상처에도 마침내 생살이 돋듯, 세월은 어떠한 고통도 거기서 빠져나갈 만한 길을 제시해주는 법이다.

끼룩끼룩……

지난 가을 이후 들어보지 못한 갈매기의 울음소리였다.

재우는 차가운 물을 뒤집어쓴 기분으로 재빨리 고개를 들었다. 등댓불이 탐조등처럼 구명도 주위를 훑고 지났다. 바다는 텅 빈 채였고, 소리의 정체는 어디에도 없었다.

재우는 어둠을 향해 귀를 열어두고 갈매기소리가 재차 들려오기를 기다렸다. 하지만 갯바위에 부딪히는 파도소리말고는 적막한 세상이었다. 환청이었을까.

갈매기가 어디서 날아오고 또 어디로 날아가는지 목격하지 못했다. 재우뿐 아니라 동료들 역시 마찬가지였다. 어느 날 새벽 갑자기 구명도 전체가 소란스러웠고, 갈매기들은 정수리 위에라도 둥지를 틀려는 양 등대지기를 에워쌌으며, 또 어느 날 눈을 떴을 때 한 마리의 갈매기도 보이지 않았다.

대학의 탐조 동호회에서 활동했던 난희의 말에 의하면, 구명도에 날아오는 갈매기는 괭이갈매기로, 한반도에 서식하는 텃새로 알려져 있지만 어디서든 날아오고 또 어디로든 날아간다고 했다. 가까이는 남해 곳곳에서 멀리는 캄차카 반도까지가 갈매기들의 서식 반경이라는 것이다.

갈매기들이 하필이면 먼 바다 외딴섬을 택했을까.

"네가 너무 적적할까봐 하나님께서 보낸 특별 선물이지."

난희는 하얗고 가지런한 이를 드러내며 웃고는 덧붙였다. 사람들의 횡포로 인해 차츰차츰 뭍에서 멀어져 결국 구명도까지 밀려났으리라고.

갈매기는 등대지기의 벗이다.

그러나 구명도에 터를 고정시킨 채 살아가는 갈매기는 없다. 구명도는 단지 산란과 포란과 부화의 장소일 뿐이다. 알을 깨고 나온 어린 갈매기들이 이윽고 날개에 힘을 얻으면 훌쩍 떠난다. 어느 녀석은 돌아오겠고, 어느 녀석은 등대 따위는 기억도 않을 것이다. 그래도 봄이 깊어지면 등대지기의 시선은 자주 북쪽 바다를 넘어간다. 오래 사귄 벗을 기다리듯 녀석들의 귀환을 맞이하기 위해서다.

끼룩끼룩.

이번에는 의심할 여지가 없는 분명한 갈매기 울음소리였다. 재우는 주위를 두리번대다 북쪽 해안 기슭을 맴돌고 있는 한 마리의 갈매기를 찾아냈다.

무리에서 쫓겨나 녀석이 홀로 서둘러 날아든 것일까. 재우는 벤치를 박차고 일어났다. 구릉지를 벗어나 갈매기를 향해 달려 내려갔다.

아, 재우는 해안에 닿기 전에 보았다.

무수한 갈매기들이 앞서거니 뒤서거니 수면에 닿을 듯 낮은 비행

자세로 바다를 건너오고 있었다. 등댓불이 수면을 비출 때마다 하얀 몸통들이 일제히 손짓을 하듯 공중으로 솟아올랐다. 마치 등댓불로 자신들의 목적지를 확인하고 환호하는 몸짓처럼 보였다.

갈매기들은 냉큼 섬에 내려앉지 않았다. 고단한 비행을 서로 격려하려는 양, 뒤처진 동료를 위로하려는 듯 섬 주위를 분주히 날아다녔다. 재우는 동이 훤하게 터오를 때까지 이어진 갈매기의 귀환을 가슴 벅찬 감격으로 지켜보았다.

갈매기가, 갈매기가 돌아왔어. 좋은 징조야.

꼬박 밤을 지새웠다. 하지만 몸도 마음도 사뭇 가벼워진 느낌이었다. 어머니 역시 가벼운 마음으로 만날 수 있을 성싶어졌다.

5.

아파트에 들어섰을 때, 형뿐만 아니라 누나까지 있었다.

삼남매가 한자리에 모인 적이 언제였던가. 기억조차 아득했다.

다부지게 마음먹자고 미리 다짐했건만 재우는 자꾸만 눈 주위가 스멀거렸다. 형이든 누나든 잠시라도 혈육의 정을 일깨워줬다면 왈칵 눈물을 뿌렸을지도 모른다. 그러나 사나흘쯤 떨어져 있던 것처럼 데면데면 재우를 맞이했다. 악수도 포옹도 없는 밋밋한 재회였다.

그래, 차라리 고마워하자. 이제 와서 유난을 떠는 것도 오히려 더 어색한 노릇일 테니까.

"어머니는 어디에 계셔?"

재우의 물음에 형이 말했다.

"어머니 뵙기 전에 먼저 알아둬야 할 게 있다."

형수가 석 잔의 차를 날라왔으므로 삼남매는 소파에 자리를 잡았다. 하지만 형은 좀처럼 이야기를 시작하지 않았다.

"아파트가 참 좋아. 몇 평이야?"

"사십육 평이에요, 도련님."

첫 대면한 형수의 대꾸였고, 재우는 고개를 끄덕여 보이고는 새삼스럽게 집안을 둘러보았다.

갯바위의 따개비처럼 지내던 단칸방 시절이 생각났다. 네 명이 나란히 누우면 더 이상 움직일 공간조차 없을 지경의 작은 방이었다.

아랫목은 형의 차지였다. 그 다음엔 재우, 누나, 어머니 순서로 누워 잠을 자곤 했다. 어느 날 잠버릇이 험한 재우가 뒤척이다 형의 뺨을 때렸던 모양이다. 화가 난 형이 잠든 재우의 얼굴을 걷어차 코피가 터졌다. 그후 재우는 맨 끝자리로 밀려났다. 물론 잠버릇이 고쳐지진 않았을 테지만 잠결에 코피를 흘려야 하는 일은 더 이상 일어나지 않았다.

"강남에 이 정도 평수면 굉장히 비쌀 텐데, 형은 부자가 된 모양이야?"

재우의 물음에 형이 슬쩍 미소지었다.

양손을 허리춤에 댄 채 미간을 찌푸리고 있던 누나가 입을 열었다.

"등대지기인가 뭔가를 하고 있다고 들었다. 사실이냐?"

"맞아."

"세상에 할일도 참 많다. 그거 당장 때려칠 수 없냐?"

"무슨 말이야?"

"집안 망신이다, 망신."

집안에 등대지기가 있다면, 망신인가? 그리고 언제부터 집안을 들 먹일 만큼 가족에 대한 누나의 애착이 커진 거지?

재우는 되묻고 싶었다. 그러나 수년 만에 만나는 누나와 낯을 붉히 며 언성을 높이고 싶지 않았기에 웃고 말았다.

누나는 결혼한 이후 의식적으로 집과 거리를 두고 살았다. 이해한 다. 명문세도가의 맏며느리가 되면서 한시라도 빨리 과거의 기억을 벗어버리고 싶었을 것이다. 지긋지긋한 가난과 보잘것없는 가족 내 력까지 송두리째.

"네 매형한테 얘기해서 일자리 하나 마련해볼 테니까, 구질구질하 게 섬 구석에 처박혀 있지 말고 올라와라."

"사양하겠어. 자칫 누나 시댁에까지 망신살이 뻗치면 곤란하잖아."

재우는 누나의 반응을 기다리지 않고 형에게로 눈길을 옮겼다.

"알아둬야 한다는 게 뭐야?"

"어머니께서……얼마 전부터 노망기가 있으시다."

형은 푹 한숨을 내쉰 뒤 덧붙였다.

"처음에는 연세가 들면 다 나타나는 증상이려니 했다. 헛말을 자주 하시기에 병원에 갔더니 알츠하이머병이라고 하더구나."

"알츠하이머라면……."

"간단히 말해 치매인 셈이지."

형이 무슨 뚱딴지 같은 이야기를 하고 있는 것처럼 여겨졌다.

어머니는 기억력이 비상한 분이다. 학교 문턱에도 가본 적이 없지만 혼자 글을 깨쳤고, 교회에 출석하면서 성경 한 권을 통째로 줄줄 외웠다. 그런 어머니인데, 그런 어머니가 치매라니…….

"면목이 없다. 장남으로서 어머니를 좀더 잘 모셨어야 하는데, 사는 일에 매달리다 보니 경황이 없었다."

형은 말해놓고 탁자 위의 찻잔을 집어들었다.

"당신이 면목없을 일은 아니잖아요."

형수가 형의 곁에 앉았고, 재우를 향해 잠시 미소짓더니 이어 말했다.

"이이가 원래 이래요. 어머니께 워낙 지극정성이라서……도련님도 아시겠지만, 치매가 어디 인력으로 되는 병인가요. 미국 대통령이었던 레이건도 치매에 걸렸다잖아요."

결혼해 자식을 낳으면 부모의 심정을 이해하게 된다고 한다. 지극정성이라는 형수의 말은 사실일지도 모른다는 생각이 들었다. 어느덧 두 아이의 아버지가 되어 있는 형이었다.

언제인가 어머니는 형에 대해 말했다.

"명우 낳고 하루 한 끼니 때우기도 벅찼다. 그러니 젖이라고 제대로 나올 리 있겠냐. 그때 배곯이를 해서 쟤가 저렇게 못 자란 거다."

왜소한 형의 모습이 두고두고 눈에 밟힌 게 문제였다면, 이제 어머니는 안심을 해도 될 듯했다.

"지금 어머니 상태는 어때?"

재우의 물음에 형이 되물었다.

"치매에 대해서 얼마나 알고 있냐?"

기억력과 사고 능력이 떨어져 기이한 행동을 하는 일종의 정신적 퇴행. 재우가 알고 있는 정도였다. 그러나 어머니의 상태를 선뜻 믿을 수 없기에 재우는 고개를 단호히 저었다.

형이 한동안 막막한 눈길로 재우를 건너다보았다.

"사람을 잘 알아보지 못하신다. 나조차도 몰라보실 때가 있어. 철부지 아이가 되셨다고 생각하면 돼. 일곱 살짜리 손자랑 같은 또래인 양 행동하신다. 장난감을 서로 차지하겠다고, 먹을 것을 놓고 싸우신다."

형은 깊은 한숨을 내쉬었다.

"평생 고생만 하신 어머니가 아니냐. 이제 손자 재롱이나 보며 여생을 즐길 만해지니까 이런 꼴이 되셨으니, 억장이 무너진다."

억장이 무너진다…….

재우에게는 먼 하늘에 떠가는 한 조각 구름처럼 덧없게 들려왔다. 형의 심정을 곧이곧대로 받아들일 수 없기 때문이 아니다. 형이 변했다고 믿고 싶었고, 실제로 변한 듯 보였다. 그러나 재우는 형처럼 억장이 무너지지 않았다. 어머니의 상태를 직접 확인치 못한 탓만은 아닐 것이다.

"놀랐냐?"

형의 물음에 재우는 하릴없이 앞머리를 쓸어올렸다. 뜻밖이었다. 하지만 차라리 담담했고 자신과는 무관한 일로만 여겨졌다. 그런 스스로가 못마땅해 재우는 한 차례 헛기침을 토해낸 후 물었다.

"언제부터야?"

"치매가 하루아침에 진행되는 건 아니니까, 정확히 단정할 수는 없다. 내가 어머니를 모시기 시작하면서 눈에 띄게 나빠지셨다."

어머니는 어느 순간까지 홀로 지냈을까. 삼남매가 제 길로 뿔뿔이 흩어진 후 쓸쓸함과 난감함으로 병을 얻은 것일까.

"너무 염려하진 마라. 다른 데는 아무 이상 없으시다. 연세에 비해서 아주 건강하신 편이다. 워낙 강단이 있으신 분 아니냐. 그리고 치매에 걸리면 난폭해지거나 대소변을 가리지 못한다지만 그 지경은 아니다. 어느 때는 정말로 치매일까 싶을 만큼 정신이 말짱하시기도 하다. 병원에서도 치매 초기에 해당된대. 회복을 장담할 수는 없어도 잘 보살펴드리면 더 이상 악화되진 않을 거라고 하더구나. 그만하길 다행이지."

"어차피 재우도 바로 알고 있어야 하는 거 아니냐? 그래야 제대로 처신할 수 있을 것이고……."

누나가 못마땅한 눈길로 형을 쏘아보며 말을 덧붙였다.

"병원에서 뭐라고 하든, 내가 보기에는 엄마 병은 이미 깊어진 상태야. 게다가 문제는 앞으로도 계속 악화될 거라는 말이지."

"누나!"

형은 불러놓고 두어 차례 고개를 흔들었다.

"그럴 리야 없겠지만, 누나의 말을 듣고 있자니 어머니가 더 나빠지길 바라는 것 같아."

"치매 시아버지를 삼 년씩이나 간병했으니 나도 웬만큼 알아."

"치매는 개인차가 심한 병이야. 누나 시아버지의 경우로 어머니의 상태까지 단정하려 들지 마."

"내가 왜 엄마가 더 나빠지길 바라겠냐. 다만 현실적인 이야기를 하자는 거야. 그리고 명우, 네가 언제부터 엄마한테……그만두자."

예전부터 형과 누나의 성격은 마치 판박이를 해놓은 것처럼 똑같았다. 자신의 의견을 조금도 양보하려 들지 않았고, 대화를 한다기보다는 서로의 허점을 찾아내 상처 주기에 열중하는 듯 느껴졌다.

* * *

형은 거실 지나 현관 옆에 딸린 방으로 가 멈췄다.

방문 손잡이 위에 커다란 자물쇠가 어색하게 달려 있었다.

"달리 생각하지 말아라. 어머니께서 집을 나가시는 경우가 있다. 집으로 돌아오시면 아무 문제가 없는데, 번번이 길을 잃고 헤매서. 방향 감각을 상실하신 모양이다. 파출소 신세를 지는 것도 한두 번이기에 별수 없었다."

재우는 두어 차례 고개를 끄덕였다.

잠금장치를 풀고 막 문을 열려는 순간, 형이 생각난 듯 다시 말했다.

"오해할지 몰라서 말해두는데, 네 형수나 나로선 어머니께 최선을 다하려 애써왔다. 그래도 네 눈에는 마땅치 않은 구석이 많을 거다. 치매에 걸린 노모를 모시는 게 쉬운 일은 아니더구나."

나한테 그렇게 설명할 필요는 없어. 형도 잘 알잖아. 솔직히 난 오래전에 버려진 자식인 걸. 그러니까 어머니의 형편에 대해서 일일이 관심을 갖고 형에게 따질 처지가 아냐.

재우는 속말 대신 형의 어깨를 슬쩍 손으로 짚었다.

드디어 문이 열렸고, 재우는 숨을 멈췄다. 가을에 묻어둔 김장독을 한여름이 돼서야 열어본 듯한 시큼하고 텁텁한 냄새가 코를 찔렀다.

창에는 검고 두터운 커튼이 드리워져 있었다. 막 이사를 나간 듯 텅 빈 채였지만 어머니의 모습은 단박에 눈에 들어왔다. 그럼에도 선뜻 어머니라는 생각이 들지 않았다.

어머니는 양무릎을 세우고 그 사이에 얼굴을 묻은 채였다. 동그랗게 말린 등허리가 황량한 사막의 키 작은 넝쿨식물처럼 보였다.

"어머니, 재우 왔어요."

형의 제법 큰 목소리에도 어머니는 아무런 반응을 보이지 않았다.

재우는 순간적으로 어머니가 깊고 혼곤한 잠에 빠져 있는 것이라고 생각했다. 아니면 어머니 특유의 무심함을 그런 식으로 나타내는 것일까.

"어머니!"

형이 어깨를 흔들자 어머니는 천천히 고개를 들었다.

수년 동안 기억 속에 잔존해 있던, 때로는 슬픔이었고 안타까움이었지만, 끝내 떨쳐내려 안간힘을 냈던 어머니의 그 눈빛을 재우는 다시 보았다. 아무런 표정을 담고 있지 않은 듯한, 그래서 이쪽으로 시선을 두고 있지만 반드시 이쪽을 보고 있다고는 생각되지 않는 퀭한 눈빛이었다. 왜 다른 어머니들처럼 넉넉한 눈길로 자식을 바라보지 못하는 것일까. 어머니의 천성적인 성격이거나 삶의 무게에 짓눌린 탓이라고 이해하면서도 재우에게는 오랫동안 상처였다.

"어머니께서 그렇게 찾으시던 재우예요."

어머니는 두 눈을 더디게 감았다 뜨고는 여전히 무감한 눈으로 재우를 바라보았다.

어머니!

그러나 재우는 선뜻 소리내어 부를 수 없었다. 예전과는 너무도 다른 어머니였다.

늙고 병들고 추레해진 어머니의 모습에 가슴이 아려왔다. 아니다. 화가 났다. 아니, 아니다. 억울해서 견딜 수가 없기에 재우는 고개를 돌렸다.

어째서 이런 모습인가요. 남의 집 더부살이에서부터 시장바닥의 아귀다툼까지 온몸으로 맞서며 억척스레 살아온 당신이 아니었던가요. 자식이 집을 나간다고 선언해도 눈 하나 꿈쩍하지 않던 당당하고 매정한 당신의 모습은 어디로 갔나요.

"재우를 알아보시겠어요, 어머니?"

어머니의 눈빛이 다소 시무룩해졌다. 형이 어머니와 재우를 번갈아 보며 다시 물었다.

"누군지 말해보세요?"

"몰라, 몰라. 알 게 뭐야."

형이 난처한 표정으로 재우를 향해 어깨를 으쓱 들어올렸다.

"재우, 재우, 밤낮으로 노래를 하시더니 어찌된 일예요. 잘 생각해보세요. 정말 모르시겠어요?"

"몰라, 몰라. 내가 알 게 뭐야."

그때까지 문턱을 밟고 서 있던 누나가 앞으로 나섰다.

"그럼 엄마, 난 누구야?"

"미숙아! 밥 좀 줘. 나 배고파 죽겠다."

"아이고, 울 엄마 기특도 하셔라. 딸 이름은 잘도 외우고 계시네."

갓난아이를 대하듯 어머니의 뺨을 두 손으로 어루만지던 누나가 재우를 쏘아보았다.

"엄마 정신이 오락가락하는 이유도 있지만 재우, 네 잘못이 일단 크다. 엄마가 둘째 아들 얼굴을 본 게 도대체 몇 년 만인지 생각해봐라."

"다 지나간 일이야, 누나. 이제 와서 어쩌겠어. 재우도 일부러야 그랬겠어."

그날 일을 형과 누나가 알고 있을 터였다. 어쩌면 모두들 그 당치도 않은 일을 기억에서 깡그리 지워내고 싶었는지도 모른다.

재우는 침묵을 택했다. 그게 누구의 탓인지, 과연 지나간 일로 간단히 묻어둘 만한지 뒤늦게 따지고 싶지 않았다. 둘째 아들만을 유독 알아보지 못하는 어머니의 이상한 기억력까지도 그랬다. 형 말대로 정말, 이제 와서 어쩌겠는가.

"배고파. 미숙아, 밥 좀 줘."

형수가 방안으로 들어서며 어머니의 말을 받았다.

"어머니, 진지 잡수신 지가 얼마나 됐다고 그러세요?"

"이년아, 밥 구경해본 지가 석 달 열흘이다. 네년은 배 터지게 처먹으면서 난 굶겨죽일 거냐?”

“이젠 도련님 앞에서까지 저를 몹쓸 며느리로 만드시네요.”

형수가 재우를 향해 말했다.

“치매에 걸리면 욕심이 많아진대요. 특히 먹는 데에 욕심이 한이 없다고 하더니, 어머니께서 꼭 그 짝예요. 며칠 전에는 잠시 한눈을 파는 사이에 밥통에 가득 든 밥을 한꺼번에 다 드셨더군요.”

“이 썩어 문드러져 죽을 년아, 개소리 작작 씨부렁대고 밥이나 내놔.”

며느리에게 욕설을 퍼붓는 어머니를 보고 있자니 재우는 기가 막혔다.

품위나 고상함과는 무관한 어머니이긴 했다. 그렇지만 꼭 필요한 말 외에는 군말을 하지 않았고, 욕설이나 일삼는 어머니는 더더구나 아니었다. 타인의 시선을 병적이다 싶을 만큼 신경쓰던 어머니였다.

치매가 단순히 정신적 퇴행만을 의미하지 않는 모양이었다. 한 인간이 지닌 도덕이나 가치 기준마저 붕괴시키는 것이라는 생각이 들었다.

재우는 형에게 화가 치밀었다.

결국 이런 꼴을 보이려고 불러들인 것인가. 그래서 어쩌라는 거지. 이제껏 서로에 대해 모른 척 살아왔다면, 내내 그럴 수도 있지 않았냐고 묻고 싶었다.

“넌 어째서 옛날이나 지금이나 뚝뚝하기가 매한가지냐. 큰절은 아니더라도 손이라도 잡아드려야지?”

옳은 말이었다. 하지만 재우는 순순히 어머니에게 손을 내밀 수 없었고, 결국 형에 의해 어머니의 손을 잡았다.

관절염이라도 앓고 있는 양 굵은 마디의 손이었다. 평생 거친 노동에 시달린 흔적이 고스란히 남아 있는 까닭이었다.

간간이 재우는 꿈속에서 어머니를 만나곤 했다. 어느 때는 허공을 향해 손사래만 쳤고, 또 어느 때는 어머니의 손을 잡고 흐느끼다 깨어나기도 했다. 지금, 흐느끼지 않더라도 한 방울 눈물을 흘려도 좋다고 재우는 생각했다. 그러나 어머니의 손마저 힘주어 잡을 수 없었다.

"어머니!"

재우는 뒷말을 잇지 못했다.

구명도를 떠나오는 순간부터 숱한 말들을 준비해놨다고 생각했다. 거기엔 해명도 용서도 항의도 있었다. 그러나 어머니와 자신을 가로막았던 벽을 허물 수 있는 작은 틈새라도 찾아낸다면, 재우는 먼저 용서를 구하겠노라고 다짐했다.

아들조차 알아보지 못하는 당신에게 어떤 말을 건넬 것인가. 당신과 떨어져 있던 나날들, 그 하많은 사연을 이야기한들 또 무슨 소용이 있을까.

"배고파 죽겠어. 나 밥 좀 줘."

처음으로 재우를 겨냥한 어머니의 말이었다. 처음이라는 의미에 재우는 잠시 가슴이 먹먹해졌다.

"밥말고 드시고 싶은 게 뭐예요?"

"많아, 많아."

"말씀해보세요."

"음……밥."

"조금 전 드셨다면서요?"

"안 먹었어. 저년은 내가 처먹는 꼴을 죽어도 못 봐."

어머니의 입에서 며느리를 향한 푸념 섞인 욕설이 한동안 이어졌다. 마치 재우에게 며느리의 푸대접과 멸시에 대해 동조를 구하는 듯한 말투였다.

어머니의 손이 화를 내다 제풀에 지쳐버린 아이처럼 스르르 재우의 손아귀에서 빠져나갔다. 어머니는 수년 만에 마주하는 아들의 손을 잡고 있는 것조차 민망한 양 굴었다.

＊ ＊ ＊

"한동안 어머니 곁에 있을 수가 없구나."

다시 거실로 돌아와 소파에 자리를 정한 직후, 형의 말이었다.

"회사에서 뉴욕 지사로 발령을 냈다. 어머니 때문에 포기하고 싶다만……해외 지사 근무는 나로서는 절호의 기회인 셈이다. 해외 지사로 보낸다는 게 그만큼 내 능력을 인정해준다는 뜻이니 고마운 노릇이고, 또 무엇보다 지사 경력이 있어야 승진을 기대할 수 있거든. 승진도 승진이지만 일단은 윗사람들 눈밖에 날까 솔직히 두렵다. 너야 세상과 담을 쌓고 사는 등대지기니, 세상 물정을 제대로 모르겠지. 요즘 대단히 심각하다. 구조조정으로 졸지에 실업자가 되는 세상이야. 나라고 예외일 수는 없다. 이런 상황에서 지사 근무의 기회를 그냥 흘려보내기가 정말로 힘들구나."

"얼마나 뉴욕에 있게 되는데?"

"일 년이다. 긴 시간은 아니지."

1년을 긴 시간이 아니라고 단정하는 이유는 무엇일까. 재우는 비로소 형이 자신을 찾은 이유를 알 듯했다.

어머니를 치매 환자를 위한 요양원에 보낼 의도였고, 가족의 동의를 구하려는 모양이었다. 단순한 동의에 그치진 않을 터였다. 자식 된 도리를 앞세워 비용을 분담하려는 형의 얄팍한 계산까지 짐작됐다.

재우는 형과 형수를 나눠 보면서 물었다.

"그 동안 어머니는 어쩌고?"

"너를 어렵사리 올라오라고 한 이유가 바로 이 문제를 상의하자는 거다. 누나와는 이야기를 해봤는데……."

결국 둘은 요양원을 결정했군. 그러나 뜻밖의 이야기가 형의 입에서 흘러나왔다.

"당분간, 네가 어머니를 모셔야겠다."

재우는 웃었다. 형은 농담을 하고 싶은 게다. 혹은 요양원행의 반대를 지레 누그러뜨리려는 의도가 숨어 있으리라.

"너한테 어머니를 떠넘긴다는 생각은 마라. 장남으로서 어머니 여생까지 모실 각오를 하고 있다. 힘든 일이겠지만, 일 년만 네가 날 대신해서 어머니를 돌봐드렸으면 한다."

재우는 팔짱을 끼고 소파 깊숙이 등을 묻었다.

전혀 예상치 못한 일이었기에 생각할 시간이 필요했다. 솔직히 달리 궁리할 건 없었다. 대꾸할 말은 이미 준비되어 있었고, 단박에 형의 제의를 거부하기가 민망할 뿐이었다.

"장남이 반드시 부모님 모시라는 법은 없지. 그런 시대도 아니고."

누나였다.

"어머니야 당연히 우리가 모셔야죠. 그게 도리에 맞고요. 하지만 당장 형편이 여의치 못하니까, 도련님께 부탁드린다고 생각해주세요."

형수가 부탁이라는 말에 힘을 주었고, 형이 받았다.

"이 사람 말대로 부탁을 하고 있는 거다. 정말 부탁한다. 내가 언제 너한테 이런 식으로 부탁한 적이 있었냐?"

없었다. 결코 부탁 따위를 말할 형이 아니었다. 재우는 형의 몸종이었고, 몸종 따위에겐 명령만 내렸을 뿐이었다. 그렇다고 이제 와서 그 가혹했던 명령을 형의 기억에서 되살린다는 것 또한 부질없는 노릇이었다.

누나가 사뭇 부드러운 어투로 말했다.

"너도 알게 모르게 엄마 때문에 마음 고생이 심했겠지. 그래서 말인데, 엄마와 지내보는 게 둘 사이에 있던 좋지 않은 것들을 떨쳐버릴 기회가 아니겠어?"

"누나의 말에 나도 전적으로 동감한다. 부모 자식간 영원히 등돌리고 살 수는 없는 일이잖냐. 간단하게 생각하자. 길어야 일 년이다."

* * *

　재우는 팔짱을 풀고 등을 곧추세웠다.

　"다른 방법을 찾아보는 게 좋겠어."

　누구도 선뜻 대꾸하지 않았다. 침묵 속에서 형은 당황하는 기색이
었고, 누나는 어이없다는 듯 외면했으며, 형수는 낙담한 표정이었다.

　기나긴 침묵이 흐른 뒤 마침내 형이 입을 열었다.

　"다른 방법은 없으니까 너한테 부탁하는 거 아니겠냐."

　"어머니를 모시고 갈 수는 없는 거야? 여기나 뉴욕이나 갇혀 지내
는 건 마찬가지일 텐데, 가능하잖아?"

　"말이 되는 소리를 해라. 난 여행이 아니라 전쟁을 하러 가는 거다.
낯선 땅에서 목숨을 걸고 살아남을 방법을 찾아야 된다. 그리고 무엇
보다 회사에서 허락하지 않는 일이다."

　회사를 그만두지 그래? 아니면 형수를 어머니 곁에 남기고 형만 떠
났다 돌아오든지?

　형을 막다른 골목으로 몰아대고 있는 듯해 재우는 묻지 않았다. 대
신 누나를 향해 입을 열었다.

　"누나가 어머니를 모시면 어때?"

　"여자는 출가외인이다. 그리고 아들이 둘씩이나 되는데, 시집간 딸
한테 엄마를 떠맡기려 드는 생각 자체가 우습구나."

　누나다운 발언이었다. 누나의 냉정함은 예전에도 진저리쳐지도록
겪었으므로 재우는 씁쓸하게 웃고 말았다.

누나는 5년 동안 직장 생활을 하면서 단 한푼도 가족을 위해 내놓지 않았다. 결혼 자금을 마련한다는 명목이었다. 그러나 결국 혼사를 앞두고 뻔한 처지의 살림살이를 더더욱 알량하게 만들었던 누나다.

누나와는 이미 이야기를 끝낸 듯 형은 다시 재우에게 매달렸다.

"만일 네가 결혼이라도 했다면 다른 방법을 찾았을 거다. 장남도 아니면서 치매에 걸린 시어머니를 모신다면 좋아할 며느리가 세상에 어디 있겠어. 하지만 당장은 홀몸이잖니. 또 네가 있다는 섬이 어머니 모시기에는 한결 수월할 듯싶다."

"무슨 근거로 하는 말이지?"

"일단 몇 안되는 사람이 산다니 이런저런 눈치를 안 봐도 될 것이고……또 등대지기가 일이 있으면 얼마나 있겠냐. 등대야 매일 돌아가는 거니까, 바다나 바라보면서 할랑할랑 시간이나 때우면 될 테지."

"형의 눈에는 등대가 저절로 돌아가는 것처럼 보이겠지. 하지만 그걸 돌리기 위해서 밤잠을 설쳐야 하는 사람이 있다는 걸 알기나 해? 빗물을 받아 식수로 사용하는 외딴섬의 생활을 짐작이나 해봤어? 멋대로 생각하지 마. 내가 있는 곳은 정상적인 사람도 견디기 힘들어. 소화제 하나 구하려 해도 한 달을 기다려야 하는 곳이야. 어머니가 계실 곳이 못돼. 어머니를 돌볼 수 있는 환경이 아니란 말야. 그리고 스물네 시간 등대만 바라보며 살아야 하는 게 바로 내 처지라고."

부질없는 말이었다고, 재우는 이내 후회했다. 이런저런 이유를 들먹일 필요조차 없었다.

"난 어머니 모시고 싶지 않아."

정말이지 서둘러 이 피곤하고 역겨운 상황에서 벗어나고 싶었다. 재우는 형을 똑바로 쳐다본 채 말을 더했다.

"어머니 때문에 고통받고 싶은 생각은 조금도 없다는 뜻이야. 어머니가 치매건 아니건, 그건 상관없어. 난 어머니와 함께 있고 싶지 않아. 어머니 역시 틀림없이 원하지 않을 테니까. 어머니가 날 자식으로나 취급할까, 솔직히 궁금해."

형은 아랫입술을 내밀어서 윗입술을 덮었다. 오래된 습관이었다. 재우는 형의 그 습관이 무엇을 의미하는지 알고 있었다. 형 뜻대로 일이 되고 있지 않다는 표시였고, 곧 자신의 성질을 못 이겨 폭발하고 말리라는 경고 같은 것이었다.

참 무수히도 맞고 자랐다. 어린 시절부터 형에게 얻어맞은 매를 모두 합쳐 한꺼번에 다 쏟아놓는다면, 재우는 그 자리에서 아흔아홉 번쯤 죽어야 할 것이다. 형의 스트레스 해소용 오락기였다. 주먹 단련을 위한 샌드백이었다. 어머니는 관객이었고, 방관자였다. 아니, 형을 응원하고 격려하는 매니저쯤 되었다면 적당할까. 아버지 없는 집안에 만이라도 엄격해야 한다. 때리는 형보다 팔짱을 끼고 지켜보는 어머니가 끔찍이도 미웠던 재우다.

울화통을 터뜨릴 줄 알았던 형이 하소연하듯 입을 열었다.

"그럼 어쨌으면 좋겠다는 거냐, 넌?"

"아무도 어머니를 모실 수 없다면 결론은 뻔하네."

"말해봐라."

"일 년 동안 요양원 같은 곳에 맡기는 수밖에. 돈 문제라면 나도 얼마간 부담할 각오는 되어⋯⋯."

누나가 재우의 말허리를 자르며 소리쳤다.

"요양원은 절대 안된다."

"왜지?"

"네 매형 선거가 코앞으로 닥쳤다."

매형은 국회의원 선거에서 두 번 낙선했다. 누나에게는 고통이겠지만 차라리 잘된 일이라고 재우는 생각했다. 돈은 있고, 달리 할일은 없는 사람이었다. 국가나 민족, 하다못해 지역 주민에 대한 애정마저 없는, 오직 개인의 영달만을 노리는 속물이 국회의원이 되겠다는 자체가 웃기는 노릇이었다.

"어머니 문제와 선거가 무슨 상관이란 말이야?"

누나는 말썽을 일삼는 철부지를 앞에 둔 양 재우를 향해 고개를 흔들다가 대꾸했다.

"이번 선거에서는 무슨 일이 있어도 당선돼야 한다. 출마 예상자들 중에서 당선 가능성이 가장 높고, 자신도 있어. 그런 만큼 상대의 공격이 예사롭지 않아. 너희 매형을 흠집내기 위해 벌써부터 혈안들이다. 사돈의 팔촌까지 뒷조사를 하고 있는 모양이야. 이런 상황에서 엄마를 요양원에 맡겼다는 게 알려지기라도 하면, 상대방에서 집요하게 물고 늘어질 게 분명하다."

재우는 토악질이라도 하고 싶은 심정이었다.

＊ ＊ ＊

누구도 정당한 이유를 갖고 있지 못했다.

누구도 어머니를 진심으로 염려하지 않고 있었다.

누구도 어머니를 사랑하지 않았다.

서로에게 떠넘기려 신경을 곤두세우고 있을 뿐, 병든 어머니를 모두가 짐스러워하고 있었다.

어머니가 맨정신이었다면, 빤히 들여다보이는 자식들의 속셈에 어떤 기분이 들까. 어머니의 치매가 당신을 위해선 차라리 잘된 일인지도 모른다는 생각이 일순 들었다.

어머니! 둘째 아들만 당신의 뜻대로 키우지 못한 줄 아셨죠. 제멋대로인 둘째만 품에서 떠나보낸 줄 믿었겠죠. 천만에요. 당신은 돼먹지 못한 자식들을 둔 거예요. 삼남매 전부. 그렇다고 원망하진 마세요. 결국은 당신이 그 꼴로 가르친 탓일 테니까요.

베란다 너머 금방이라도 비를 흩뿌릴 듯 잔뜩 흐려 있는 하늘이었다. 재우는 그 하늘을 건너다보며 생각하고 또 생각했다.

세상 사람들은 어떻게 형제의 정을, 부모와 자식간의 봄볕처럼 따스한 사랑을 주고받는 것인가. 배우고 연습하고 몸에 익혀야 하는 것이라면, 우리는 왜 진작에 그럴 만한 기회를 갖지 못했을까.

형과 누나는 번갈아 입을 열었다. 부탁과 설득과 협박에 가까운 말들이 너무 무성해서 천장을 찌를 지경이었다.

묵묵히 듣고만 있던 재우는 어느 순간 자리를 박차고 일어섰다. 형의 얼굴이 애처로울 지경으로 일그러졌다.

"무슨 결론을 내야지. 넌 어째서 그 모양이니. 회피한다고 될 일이 아니잖냐?"

"회피? 내 생각을 분명히 밝혔어. 결정은 형하고 누나가 해. 이제껏 나 없이도 잘들 해온 것처럼 말이야."

"엄마의 일이야. 남 이야기를 하고 있는 게 아니다. 좀더 신중하게 생각할 수 없냐?"

맞는 말이다. 그러나 누나 역시 언성을 높일 만큼 어머니의 입장에 신중한지 의심스러웠다. 설사 이마를 맞댄 채 골똘히 궁리한다고 결론에 도달할 이야기도 아니었다.

"너 혹시……."

형이 한동안 쏘아보더니 남겨놓은 말끝을 이었다.

"난희의 일 때문에 아직도 어머니를 원망하고 있냐?"

재우는 형을 굽어보며 웃었다. 웃을 도리밖에 없었다. 하지만 가슴이 저리도록 통증이 되살아나고 있었다.

"사실이라면, 넌 바보다. 한 달 전쯤 우연히 만났다. 네 연락처도 그때 난희에게서 알아냈다."

재우는 형에게서 고개를 돌렸다. 형 입에서 난희의 이야기가 흘러나오는 것이 마땅치 않았지만 형의 말은 계속되었다.

"곁에 남자가 있었다. 꽤 다정한 사이로 보이던데, 이제서야 노처녀 신세를 면할 모양이더라. 아직도 난희한테 미련이 남아 있다면 깨끗하게 떨쳐버려라. 어머니를 원망하는 것까지도."

재우는 누구에게도 인사하지 않은 채 현관을 향해 걸어갔다. 막 신발을 신으려는 찰나였다.

"가지 마."

어머니의 목소리였다. 어머니가 열린 문 사이로 야윈 손을 내밀어 흔들었다.

"가지 마, 가지 마아."

재우는 뒤꿈치에 걸려 있는 신발을 바로 신기라도 하려는 양 허리를 굽혔다. 바른 정신일 때는 단 한 번도 붙잡지 않던 어머니였다. 그런 어머니에게 눈 주위가 벌겋게 달아오르는 것을 재우는 들키고 싶지 않았다.

"재우야, 어머니가 이제서야 널 알아보시는 모양이다."

형이 말했고, 누나가 재우를 검지를 곧게 펴 가리키며 물었다.

"엄마, 누구야?"

"몰라, 몰라. 내가 알 게 뭐야."

그러면서도 어머니는 재우를 향해 손사래를 멈추지 않았다.

"형, 웬만하면 방에 텔레비전이라도 갖다놓지 그래."

종일 천장을 멀뚱히 쳐다보고 있을 어머니를 떠올리며, 재우는 신경질을 냈다. 그리고 뒤축이 접힌 신발을 질질 끌고 서둘러 밖으로 나왔다.

제2장 귀항

1.

생각하라 저 등대를
지키는 사람의
거룩하고 아름다운
사랑의 마음을

노래가 끝나자, 어둠이 내려앉은 기슭에서 길게 고동소리가 들려
왔다. 행정선이 떠날 것을 재촉하고 있었다.

퇴임식은 본청에 마련될 예정이었다. 최장기 근무자에 대한 예우
로 제법 성대한 자리가 되었을 것이다. 그러나 정 소장은 구명도를 고

집했다. 항로표지과의 책임자인 손옥규 과장은 그런 전례가 없었다며 반대했지만 당사자가 고집을 꺾지 않는 이상 도리 없었다.

42년 3개월 17일.

정 소장이 퇴임사에 밝힌 근무 기록이었다. 스물세 살에 등대에 첫발을 내딛어 예순여섯에 떠나는 셈이었다. 정 소장 자신의 말대로 미련스러울 정도로 긴 세월이었고, 그 기나긴 세월이 고작 노래 한 소절로 남은 느낌이었다.

재우는 정 소장의 어깨 위에 잠시 머물다 멀어져 가는 등댓불을 좇으며 생각했다.

정 소장은 자신의 역사를 등대 위에 기록했다. 손 과장이 대독한 청장의 치사에서는 그 역사를 숭고한 희생이라고 표현했다. 그러나 이 순간이 지난 후 누가 더 이상 퇴임한 등대지기를 기억할 것인가. 한 등대지기의 역사는 풀잎에 내려앉은 이슬 같은 것이고, 태양이 떠올라 이슬을 말려버리듯 흔적도 없이 사라지리라.

누구누구는 목이 메어 가사를 더듬거렸고, 또 어떤 이들은 일부러 목청을 높였다. 당사자인 정 소장은 노래의 시작부터 지금까지 줄곧 고개를 떨군 채로 있었다.

울지 않는 것이, 울어선 안된다는 것이 등대지기의 삶이라면서, 그 인생의 고단한 짐을 내려놓는 순간, 그러나 정 소장의 어깨가 가늘게 흔들리고 있었다. 울면서, 고작 노래 한 소절로 남은 42년의 등대살이를 어림잡아 볼지도 모를 일이었다. 한 사내의 인생을 고스란히 등대에 묻은 채로.

정 소장이 고개를 들자 등댓불이 주름진 이마를 어루만지듯 지나갔다. 멀어져 가는 불빛을 바라보는 정 소장의 입에서 긴 한숨이 흘러나왔다.

"한밤중에 볼일 보러 나와서도 말이야, 저 등댓불이 제대로 돌고 있는지 확인을 하고 나서야 소변이 나와."

언제였던가, 정 소장은 말해놓고 쓸쓸하게 웃었다.

그때 재우는 파블로프의 개를 떠올렸다. 먹이를 줄 때마다 종을 쳤더니 나중에는 종소리만 듣고도 침을 흘렸다는 개의 조건반사처럼, 등대지기는 그렇게 등대에 길들어져 있었다. 구명도를 떠난 뒤 정 소장이 한밤중에 어찌 소변을 볼지, 재우는 당치 않게도 그게 자꾸만 걱정이었다.

정 소장은 자신의 퇴임을 축하하기 위해 모여든 사람들에게 일일이 악수를 청했다.

융통성 없는 성격 때문에 동료들 대부분이 정 소장에게 반감을 갖고 있었다. 그러나 이 순간만큼은 그들조차도 손마디가 저리도록 힘찬 악수를 나누고 싶을 것이다.

수고하셨습니다. 애 많이 쓰셨습니다. 건강하십시오.

부웅, 다시 고동소리가 들려왔다.

정 소장은 행정선이 정박해 있는 부두 쪽을 물끄러미 쳐다보더니 입을 열었다.

"모두들 바쁜 몸인 줄은 알지만, 나는 마지막으로 등탑에 한번 더 올라갔다 왔으면 하오. 도무지 발길이 떨어질 것 같지가 않구려."

아직도 무슨 미련이 남아 있을까. 그 긴 세월 동안 미처 풀어내지 못한 애착의 끈은 도대체 무엇일까.

재우는 오솔길을 오르는 정 소장을 바라보다, 불현듯 홀로 보내서는 안된다는 생각에 사로잡혀 잰걸음으로 그의 뒤를 밟았다.

'영락없는 정 소장 따까리!'

재우는 동료들이 자신을 겨냥해 수군댈 거라고 생각했다. 정 소장의 말에 고분고분한 재우의 태도를 비아냥거린 말이었다. 윗사람에게 아부나 해 고과점수를 높이려는 의도로 해석한 탓이었으리라. 동료들의 눈에는 끈 떨어진 연이 바로 재우의 꼴로 비치겠지. 아무려면 어때. 정 소장은 재우가 한번 마음을 준 사람이었다. 더 무슨 이유가 필요하단 말인가.

정 소장이 재우의 기척을 훤히 알고 있는 양 돌아보지도 않은 채 손을 내저었다.

지난해까지 구명도에서 함께 근무했던 박명환이 재우 곁으로 다가왔다.

"사십이 년을 근무하면서 단 한 차례도 등댓불을 꺼뜨린 적이 없다지. 축전지도 없이 발전기 하나에 의지했던 시절을 생각하면 정말로 대단한 양반이야. 하지만 그게 무슨 소용인가. 청춘은 다 날아갔고, 잘난 등대 하나 껴안고 있다 가족마저 잃었으니⋯⋯."

재우는 박명환의 말에 절로 눈살이 찌푸려졌다. 되새기고 싶지 않은 기억이었다. 무엇보다 정 소장의 퇴임 자리 아닌가. 그러나 재우의 의지와는 무관하게, 등탑의 난간을 부여잡은 채 풍랑의 바다를 노려보던 정 소장의 모습이 떠올랐다.

* * *

재우가 등대 생활을 시작한 이듬해였다.

그날은 정 소장의 쉰아홉번째 생일 하루 전이었고, 뭍에서 아내와 아들이 오기로 되어 있었다. 소풍 전날 밤잠을 설치는 초등학생 아이처럼 정 소장은 들떠 있었다고 기억된다. 말끔히 목욕하고 머리까지 반듯하게 빗은 채 자주 북쪽 바다를 건너다보았다.

오후로 접어들면서 바람이 심상치 않았다. 주의보는 내리지 않았지만 이따금 돌풍이 몰아쳤다. 지속적인 바람보다 돌풍이 더 위험하다는 것을, 바다를 지척에 두고 사는 이들은 체험적으로 알고 있었다.

정 소장은 저녁 무렵 아내에게서 전화를 받았다. 출발을 알리는 연락이었다.

바람이 예사롭지 않으니 웬만하면 내일 아침에 오는 것이 좋겠다고, 정 소장은 말했다. 그러나 아내는 듣지 않았다. 영산에는 바람 한 점 불지 않으며 이미 배도 마련해놓았다는 것이다. 게다가 서울에서 학교를 다니는 아들까지 아버지의 생일에 맞춰 영산에 도착해 있었다.

남편의 아침상에 미역국을 올려놓고 싶었겠지. 그래서 하루 전 영산을 떠났을 게다.

구명도에 오기 위해선 한 달에 한 차례 운항하는 행정선이거나, 낚시꾼을 실어 나르는 사선을 이용해야 한다. 혹은 차물도까지 여객선으로 와서 어선을 얻어 타는 방법이 있다.

정 소장 아내는 낚싯배를 대절했다. 알량한 남편의 월급으로는 무리를 한 셈이었다. 그러나 소형 낚싯배는 끝내 구명도에 닿지 못했다.

그날 밤도 등댓불은 어김없이 켜졌다.

그날 밤도 등명기는 12초 주기로 돌아가며 수평선 멀리까지 빛을 던졌다.

그날 밤도 등대장 정필곤 소장은 세상의 배들에게는 잘도 길잡이 노릇을 했다. 하지만 정작 자신의 아내와 아들에게는 아무런 소용이 되지 못했다.

좌초된 배의 잔해가 구명도 10해리 밖에서 발견되었다. 정 소장의 쉰아홉번째 생일날이 다 저물 즈음이었다. 사흘간의 수색에도 실종자를 찾아내지 못했다.

등대의 불빛은 20해리까지 도달한다. 그렇다면 정 소장의 아내와 아들은 좌초해가는 배에서 남편이, 아버지가 켜놓은 등댓불을 보았을 것이다. 남편을, 아버지를 애타게 불렀을 것이다. 등대지기인 남편을, 아버지를 원망했으리라. 마지막 순간까지 깜박이는 불빛을 바라보았겠지. 그리고 아내와 아들을 삼킨 텅 빈 수면 위를, 등댓불은 태연하게 비췄을 것이다.

그 이후 정 소장은 장기포 등대로 옮겨갔다.

동료들은 정 소장이 다시는 구명도로 돌아오지 않을 것이라고 단정했다. 곧 등대원조차 때려치울 테니 두고 보라고 장담하는 이들도 있었다. 그러나 6개월 남짓 지났을 때 정 소장은 구명도로 돌아왔다.

동료들은 또 수군거렸다. 냉정하고 무서운 사람이라고.

언뜻언뜻 새치가 보이던 머리카락이 완전 백발이 된 것 외에 돌아온 정 소장에게서 변한 모습을 찾아보기 힘들었다. 예전처럼 빈틈없고 엄격한 등대장이었다.

오래지 않아 재우는 정 소장의 변화를 읽어냈다.

정 소장의 유일한 취미는 낚시였다. 낚시라도 벗하지 않으면 견디기 힘든 게 등대 생활이라며, 재우에게 낚시를 가르쳐준 장본인이기도 했다. 구명도의 물밑이 어떤 꼴로 이뤄져 있는지, 어느 포인트에서 어느 종류의 물고기가 노니는지, 물때에 맞춰 무슨 미끼와 채비로 낚시를 해야 하는지 정 소장은 훤히 꿰고 있었다.

구명도에 복귀한 그날 이후 정 소장은 낚싯대를 잡지 않았다. 재우는 몇 번인가 낚시를 권했다. 그때마다 웃어넘기거나 서둘러 화제를 바꿨다.

그 이유를 알아낸 것은 재우가 공룡바위 부근에서 50센티급 돌돔을 낚은 뒤였다. 대물을 낚은 날은 등탑 아래 둘러앉아 소주잔을 기울이기 마련이었다. 등대원들의 유일한 회식인 셈이었다.

정 소장은 숭덩숭덩 썰어놓은 돌돔 한점 입에 대지 않았다. 감성돔, 참돔, 흑돔도 좋지만 최고는 돌돔이라던 정 소장이 아니었던가.

정 소장이 낚싯대를 잡지 않는 이유를 비로소 짐작할 수 있었다. 실종된 아내와 아들의 시신이 바닷속 어딘가에 가라앉아 있을 테고, 험상궂은 물고기들이 그들의 몸뚱이를 물어뜯었겠지. 정 소장은 그 물고기들을 천연덕스럽게 낚아낼 수 없었으리라.

정 소장은 등탑 아래에서 뒷짐을 진 채 밝은 빛을 허공에 흩뿌리는 등명기를 올려다보고 있었다.

일정한 방향 없이 불어오는 바람에 정 소장의 백발이 마른 풀잎처럼 흔들렸다. 아내와 외아들을 한꺼번에 떠나보낸 지 한 달 만에 검은 머리카락을 찾아볼 수 없을 지경으로 하얗게 변한 머리카락이었다.

* * *

"자, 이리 좀 모여봐요."

손 과장이었다.

"또 무슨 돼먹지 못한 소리를 지껄이려고 부르는 거야. 등대에 대해서 쥐뿔도 모르는 게 터진 입이라고 이래라 저래라, 웬 간섭은 그리 많은지······에잇, 저 꼴 보기 싫어서라도 때려치워야지."

말해놓고 박명환이 발치의 돌멩이를 걷어찼다.

대부분의 등대원들은 손 과장에 대해 불만을 갖고 있었다. 그렇다고 면전에서 대놓고 비난하는 동료들은 없었다. 손 과장이 인사권과 등대 운영 전반에 대한 권한을 갖고 있는 탓이었다.

"오늘같이 뜻 깊은 자리에서 이런 말을 하기가 마음에 걸립니다. 하오나 대다수의 항로표지과 직원들이 모인 자리인 만큼 한마디 해야겠습니다."

손 과장은 주머니에서 손수건을 꺼내 훤히 벗어진 앞이마를 닦았다. 으슬으슬 어깨가 떨릴 만큼 차가운 날씨에 땀이 났을 리 없었다.

망설이고 있다는 표시일 테지만 초년 배우의 연기처럼 어설펐다.

"아직 결정된 사항은 아닙니다. 그래도 여러분 모두에게 해당되는 일인지라 미리 알고 있어야 할 듯해 말합니다……요즘 다시 구조조정의 열풍이 거세지고 있습니다. 공직 사회라 해서 무풍지대라고 할 수 없습니다. 해양수산부에서도 각 지방청에 구조조정안을 요구해놓고 있는 실정입니다. 물론 항로표지과를 책임지고 있는 본인으로선 우리 부서의 구조조정은 절대 불가하다고 청장님께 수차례 말씀드린 바 있습니다만, 본인이 동분서주한다고 시대적 추세를 피하긴 힘든 상황입니다."

여기저기서 술렁거리는 소리가 들려왔다.

"해양수산부에서 항로표지과만큼 열악한 조건에서 근무하는 부서가 어디에 있습니까. 가족을 마음놓고 만날 수 있나, 퇴근이 정해져 있나, 그렇다고 수당이 많나……특히 구명도의 경우는 한번 근무에 들어가면 석 달 동안 징역살이와 매일반 아닙니까. 공무원 사회 전체를 놓고 봐도 우리 같은 처지는 없을 겁니다. 인원 충원을 해줘도 부족할 판에 구조조정이라니 기가 막힐 지경입니다."

"고양이 쥐 생각해주고 있군."

박명환이 재우의 귓전에 대고 낮게 속삭였다.

불쾌한 노릇이었다. 적어도 손 과장은 그 자신과 동료들을 '우리'로 뭉뚱그려 말할 수 없었다. 사무실에 앉아 공연한 트집이나 잡고, 등대의 상황을 무시한 지시나 일삼는 장본인이었다. 그건 그렇다고 치자. 손 과장은 어차피 항로표지과에 뿌리 내릴 사람이 아니었다. 한

직이나 다름없는 항로표지과에서 한시라도 빨리 벗어나길 희망할 테고, 다른 부서로 옮겨가는 그 순간부터 그의 머릿속에 더 이상 등대원과 등대는 존재하지 않을 것이다.

손 과장은 다시 손수건으로 이마를 훔치고 말을 이었다.

"애석하게도, 우리 영산 지방 해양수산청 산하 세 개의 유인등대 중 하나는 무인등대로 전환될 가능성이 높습니다."

일순 숨소리조차 들리지 않았다. 어디서 날아왔는지도 모를 돌멩이에 뒤통수를 얻어맞은 양 모두들 멍한 낯으로 손 과장만 응시하고 있었다.

"어느 곳을 무인등대로 할 것인지는 아직 검토 단계입니다. 어디가 되었든 인원 감축은 불가피하겠죠. 여느 때 같으면 다른 부서로의 이동도 가능하겠지만, 구조조정 상황에서는 기대하기 힘든 일입니다."

"자기들 멋대로 결정해도 되는 건가."

혼잣말인 양 낮은 목소리였다. 어둠 탓에 누구의 목소리인지 분명치 않았다. 손 과장은 소리의 행방을 찾으려는 듯 두리번거렸다. 동료들 역시 주위를 살폈는데, 다분히 자신의 결백을 입증하려는 듯한 몸짓이었다.

재우는 손 과장의 말보다 동료들의 태도가 더 마음에 걸렸다.

"일방적으로 결정할 일이 아니잖습니까? 먼저 당사자들의 의견을 충분히 들어보는 것이 순서라고 생각합니다."

손 과장은 실눈을 뜨고 재우를 노려보았다. 또 자네인가, 하는 기색이 역력했다.

지난번 비품 문제로 언성을 높인 이후부터 엇나간 사이였다. 손 과장은 노골적으로 재우에게 부당한 지시를 내렸고, 그러거나 말거나 재우는 자신의 일에만 몰두했다. 그러나 이번만큼은 둘 사이의 감정과 무관하게 짚어야 할 문제였다.

　"일방적으로 결정하겠다고 말한 적이 없는데, 지나친 과민반응을 보이고 있구먼. 유재우 씨는 언제나 자기 멋대로 판단해 앞서 나가는 게 문제란 말이야."

　"그랬을지도 모르죠. 어쨌든 과장님께서는 사실상 감원 결정을 통보하고 있는 거 아닙니까?"

　"통보라니? 누가 통보라고 했다고 그래? 사람 잡을 소리를 하네."

　마치 동의를 구하려는 듯 손 과장은 주위를 휘휘 둘러본 후 덧붙였다.

　"내가 왜 대외비에 가까운 이야기를 하는지 생각 좀 해봐요. 다 여러분을 위해서 이런 말을 하는 겁니다. 만일의 경우를 대비해서 미리미리 생각해두라는 뜻이죠."

　"상의라면 몰라도, 대비라는 그 말 속에는 이미 결정된 바가 있다는 뜻이잖습니까?"

　"유재우 씨! 나한테 불만이 있는지는 익히 안다고. 하지만 이런 자리에서까지 사적인 감정으로 말꼬리를 잡고 늘어질 필요는 없지 않겠어."

　언제 왔는지, 정 소장이 재우의 소매를 잡아끌었다. 그리고 재우의 말을 막으려는 듯 입을 열었다.

　"떠나는 사람이 주제넘게 나설 문제가 아닙니다만, 그래도 어쩌겠습니까. 노파심과 미련이 남아 있는 탓으로 이해해주십시오. 손 과장님처럼 등대원의 처우 개선 문제에 신경을 써준 분은 항로표지과를 거쳐간 역대 과장님 중에서 없었을 겁니다. 지금까지 힘없는 우리 등대원들을 대신해 헌신적으로 애쓰신 것처럼, 구조조정 문제도 임해주셨으면 합니다. 무인등대로의 전환은 특별히 신중을 기해주시기 바랍니다. 시대적 추세라고는 하지만, 어느 등대든 등대원들의 숱한 피와 땀이 어려 있다는 사실을 제발 잊지 말아주십시오. 정말 부탁드립니다."

정 소장은 손 과장을 향해 비굴하게 느껴질 정도로 깊숙이 허리를 굽혔다.

마지막 순간까지 손 과장의 비위를 건드리지 않으려는 정 소장의 태도를, 재우는 이해하기 힘들었다. 정확히 말하자면 이해하고 싶지 않았다. 이리 밀리고 저리 걷어차이는 등대원의 무력한 처지 역시 그랬다.

2.

해피가 바닥에 길게 배를 깔고 앞다리에 턱을 괸 채 잠들어 있었다.

커다란 머리통 위에 24밀리 스패너를 올려놓았음에도 해피는 자못 태평스럽기만 하다. 잠결에도 주인의 기척을 알아챈 것이리라.

재우는 스패너를 공구함에 던져넣고 무신호실을 나왔다.

등탑에서 **30여** 미터 떨어져 있는 무신호실은 무적을 울려주는 곳이다. 무적은 네 개의 에어 탱크를 거쳐 압축된 공기가 가죽으로 된 울림판을 쳐 만들어진다.

등대가 항로를 표지하는 방법 중 대표적인 것이 빛을 발하는 광파 표지와 무적을 울리는 음파 표지이다. 등대마다 각기 약속된 신호 방식이 있다. 구명도 무적의 신호 방식은 30초에 한 차례씩 4초간의 울림이다. 광파 표지 역시 그렇다. 구명도는 12초, 장기포와 소리도는 10초와 11초 주기이다. 항해하는 배들이 그 주기를 통해 현재의 위치를 분별해내기 위한 것이다.

머지않아 사나흘에 한 번은 무신호실을 오가며 밤을 지새워야 할 것이다. 4월부터 6월까지 구명도 근해에는 안개가 자주 내려앉는다. 짙은 안개 속에서 등대의 불빛은 길잡이 노릇을 제대로 할 수 없다. 안개가 불빛을 가로막기에 무적을 울려줘야 한다.

태양이 등탑을 15도쯤 지나 있었다. 무신호실에 들어가기 전 등탑 좌측에 걸려 있었으니 서너 시간을 에어 탱크와 씨름한 셈이었다.

단순한 점검에 그쳐도 될 일이었다. 그러나 에어 펌프의 각 부품까지 해체해 꼼꼼히 손질했다. 재우는 무엇에든 몰두해 분주하고 어지러운 마음의 갈피를 다잡고 싶었다.

갈매기 서너 마리가 등탑 주위를 분주히 맴돌고 있었다.

구명도는 온통 갈매기의 천지였다. 수만 마리의 갈매기들은 3천5백 평의 공간을 용케 나눠 짝짓기를 마쳤다. 이제 암컷은 둥지에 틀어박혀 산란과 포란에 들어가겠고, 수컷은 분주히 먹이를 사냥하겠지.

그리고 등대원들은 함부로 오솔길을 벗어나기도 곤란할 것이다.

재우는 잔디밭에 팔베개를 하고 누웠다. 어슬렁어슬렁 무신호실을 빠져나온 해피가 재우 곁으로 다가왔다. 허리춤을 파고드는 꼴이 다시 잠들 태세였다.

"해피야, 넌 그 큰 머리로 도대체 무엇을 생각하냐?"

해피가 대꾸를 하듯 혀를 내밀어 재우의 뺨을 핥았다.

'인간에게는 번번이 실망하지만 나의 개에게는 단 한 차례도 실망한 적이 없다.' 프랑스 아스니에르 묘지의 비문에서 흔히 발견할 수 있다는 문구를 떠올리면서, 재우는 팔을 둘러 해피의 목덜미를 껴안았다.

실망하지 않기 위해 인간을 멀리하고픈 생각은 없었다. 희망이란 여전히 사람과 사람 사이에 존재한다는 사실을 믿고 싶었다. 그러나 재우는 다시금 실망의 늪 속으로 빠져들고 있는 기분이었다.

서울을 다녀온 지 일주일이 지났건만 두통은 좀처럼 사라지지 않았다. 가슴은 납을 매달아놓은 듯 무거웠다. 그리고 순간순간 어머니의 목소리가 이명처럼 들려왔다.

* * *

가지 마, 가지 마아.

그 예전에도 어머니가 그렇게 붙잡았다면, 재우는 등대를 삶의 터전으로 삼지 않았을지도 모른다. 구명도라는 지명조차 들어보지 못했겠지. 등대지기가 아닌 자신의 삶은 과연 어떤 식으로 흘러가고 있을까. 그때, 그러나 어머니는 잡지 않았다.

처음으로 형제간 주먹질을 해대고 있는데도 어머니는 입을 굳게 닫고 있었을 뿐이다. 코피가 나고 입술이 터진 형이 마침내 과도를 집어들었다. 죽여버리겠어. 재우 코앞에까지 칼을 휘둘렀지만 저지하려는 몸짓조차 보이지 않던 어머니다. 형은 제풀에 과도를 방바닥에 내동댕이쳤다. 심약하면서도 계산적인 형의 성격을 어머니가 모를 리 없었다고 생각한다. 하지만 어머니의 야속함은 재우의 가슴팍 깊이 꽂혔다, 오래도록.

"너 같은 녀석이랑 한핏줄을 나눴다는 자체가 불쾌하다. 더 이상 날 형이라고 부르지도 마라. 지금 이 순간부터 너와는 인연을 끊겠다. 꺼져 버려!"

"어머니도 꺼져 버렸으면 좋겠어요? 네? 말씀해보세요."

어머니는 끝내 재우를 향해 눈길 한번 옮기지 않았다.

재우는 무작정 집을 나왔다.

공사판에서 등짐을 져 날라 주머니에 몇푼 생기면 그걸 여비 삼아 어디로든 떠돌았다. 희망도, 하다못해 내일에 대한 계획조차 없는, 죽음의 유혹이 감기 끝 미열처럼 달라붙어 있던 나날이었다.

한 술꾼을 만난 것은 영산항 부두의 허름한 술집에서였다.

그는 헐렁헐렁한 오른팔꿈치 아래를 점퍼 주머니 속에 쑤셔넣고 있었다. 그에게서 참치잡이 어선의 이야기를 들었다. 그는 마지막 출항에서 오른손을 인도양에 떼주고 왔다고 했다. 철선으로 된 그물의

줄이 그의 팔을 휘감아버린 탓이었다. 이젠 누구도 써주지 않는 처지가 되었지만 바다를 아주 떠날 수는 없노라고 고백하며 마지막 말을 남겼다.

"바다에는 자유가 있어."

바다는 대지의 끄트머리까지 밀려난 인간이 마지막으로 자유를 느끼는 곳이라고 했던가. 재우는 정말이지 모든 것에서 자유롭고 싶었다. 인연의 끈과, 그 인연이 만들어내는 그리움과 안타까움과 절망 따위마저 떨쳐내고 싶었다.

한번 출항하면 1년 이상 인도양 해상에 떠 있다는 참치잡이 어선을 타기로 마음먹고 영산의 해양수산청을 찾았다. 원양어선을 타기 위해선 선원수첩이 필요했다. 그러나 당시 선원수첩을 손에 쥐는 것은 결코 쉬운 일이 아니었다. 상당량의 웃돈이 필요하다는 이야기까지 들려왔다.

인생에 예기치 않은 전환점이 있다면, 몇 차례 해양수산청을 드나들던 재우의 눈에 항로표지과 9급 공무원 시험 공고가 눈에 들어온 것이었다.

어머니를 모시지 않겠다는 재우에게 누나는 말했다.

"넌 아직도 엄마를 원망하고 있어. 그래서 구질구질한 섬 구석에 처박혀 등대지기로 썩고 있는 것도 다 엄마 탓으로 돌리려는 거라고."

"등대지기로 썩고 있다……누나가 그렇게 생각한다면, 그건 누나 마음대로 해. 하지만 분명히 말해두겠는데, 난 등대지기가 된 걸 후회하지 않아. 적어도 등대지기가 된 걸로 그 누구를 원망해본 적은 없어."

진심이었다. 인생이 폭풍우의 바다에 떠 있는 조각배 같던 시절, 어떤 운명의 이끌림에 따라 자신이 등대에 도달한 것이라고 재우는 생각해왔다.

부임 초기 혼돈과 갈등이 없었던 것은 아니다. 두고 온 세상과의 불화와 그리움으로 밤잠을 설쳤고, 세상을 잊기 위해서라도 등대에 매달리려 애썼다. 그러다 어느 순간부터 등대는 세상의 전부가 되었다. 등대와 자신의 삶을 따로 떼어놓을 수 없었다. 사람은 누구든지 자신이 감당해야 할 몫이 있다면, 등대야말로 자신이 서 있어야 할 자리라고 믿었다.

그런데……등대를 떠나야 할 일이 생길지도 모른다.

3.

정 소장의 자리는 채워지지 않았다.

열한 명의 등대원 가운데 물망에 오른 이는 두 명이었다. 14년 경력의 임용 동기였기에 누가 소장 사령장을 받을지 장담할 수 없었다. 그러나 신임 소장의 발령은 유보되었다. 구조조정과 무관치 않은 듯했다. 세 군데의 등대 중 한 곳이 무인등대로 바뀐다면 소장 발령 자체가 무의미했다.

손 과장은 당분간이라는 단서를 달며 이길성에게 소장 직무대행을 명령했다. 구명도 세 명의 등대원 중에서 선임자를 가린다면 당연히 재우였다.

관행을 무시한 손 과장의 처사를 문제 삼고 싶진 않았다. 다만 구조조정을 앞둔 미묘한 시기라는 점이 마음에 걸렸다. 더구나 오늘 아침 사무실에는 명예퇴직을 권하는 공문이 도착해 있었다.

재우는 고개를 돌려 북쪽 바다를 바라보았다. 차물도가 수평선에 올려놓은 고깔모자처럼 떠 있었다.

정 소장이 구명도에서 영영 멀어진 것은 아니었다. 차물도 남쪽 해안에 거처를 정하고, 조그만 고깃배 하나를 장만했다. 평생 등대만 껴안고 살아온 사람이 뱃일에 능할 리 없었다.

— 잡히면 좋고 못 잡으면 또 그만이지. 이 나이에 무슨 욕심을 더 부릴 텐가.

어제 걸려온 전화였고, 재우의 걱정스런 물음에 정 소장의 한가한 대꾸였다.

재우는 콧등이 시큰거려 한참 동안 말을 잇지 못했다.

정 소장은 구명도를 떠났지만 마음마저 냉큼 가져갈 수 없었던 모양이다. 깜박이는 등댓불을 먼발치에서나마 바라보고 싶었으리라.

인기척이 들려와 재우는 상체를 일으켰다. 송철용이 잔뜩 낯을 구긴 채 다가왔다.

"심란해서 일이 통 손에 잡히질 않네요."

송철용은 공문 이야기를 하고픈 모양이었다.

무인등대 전환에 대한 장황한 설명과, 퇴직을 희망하는 직원에게는 2년치의 급여를 위로금으로 지급한다는 공문이었다. 명예퇴직 신청을 두 명으로 제한하므로 선착 희망자에게 우선권이 있다는 내용을 선심 쓰듯 덧붙여놓았다.

"몇 시간째 무신호실에 계시던데, 아무렇지도 않아요?"

"이미 방침을 정해놓고 밀어붙이는 걸 어쩌겠어."

"선배님은 결정하셨어요?"

재우는 웃고 말았다. 웃음의 의미를 알았을까, 송철용이 한동안 고개를 주억거렸다.

"이 선배는 심각하게 고민하는 눈치더라고요."

이까짓 등대지기 노릇 때려치운다고 굶어죽기야 하겠어, 라고 입버릇처럼 말하곤 하던 이길성이다. 그 말을 들을 때마다 재우는 울화통이 치밀어올랐다. 그렇다고 대놓고 핀잔을 줄 수는 없는 일이었다. 삶에 대한 견해의 차이일 뿐이었다. 일테면 컵 안에 절반 남은 우유를 바라보는 시각의 차이처럼 말이다.

"아, 날은 바야흐로 화창한 봄날인데 마음은 한겨울이네."

송철용이 혼잣말처럼 중얼거리며 해피의 목덜미를 쓰다듬었다. 해피가 낮게 으르렁대자 송철용이 얼른 손을 거두었다.

"이 자식은 도대체 친해질 수가 없단 말이야."

해피는 오직 한 사람에게만 눈길을 주는 개다. 고작 네 명밖에 없는 구명도에서 곁눈을 줄 만도 하건만 재우 외에는 누구에게도 복종하지 않는다. 아무리 기름진 먹이도 주인의 손을 통해야 비로소 입에 댄다.

송철용이 재우 곁에 자리를 정하며 입을 열었다.

"제 판단으로는 신청자가 많을 것 같아요."

"왜 그런 생각을 하는 거지?"

"직업에 대한 만족도 때문이겠죠. 등대원이라는 직업에 보람이나 긍지를 갖고 있는 선배님들이 얼마나 되겠어요. 거의 없다고 봐요. 명색이 공무원이지, 어디 사람 꼴이나 하고 사나요. 교도관 생활 십 년이면 징역이 오 년이래요. 등대원은 그보다 더해요. 십 년이면 그 세월이 전부 징역살이인 셈이니까요. 등대지기……저 역시 별다른 애착이 없어요."

"그래도 그 동안 열심히 근무했잖아?"

"달리 방법이 없었으니까요. 군대 생활 한번 더 하는 셈치자는 각오였죠."

"그렇다면 이번에 신청하겠군?"

"솔직히 좋은 기회로 생각하고 싶어요. 아니, 틀림없이 좋은 기회예요. 그렇지만 마지막 순간까지 기다려야 되겠죠."

재우가 눈빛으로 이유를 묻자 송철용이 풀죽은 목소리로 대꾸했다.

"저야 막내잖아요. 고생을 했어도 제일 적게 했으니 선배님들한테 먼저 기회를 드려야 옳겠죠."

재우는 송철용의 어깨 위에 손을 얹어놓았다. 선착순이라면 근무 햇수와는 무관할 터였다. 그럼에도 자신의 자리를 맨 뒤로 두려는 송철용의 생각이 한순간 재우의 마음을 따듯하게 만들었다.

그래, 이 친구를 탓할 건 없어. 고작 1년 남짓 생활했을 따름이다. 등대를 온전히 사랑하기에는 턱없이 짧은 세월이지.

"무인등대로 전환한다면, 아무래도 구명도가 대상이 되겠죠?"

"글쎄……."

두고 봐야 할 일이었다. 그러나 송철용의 짐작대로 일이 진행되어 가고 있는 느낌이었다.

"선배님!"

불러놓고 송철용이 한동안 머뭇대다 물었다.

"혹 말예요, 등대를 떠난다면 무얼 하실 작정예요?"

"생각해보지 않았어."

"선배님이 등대에 집착하는 이유를 모르겠어요. 등대의 가치는 이미 사라졌다고 봐요. 제가 등대원이 되고 나서 제일 화가 나는 게, 아무 짝에 쓸모 없는 고물을 껴안고 있다는 느낌이었어요. 그렇지 않은가요?"

등댓불로 항로를 찾는 배들이 얼마나 될까. 위성에 연결된 항법장치를 장착한 배들에게 등대는 과연 무슨 소용일까. 버튼 하나만 누르면 모니터상에 현재의 항로 위치가 선명히 드러나는데 구태여 등대에게 길을 물을 까닭이 없었다.

"등대의 의미가 예전보다 많이 줄어든 건 사실이야. 그렇다고 등대가 필요치 않다는 생각에는 동의할 수 없어."

"당장은 그렇죠. 하지만 결국 등대는 사라질 겁니다. 필요에 의해 그 가치를 인정받는 세상이라고요. 머지않아 등대는 박물관의 유물로나 남게 되겠죠. 등대원이라는 직업도 사라질 거구요. 밀랍인형으로 만들어 박물관에 전시는 되겠네요."

재우는 달리 건넬 말이 없었다.

세상의 일을 가치와 필요의 잣대로만 판단해야 한다면, 등대를 보듬고 있는 건 참으로 덧없는 노릇이다. 산업으로 따지자면 등대는 사양 산업인 셈이다. 그러나 어쩌겠는가. 아직은 누군가 그 자리에 있어야 한다. 모두 탈출해버린 난파선일지라도 누군가는 남아 최후의 순간까지 구조 신호를 보내야 하지 않는가.

등대가 사라진다. 사라진 등대에 등대원이 필요할 까닭은 없다.

그때는 정말 어떤 심정이 될까. 어쩌면 목숨을 내주어도 부족할 게 없는 사람과 막 이별을 하고 돌아선 그런 느낌일까.

4.

DD : 0.5

M/S : 2

V : 8

W : 2

HW : 1

N : 1

머리칼을 사뿐 들어올릴 정도로 북동풍이 불고, 바다엔 고기 비늘 같은 잔물결이 일고 있었다. 구름은 서쪽 수평선에서 발달하고 있지만 비를 몰고 올 정도는 아니었다. 차물도 좌편 국도까지 또렷이 보이니 시정 거리는 20킬로미터 이상으로 상당히 양호했다.

재우는 그런 일기 상태를 약속된 숫자로 기상보고 작성표에 옮겨놓은 거였다. 팩스를 열고 A4 용지를 올려놓자, 양철판 위를 무쇠 신발을 신고 걷는 듯한 기계음과 함께 용지가 미끄러져 들어갔다.

기상보고는 엄밀히 말해 등대원이 관여할 바가 아니다. 그러나 기상청이 해양수산청에 기상 관측을 의뢰한 이래 등대원의 업무로 자리를 잡았다.

6시간에 한 차례씩 영산 기상청에 전화나 팩스를 이용해 구멍도의 기상을 보고하게 되어 있었다. 동료들은 기상청과 연결된 전화를 사용했다. 간편한 걸로 따지면 전화였지만 재우는 팩스를 고집했다. 기상 보고를 할 때마다 주객이 전도된 느낌 때문이었다. 기상 관측의 중요성을 모르는 바 아니었다. 다만 이 땅에서 점차 의미를 잃어가는 등대의 현실을 스스로 인정하는 듯한 떨떠름한 기분을 떨칠 수 없었다.

"유형! 오후에는 철용이랑 기름 작업을 해야겠어."

이길성이었다. 동갑이므로 진작부터 말을 터놓고 지내는 사이였다. 그러나 소장 직무대행 딱지를 단 이후 이길성은 아예 선임자 행세였다.

재우는 고개를 끄덕이고는 사무실을 나섰다.

— 자네도 좀 융통성 있게 처신하라고. 그게 뭔가, 후배한테 자리나 내주고.

어젯밤 걸려온 정 소장의 전화였다.

— 손 과장의 처사야 괘씸하지만 어쩌겠나. 아부까지는 아니더라

도 제발 고분고분한 척이라도 하게. 윗사람한테 잘 보여서 나쁠 건 없지 않은가. 특히 등대 생활 하루이틀 하다 집어칠 생각이 아니라면 말일세.

재우는 습관처럼 차물도를 흘끔 바라본 후 등탑 쪽으로 고개를 돌렸다.

오솔길에 주저앉아 담배를 피우고 있는 송철용의 모습이 눈에 들어왔다. 배수로를 정비하다 잠시 땀을 식히고 있는 중일 거였다.

* * *

재우는 지게를 지고 부두로 이어진 오솔길을 내려갔다.

곳곳에 바위가 솟아오른 가파른 내리막이지만 눈을 감아도 마음속 훤히 새겨진 길이었다.

행정선이 실어온 등유를 보관하는 창고는 부두 한쪽에 자리잡고 있었다. 부두에서 발전실까지 2백여 미터의 거리를 여섯 차례 반복해야 한다. 60리터의 등유를 지게로 옮겨 나르기에는, 마라톤 선수가 숙명적으로 달려야 할 42.195킬로미터처럼 아득한 길이다.

재우는 창고 앞에 지게를 내려놓고 심호흡을 했다. 벌써부터 어깨와 허리가 무지근한 느낌이었다.

창고를 열자 기름 냄새가 와락 코를 찔러왔다. 창고에 터를 잡고 사는 갯강구들이 재우의 인기척에 놀라 허겁지겁 기름 탱크 밑으로 숨어들었다.

재우가 세번째 오솔길을 오를 때 차물도와 국도 사이의 수평선에 새끼손톱만한 크기로 배가 떠 있었다. 네번째에는 밤톨만큼 커지더니, 다섯번째에는 구명도를 겨냥해 잔물결이 이는 바다 위를 미끄러져 다가오는 낚싯배임을 한눈에 알아볼 수 있었다.

어쩌다 구명도 남쪽, 깎아지른 듯한 절벽 아래 감성돔 포인트를 노리는 꾼들이 있긴 했다. 그러나 소형 선박을 이용해 낚시 원정을 오기엔 구명도는 지나치게 머나먼 섬이었다.

재우가 마지막 기름통을 지게에 올려놓았을 때, 낚싯배는 부두로 접어들고 있었다. 포인트에 낚시꾼을 내려놓으려면 방향을 단단히 잘못 잡은 셈이었다. 부두 인근에는 잡고기의 입질만 있을 뿐, 감성돔을 노릴 만한 포인트가 아니었다.

어렵사리 찾아왔으니 포인트나 제대로 가르쳐줘야겠군. 핑계 삼아, 작업이 끝나는 대로 재우도 낚싯대를 드리워볼 생각이 들었다.

막 지게를 짊어지려는 순간 뱃전에 두 사람의 모습이 나타났다. 낚시꾼의 차림새가 아니었고, 아, 재우는 휘청 다리를 가누지 못하며 신음을 토해냈다.

어머니.

재우는 두 손으로 눈두덩을 힘주어 눌렀다.

한바탕 사나운 꿈을 꾸고 있는 기분이었다. 그러나 선장의 손에 이끌려 부두에 내려선 노파는, 의심할 여지 없이 어머니였다. 뒤이어 형수가 내렸다.

어머니는 한복까지 곱게 차려입고 있었다. 남들이 본다면 며느리의 손에 이끌려 효도관광이라도 나선 양 여길 터였다.

형의 모습은 끝내 보이지 않았다. 형수만 딸려보낸 얕은 속셈은 천박한 희극을 보고 있는 듯했다. 차라리 잘된 일이었다. 형을 보는 순간 험한 꼴이 벌어졌을지도 모른다.

전후 사정이야 어쨌든 냉큼 달려가 어머니를 맞아야 옳았다. 그게 마땅한 줄 알면서도 재우는 내처 지게를 짊어졌다.

가파른 비탈길을 힘겹게 오르며 재우는 아랫입술을 악물었다. 그럼에도 주술사의 주문 같은 말들이 끊임없이 입안에 맴돌았다. 서둘 건 없어. 냉정하게 대처하자. 한편 기름투성이가 된 몰골로 어머니 앞에 서고 싶지 않다는 생각이 스쳐지났다.

＊ ＊ ＊

10분 가량 흐른 뒤였다.

땀과 기름으로 얼룩진 얼굴을 닦으면서, 새 작업복으로 갈아입으면서, 터덜터덜 비탈길을 내려서면서 재우는 다짐하고 또 다짐했다.

가당치 않은 일이다. 돌려보내자.

재우는 부두 바닥에 주저앉아 있는 어머니 곁으로 선뜻 다가서지 못했다. 어머니는 남색 치마에 얼굴을 묻은 채 어깨를 심하게 떨고 있었다. 마치 울고 있다는 사실을 과장하려는 새침데기 계집아이 같았다.

재우는 고개를 가로저었다.

강한 어머니였다. 눈물샘이 막혀버린 듯 어머니에게서 눈물을 엿본 기억이 없었다. 청상과부에게 현실은 가혹한 사막이었을 테지만, 어머니는 눈물로는 그 사막을 건널 수 없다는 사실을 알고 있었을까.

그러나 그것도 온전한 정신일 때 가능한 모양이었다. 어머니는 분명 흐느끼고 있었다. 혹시 둘째 아들과 살게 될지도 모른다는 생각 때문이라면, 공연한 눈물바람이었다.

선장과 이야기를 주고받던 형수가 재우를 알아보고 어색한 미소를 지었다. 재우는 두 손을 바지 주머니에 찔러넣은 채 짧은 고갯짓으로 인사를 대신했다.

형수가 미소를 거두고 사뭇 침통한 낯으로 입을 열었다.

"많이 놀라셨죠?"

형수의 물음에 재우는 무표정하게 고개를 주억거렸다.

"죄송해요, 도련님."

겨우 두번째 얼굴을 마주하는 형수가 죄송해 할 까닭은 없었다. 재우의 생각은 이미 단단한 각질로 무장되어 있었다. 머나먼 구명도까지 헛걸음질을 한 셈이니, 굳이 죄송한 쪽을 가린다면 재우 자신이 될 것이었다.

재우가 어머니를 흘끗 쳐다보자 형수는 말했다.

"게들이 무섭다고 저러시네요."

부두의 갈라진 콘크리트 틈새를 들락대는 돌게가 어머니를 겁에 질리게 만든 모양이었다. 그럴 만도 하리라. 첩첩산중에서 태어나 개울 하나 건너 마을에서 시집살이를 했던 어머니다. 서울에 터잡고 살면서도 여름 휴가니 바다 구경이니 할 정도로 여유 부릴 만한 살림인

적이 없었다. 한순간, 어머니의 인생도 참으로 딱하다는 생각이 재우의 가슴을 서늘하게 만들었다.

"여긴 걸리고 차일 정도로 게들이 흔해빠진 곳입니다."

말해놓고 재우는 내심 혀를 찼다. 자신이 어머니를 돌려보낼 분명한 이유를 찾아낸 양 호기를 부리고 있다는 느낌 때문이었다.

"경치가 참 좋네요"

형수는 주위를 둘러보며 감탄했지만 재우는 맞장구를 칠 기분이 전혀 아니었다.

선장이 팔목의 시계를 오른손 검지로 가리키더니 형수를 향해 손가락 세 개를 펴 보였다. 30분 후에는 출발해야 한다는 몸짓일 성싶었다.

재우는 어머니에게 눈길을 주며 형수에게 말했다.

"이왕 왔으니 차나 한잔 하고 가시죠"

형수는 복잡한 얼굴로 재우를 바라보더니 쭈그리고 앉아 어머니의 어깨를 흔들었다.

"싫어. 무서워. 안 갈 거야."

형수가 어머니를 달랬고, 어머니는 계속해서 도리질을 쳐댔다. 보다못한 선장이 끼어들었다.

"어차피 노인네 근력으로는 비탈길을 오르지도 못하실 텐데, 아드님이 어머니를 업으시죠"

어머니를 들쳐업었다. 처음 업어본 어머니는 깃털처럼 가벼웠다.

형의 대학 졸업식 날이었다. 졸업 가운을 입은 어머니가 형에게 업혀 마냥 행복한 미소를 짓던 장면이 떠올랐다. 그때 재우는 생각했었다. 나에게도 과연 그럴 날이 있을까. 간절히 소원하진 않았다 하더라도 한때의 소망을 이룬 셈이었다. 그러나 어머니는 둘째 아들의 등에서 발버둥을 치고 있었다.

재우는 넉 동의 관사가 서 있는 사무실 뒤편으로 갔다.

재우 몫의 관사 현관 앞에서 해바라기를 하고 있던 해피가 성큼 달려왔다. 해피는 어머니를 향해 이를 드러내며 으르렁댔다. 주인이 곤경에 처했다고 판단했는지, 발버둥을 쳐대는 어머니에게 금방이라도 뛰어오를 기색이었다.

"해피, 안돼!"

다급하게 외쳤음에도 해피는 쏜살같이 재우의 뒤쪽으로 돌아섰다. 어머니의 외마디 비명과 함께 치마가 찢겨나가는 소리가 들려왔다.

재우는 몸을 돌려 해피의 배를 걷어찼다. 해피가 꼬리를 뒷다리 사이에 넣은 채 슬픈 눈망울로 재우를 쳐다보았다. 주인에게 처음으로 얻어맞은 탓이리라.

"쌍놈의 개새끼가 날 물었어!"

어머니가 주먹으로 재우의 뒤통수를 연달아 내리쳤다. 해피가 다시 사납게 으르렁댔다.

"해피, 올라가!"

재우가 턱짓으로 등탑을 가리키자 해피는 슬금슬금 뒷걸음을 쳤다. 등탑으로 뻗어 있는 오솔길을 오르면서도 미심쩍은 듯 자꾸만 고개를 돌렸다.

해피는 주인말고는 누구에게도 마음을 열어놓지 않아요. 손바닥만한 곳에서 매일 보는 그 얼굴인데도 말예요. 저 녀석은 단순한 개가 아니라 오래 사귄 친구 같아요. 어머니로선 이해할 수 없겠죠? 말 못하는 짐승 외에 따로 정 붙일 바 없이 살아온 아들의 처지 따위에는 관심도 없었을 테니까요. 그건 아무래도 좋아요. 어쨌든 어머니가 우리 사이를 망쳐놓은 기분이 드네요.

재우는 관사로 들어가 방에 어머니를 내려놓았다. 어머니는 분을 삭이지 못한 듯 흰자위를 드러내며 재우를 쏘아보았다.

"여긴 돼지우리야."

아침에 말끔히 정리해둔 그대로였으므로 어머니는 억지를 부리고 있었다. 재우는 천성적으로 너저분한 것을 싫어했다. 어머니한테서 대물림한 유일한 부분인지도 몰랐다.

* * *

두 손에 커다란 가방을 나눠 든 형수가 밭은기침을 토해내며 현관으로 들어섰다.

가방에는 어머니의 옷가지 따위가 들어 있으리라. 괜한 수고를 한 셈이었다. 가방을 뱃전에 가만히 모셔두는 편이 좋았을 거였다.

형수가 필요 이상으로 집안을 두리번거렸다.

"기대했던 것보다 훨씬 집이 좋네요."

방 두 개, 거실과 주방과 욕실까지 갖추고 있으니 등대지기로선 분에 넘치는 거처일 것이다. 수년 전 대통령이 서해의 한 등대를 방문한 결과였다. 등대원의 고달픈 형편을 헤아린 높으신 양반이 가족과 함께 생활할 수 있도록 조처하라는 지시를 내렸고, 전국의 등대에는 제법 멋을 부린 관사가 지어졌다. 그러나 단독 생활이 가능하다고 무턱대고 가족을 불러들일 수는 없는 노릇이었다.

"그이도 영산까지는 왔어요. 차마 도련님 볼 낯이 없다며……."

"형은 어쩌자고 어머니를 이곳으로 보낸 겁니까?"

형수가 푹 고개를 떨구었다.

"오죽하면 여기까지 왔을까요. 우리로선 이 방법밖에 없었어요."

"잘못된 방법입니다."

"평생 어머니를 맡으라는 뜻이 아니에요. 일 년만 우리를 대신해서……."

"여기 사정을 직접 봤으면 알 거 아닙니까? 어머니로선 일 년이 아니라 한 달도 버티기 힘들어요."

"일부러라도 이런 장소를 찾아야 되는 게 어머니 입장예요. 치매는 다른 사람과의 관계에서 문제가 생기는 병이죠. 특히 어머니는 걸핏하면 집을 나가시는데, 여기서는 가셔야 어딜 가시겠어요."

"작은 섬이니 길을 잃어버릴 염려는 없겠죠. 그러나 곳곳이 절벽인데 자칫 발이라도 잘못 딛으면 어쩔 겁니까?"

"두고 보세요. 워낙 겁이 많으신 분이라 위험한 곳으로 가는 일은 없을 겁니다, 절대로."

"어머니는 환자입니다. 의료 행위를 전혀 받을 수 없는 곳입니다."

"치매는 따로 의료 행위가 필요치 않아요. 그리고 정신만 온전치 못하실 뿐이지, 대체로 건강하세요."

어머니가 구명도에 있을 수 없는 이유를 꼽으라면 아흔아홉 가지
쯤 될 것이다. 그때마다 형수는 그럴싸한 대꾸를 궁리해내겠지. 부질
없는 아흔아홉 가지의 이유보다 단 하나의 분명한 사실을 말할 때였
다. 어머니를 모시고 싶지 않다. 어머니와 함께 지내고 싶은 마음이
추호도 없다. 그러나 형수 앞에서 일그러진 가족사의 단면을 자진해
서 들춰내는 듯해 재우는 망설였다.

"곧 결혼하게 될 겁니다."

구구한 변명을 늘어놓기보다는 차라리 오해를 받는 편을 택해온
재우였다. 오해란 적어도 이편을 치사하고 처량하게 만들지 않으니
까. 그런데 천연덕스럽게 거짓말까지 해대고 있었다.

내친걸음이었다. 입을 반쯤 벌리고 있는 형수를 똑바로 쳐다보며
재우는 말을 더했다.

"결혼할 사람이 원치 않습니다. 다시 말해 시어머니를 모시고 살
만큼 착하지 않다는 의미입니다."

"이해해요. 저라도 주저했을 거예요. 하지만 여자는 어차피 남자의
생각을 따를 수밖에 없잖아요. 그리고 고작 일 년 정도도 시부모를 모
시지 않겠다는 상대라면 문제가 있는 거 아닌가요?"

어머니는 벽에 등을 기댄 채 꾸벅꾸벅 졸았다. 장시간의 뱃길이 어
머니를 녹초로 만든 탓이라고 이해하면서도, 재우는 어머니의 태연
함에 화가 치밀었다.

"어쨌든 어머니를 모실 수 없습니다."

형수가 금방이라도 눈물을 쏟을 듯 애처로운 시선으로 창 밖을 응시했다.

태양은 등탑의 허리춤까지 떨어져 있었다. 지금 출발한대도 영산항에는 밤이 깊어야 도달할 것이었다.

"그이가 어머니를 이곳으로 보내자고 했을 때, 솔직히 반대했어요. 도련님이 어머니한테 맺힌 게 얼마나 많은지 저는 몰라요. 어쨌든 자식들을 위해 당신의 한평생을 희생하신 분이 아닌가요? 그런데도 어머니의 문제를 남의 일처럼 말하는 도련님을 이해하기 힘들더군요. 또 억지로 떠맡기는 듯한 기분도 싫었고요. 그이가 말했어요. 그래도 남의 손에 맡기는 것보다는 나을 거라고요."

고작 두 번 만나 그 사람을 파악할 만한 재주가 재우에겐 없었다. 함부로 단정지어 말하는 형수였지만 적어도 형보다는 정직하다는 생각이 들었다.

"그이가 틀렸네요. 남에게 부탁하는 편이 낫겠어요. 도련님처럼 어머니를 증오하진 않을 테니까요."

뚝, 형수의 눈에서 한 방울의 눈물이 떨어졌다.

＊ ＊ ＊

재우는 방을 나와 거실에 딸린 주방으로 갔다.

형수의 눈물을 마냥 쳐다본다는 것이 여간 민망스럽지 않았다. 그리고 마음먹은 대로 차 한잔 대접하고 돌려보낼 생각이었다.

재우는 가스 레인지에 불을 켜고 주전자의 물이 끓는 동안 생각하고 또 생각했다.

어머니를 사랑한 적이 있었던가. 재우는 자신을 설득할 수 없었다. 어머니에게 안타까움과 연민 따위를 느낀 적이 있었다. 하지만 그걸 사랑이라 단정할 수 있을까.

사랑은 그 사람에게 사랑의 빚을 졌거나, 사랑의 가능성을 엿보았을 때 가능한 일이다. 그런 점에서 재우는 형보다 자유로웠다. 어머니가 자신을 단 한 번도 온전히 사랑했던 기억이 재우에겐 없었다. 따라서 어머니에게 사랑에 빚진 자가 아니었다. 어머니 곁에는 언제나 형의 자리만이 마련되어 있었다. 따라서 어머니를 책임져야 한다면 바로 형이었다.

그렇다면 형수의 말대로 어머니를 증오했던가. 그랬을 것이다. 어머니 때문에 괴로웠고, 괴로움이 사무쳐 결국 증오로 변했겠지.

등대지기로 지내면서 어머니는 물론 그 누구도 미워하며 살고 싶지 않다. 앞으로도 내내 그러길 원한다. 어머니와 함께 지내다 보면 예전의 증오와 다시 대면하게 될지도 모른다. 재우는 그게 두려웠다. 어머니를 미워하지 않기 위해서라도 형수의 제의를 받아들일 수 없었다.

끓는 물을 잔에 붓는 순간 형수가 다가왔다.

"결혼 날짜는 정했나요?"

"아직은……."

"그럼 아무리 빨라도 한 달 안에 식을 올리진 않겠군요?"

재우는 천천히 고개를 끄덕였다.

형수가 길게 한숨을 토해낸 뒤 말했다.

"저희 내일 출국해요."

"내일요?"

"회사에서 이렇게 빨리 발령을 낼 줄은 몰랐어요."

재우는 한번 두번, 계속해서 머리를 좌우로 흔들었다. 형은 이편의 사정 따위는 싹 무시한 채 이미 결정해놓은 셈이었다.

"한 달만 어머니와 지내줘요, 도련님."

"한 달만이라뇨, 무슨 뜻이죠?"

"미국에 도착하는 대로 서류를 마련해서 제가 다시 나올 거예요."

"어머니를 미국으로 모셔가겠다는 말인가요?"

형은 미국행에 대해서 비장하게 말했었다. 전쟁터로 떠나는 병사와 같은 심정이므로 어머니를 동반할 수 없노라고. 형이 생각을 고쳐먹은 까닭은 무엇일까.

"형님도, 도련님도 싫다 하시니 달리 방법이 없네요. 그렇다고 자식이 셋씩이나 있는데 어머니를 시설에 맡기는 건 도리가 아니잖아요."

재우는 형수의 어깨 너머로 방안을 들여다보았다. 벽에 기대 있던 어머니가 빈 자루처럼 스르르 모로 쓰러졌다. 되짚어 가야 할 길이 아득한데 깊은 잠에라도 빠져든 모양이었다.

어머니가 한번쯤은 자신을 찾아오리라는 기대를 품은 적이 있었다. 수소문하면 당장이라도 재우의 거처를 알 수 있었을 것이다. 그러나 어머니는 집 나간 아들을 찾지 않았고, 재우 역시 8년 내내 기대를 품고 있었던 것은 아니다.

"한 달도 안되나요?"

울음 뒤끝 때문일까, 형수의 목소리가 애처로웠다.

모레부터 휴가였다. 석 달을 전일 근무한 뒤 찾아오는 한 달간의 휴가. 휴가라고 해도 재우는 거의 구명도를 벗어나지 않았다. 달리 갈 곳이 없었다. 자신의 이름을 부르며 손 흔들어 맞아줄 사람도 없었다. 한때 우정의 이름으로 사귀었던 친구들과도 연락이 끊긴 지 오래였다.

휴가의 대부분을 항구의 여관방에서 뒹굴거나 낯선 거리를 배회하는 것으로 보내곤 했다. 그건 참으로 맥없는 짓이었고, 몇 년 전부터 사나흘 영산에 다녀오는 것으로 휴가를 마무리지었다. 대신 동료들이 재우 몫의 휴가를 나눠 갖곤 했다.

그러나 이번 휴가만큼은 여느 때와 다르리라. 인도를 배낭 여행으로 돌아다녀 볼 셈이었다. 행복의 실체가 무엇인지, 욕심을 덜어내며 사는 방법이 궁금하거든 인도에 가보라. 어느 여행기를 읽은 뒤부터 재우는 인도 여행을 계획해놓았고, 항공권도 예약해둔 상태였다.

"겨우 한 달예요. 설마 한 달도 안된다고 하지 않겠죠?"

형수는 다시 물었고, 재우는 외면했다.

1년이 한 달로 줄어들었다. 구명도에서의 한 달은 결코 긴 시간이 아니었다. 하지만 시간의 길이는 그다지 중요하지 않다고, 재우는 생각했다.

형수가 풀썩 바닥에 주저앉더니 무릎을 꿇었다.

"이렇게 사정합니다. 제발 저희한테 한 달만 여유를 줘요."

제3장 등탑

1.

알록달록 우리 아가 꼬까신
아장아장 어디어디 가느냐
산을 넘을 테냐 강을 건널 테냐
알록달록 우리 아가 꼬까신

진종일이었다. 어머니는 지치지도 않고 같은 노래를 읊조리고 있었다. 재우는 코르크 마개로 귓구멍이라도 틀어막고 싶은 심정이었다. 노래라기보다는 음정도 박자도 무시한 흥얼거림에 가깝기 때문은 아니었다. 어머니의 끝 모를 집착에 넌덜머리가 났다.

한 사람의 인생은 거대한 그 어떤 것으로부터 출발하지 않는다. 그 사람이 하루 종일 무엇을 생각하느냐에 따라 먼 훗날 인생의 부피까지 달라지는 것이다. 엄밀히 말해 우리가 집착해야 할 것은 내일이 아니라 당장의 오늘이다. 그렇다. 내일을 산다는 것은 오만이며 정신적 사치에 가깝다. 오늘을 사는 것이다. 오늘 그 무엇에 초점을 맞춰 생각할 것인가. 이것이 바로 인생의 시작이며 전부이기도 하다.

언제인가 재우는 노트에 그렇게 휘갈겨 써놓았다. 아마 등대 생활에 회의를 가졌을 즈음일 테고, 불확실한 미래에 대한 불안감에 스스로 빗장을 질러놓으려는 의도였을 것이다.

하나에 집중했다는 점을 기린다면, 어머니는 완벽하게 오늘을 산 셈이었다. 광기라고 해야 적당할 집착일 테지만.

"제발 좀 그만해요. 지겹지도 않아요?"

어머니는 들은 척도 하지 않았다. 보채는 갓난애를 얼러 재우듯 베개를 품에 안은 채 토닥이며 노래에 열중했다. 소꿉놀이에 빠진 철없는 계집아이처럼 굴고 있었다. 집에 가겠다고 투정과 억지를 부리는 편보다 나을지도 몰랐다.

달력의 서른 날 중 하루에 가위표를 치며, 재우는 길게 한숨을 토해냈다. 일주일이었다. 고작 그 정도의 날이 흘러갔을 뿐이다. 그러나 구명도에서 보낸 8년의 세월보다 길고 암담한 시간이었다.

그 일주일 동안 어머니와 평화를 이루려 재우는 나름대로 안간힘을 썼다.

사랑할 수는 없다 해도 미워하진 말자. 미워하진 말자.

병든 어머니를, 외딴섬까지 내몰린 당신의 처지를 연민의 눈동자로 바라보려 했다. 어차피 약정해놓은 기간이었다. 제아무리 버거운 시간도 결국 흘러가기 마련이고, 또 어차피 떠날 당신이라면 머무는 한 달이나마 편히 쉬게 되길 원했다. 그러나 어머니는 이내 재우를 진력나게 했다. 순간순간 울화통이 터지게 만들었다. 치매 때문이겠지, 생각하면서도 선뜻 마음의 빗장을 풀어놓을 수 없었다. 아들이라는 사실조차 모르는 당신에게 무엇을 기대한단 말인가.

어쩌다 아들이라는 생각은 들기도 하는 모양이었다. 하지만 어머니는 번번이 형의 이름을 불렀다.

명우야, 명우야, 명우야!

차라리 타인으로 여겨주는 편이 홀가분했다. 형의 이름으로 불릴 때마다 재우는 어머니와의 간격을 새삼 실감하며 진저리를 쳤다.

아침에 눈을 떠 어머니를 바라보면 한숨부터 나왔다. 그렇게 시작한 하루가 온전할 리 없었다. 모든 것이 엉망이었다. 수년간 반듯하게 정리해놓은 생활이 그랬고, 정해진 일과가 뒤죽박죽 제멋대로 흘러갔고, 동료들과의 관계 역시 비틀리고 엇나갔으며, 구명도 전체의 균형이 형편없이 무너져 버린 느낌이었다.

"다른 건 괜찮아요. 정신만 온전치 못하실 뿐이죠."

형수의 말이었다. 물론 형도 그 비슷한 이야기를 했었다.

손바닥으로 하늘을 가린 격이었다. 제기랄, 무엇이 괜찮다는 말인가. 어머니는 생리적 욕구조차 제대로 처리할 줄 몰랐다. 두 개의 가방 속에 왜 그리 속옷만 잔뜩 들어 있었는지 알 만했다.

"화장실에 가요."

재우는 어머니의 손을 잡아끌었다.

"오줌 안 마려."

"이제 주무셔야 하니까 그렇죠."

"나 오줌 안 싸."

"자꾸 고집 부리면 불 꺼버릴 거예요."

"썩어문드러질 놈!"

한낮에도 방에 불을 켜놓아야 안심하는 어머니였다. 재우가 형광
등 스위치를 끄려는 시늉을 하자 어머니는 마지못해 일어섰다.

설득한다고, 양해를 구한다고, 애걸복걸한다고 말귀가 통할 어머
니가 아니었다. 협박과 윽박지르는 것만이 어머니를 움직이는 방법
이었다.

욕실 한구석에 수북이 쌓여 있는 빨래를 쳐다보며 재우는 재차 한
숨을 내쉬었다. 오늘만 다섯 차례였다. 그 중 두 번은 대변이었고, 재
우는 참다못해 고함을 질렀다.

"내가 어머니 똥이나 치우는 사람예요!"

그랬다. 등대지기가 아니라 오로지 어머니를 지키고 뒤처리하기
위한 존재인 양 여겨졌다. 참담하고도 끔찍했다. 재우는 자신이 마치
형벌을 받고 있는 듯했고, 지옥의 불구덩이 속에 들어앉아 목만 내놓
고 있는 기분이었다.

재우는 어머니의 속옷을 내리고 변기에 앉혔다. 곧이어 우렁차게

대변을 쏟아냈다.

밑 빠진 독에 물 붓기.

어머니의 탐욕에 재우는 혀를 내둘렀다. 먹고 마시고 배설하는, 동물적 기능만이 남아 있었다.

어느 때는 정말로 치매일까 싶을 만큼 정신이 말짱하시기도 하다, 라고 형은 말했었다. 그러나 일주일 동안 말짱한 정신인 적은 없었다. 어머니의 머릿속에 과연 생각이라는 장치가 들어 있을지 의문이었다.

이 땅에 없는 형에게 항의할 수는 없는 노릇이었기에, 재우는 누나에게 전화를 걸었다. 누나는 어머니의 상태를 제대로 알지 못했다. 설마 그 정도 되셨을라고…… 믿어지지 않는다는 듯 혀를 차고는 자신의 경험을 들어 이야기했다.

ㅡ 우리 시아버지의 경우를 보면, 치매 환자의 특징 중 하나가 변화에 제대로 적응을 하지 못한다는 거다. 엄마도 일단 거기에 익숙해지면 나아지겠지. 좀더 기다려봐라.

재우는 웃었다. 어머니가 영영 구멍도에 터를 정한 듯한 말투였다.

* * *

"다 눴어."

어머니가 애처로운 눈빛으로 말했지만 재우는 단호히 고개를 저었다. 한 방울의 소변마저 모조리 뽑아내야 한다. 그래야만 이부자리를 걷어내 세탁하는 수고를 면할 터였다.

빗물을 받아 모아놓은 탱크의 저수량이 눈에 보이게 줄어들었다. 어머니의 빨래 때문이었고, 동료들의 눈치에 재우는 오금이 저렸다. 아끼고 아껴야 겨우 일주일에 한 차례 목욕이 가능한 물이었다.

비라도 흠뻑 내려줬으면 좋으련만. 그러나 봄가물이 연일 계속되고 있었다.

가족 단위로 지어진 관사였고, 기혼자의 경우는 아내와 함께 생활하기도 했다. 따라서 어머니를 모시는 자체가 문제 될 것은 없었다. 그건 재우의 권리였다. 그러나 어머니로 인해 속절없이 죄인이 되고만 요즈음이었다.

재우는 타인에 의해 자신의 생활이 간섭받지 않길 원해왔다. 그러기 위해선 먼저 타인의 생활을 존중해야 한다고 믿었다. 하지만 동료들은 어머니 때문에 불편을 감수하고 있었고, 좋든 싫든 어머니의 행동을 책임질 당사자는 재우 자신이었다.

동료들이 재우보다 더 간절하게 한 달의 시간이 흘러가길 소원하고 있다는 생각마저 들었다. 실제로 이길성은 노골적으로 불편한 기색을 드러냈다.

"두 달이 아닌 게 천만다행이네."

각자의 관사에 별도의 주방 시설이 마련되어 있지만 오래전부터 공동으로 식사 문제를 해결해왔다. 부식 구매에서 취사와 설거지까지 순번을 정해놓았다. 사내만 모여 살면서 단독으로 살림을 벌이는 것도 우스꽝스럽고 불편하고 처량한 노릇이었다.

더 이상 동료들과 한식탁에 둘러앉을 수가 없는 재우였다. 어머니는 식탁 앞에서는 허기진 맹수와도 같았다. 동료의 국그릇에 아무 거리낌 없이 수저를 담갔고, 타인의 젓가락에 걸린 반찬마저 가로챘다. 재우는 자진해서 단독 취사를 선언했지만 겉말이나마 동료들이 만류하길 바랐다.

어머니의 내부에는 오로지 적개심만이 가득 차 있는 듯했다. 재우는 물론 동료들에게 욕을 퍼붓거나 심지어 물건을 집어던지고 손찌검까지 하려 들었다.

동료들의 이해를 바라는 자체가 염치없었다. 아들조차 어머니의 행동을 납득하지 못하고 있었다. 따라서 동료들의 불쾌한 시선은 차라리 당연했다.

어머니가 변기에서 일어서며 슬쩍 속옷을 올리려 들었고, 재우는 잽싸게 어머니의 손을 낚아챘다.

"일을 봤으면 휴지로 닦아내야 한다고 몇 번을 말했어요."

바보 천치라도 그 정도 말했으면 알아듣겠네요, 하는 말이 목구멍까지 올라왔다. 어머니가 잡힌 손을 뿌리치려 들었지만 어림도 없었다. 멀쩡한 속옷을 맥없이 버릴 수야 있겠는가.

"엎드려요!"

"나쁜 놈!"

어머니의 얼굴이 상기된 채 일그러졌다. 아직도 부끄러움이 남아 있단 말인가. 어머니가 스스로 수치를 당하고 있다고 생각한다면, 어머니의 그런 심리를 조롱하고 싶기까지 했다.

재우는 어머니의 허리를 굽혀놓고 배설의 흔적을 닦아냈다.

사랑은 부끄러움을 망각하게 만든다고 했다. 사랑하는 사람 앞에서 부끄러움을 앞세운다면, 아직 사랑에 도달하지 못한 것이라는 뜻이리라. 그러나 증오나 분노 역시 부끄러움을 떨쳐버리게 만드는 모양이었다. 어머니의 배설물을 처리하면서 재우는 부끄러움 따위를 느끼지 않았다. 단지 자신의 처지에 화가 치밀 뿐이었다.

자식의 똥은 냄새도 나지 않는다고 하던가. 그러나 어머니의 배설물은 역겹다 못해 구역질이 날 지경이었다.

때로 한탄하곤 했다. 어찌하여 어머니를 향한 한 점 애정조차 남겨두지 않았던가. 그랬다면 어머니의 뒤처리를 하면서 역겨워하진 않겠지. 터무니없는 일에 휘말렸다는 생각도 얼마쯤 걷어낼 수 있을 것이다. 어머니를 이해할 수는 없어도 용서할 수는 있을지도 모른다.

어머니에게 개선될 가능성이 전무하다면, 재우 자신 편에서 변해야 한다는 생각이 불쑥불쑥 들기도 했다. 하지만 잠시 떠올랐다 사라져 가는 한 조각 구름이었다. 배설해놓고도 시치미를 뚝 떼고 있거나, 수고하는 아들에게 고작 욕설을 퍼붓는 당신을 쳐다볼 때마다 한순간의 안타까움은 흔적도 없이 사라졌다.

＊ ＊ ＊

어머니가 자리에 눕는 것을 확인한 후 재우는 방을 나섰다.

어머니 몫의 방을 어느 쪽으로 할 것인가를 두고 한동안 고심했었다. 작고 큰 가재도구와 잡동사니가 들어차 있는 큰방과, 책장과 전축 외에는 빈 공간인 작은 방. 어느 쪽도 마땅치가 않았다. 차라리 한방에서 동거를 하는 편이 낫지 않을까. 그러나 1시간쯤 머물다 형수가 떠나자, 어머니는 앉은 자리에서 질펀하게 볼일을 보고 말았다. 동거도, 큰방도 포기해야 하는 순간이었다.

재우는 어머니가 안에서 문을 열지 못하도록 자물쇠를 채웠다.

"당신이 사랑하는 큰아들한테 배운 거니까 원망하진 말아요. 나야 당신이 소 닭 보듯 하던 둘째 아들 아닙니까."

재우는 혼잣말을 중얼댔지만 말처럼 속이 편하진 않았다.

형은 어머니가 길을 잃을까 심히 염려되기 때문이라고 말했었다. 그러나 형처럼 어머니의 가출을 이유로 꼽을 수도 없지 않은가. 솔직히 재우 자신이 편하자는 속셈일 뿐이었다.

굳이 이유를 들자면 없는 건 아니었다.

"선배님 어머니 때문에 야간 당직을 서기가 겁나요. 사무실 밖으로 하얀 물체가 쓰윽 지나가면 등골이 오싹해요. 그리고 어제는 기분이 이상해서 고개를 들었더니 선배님 어머니가 이상한 눈빛으로 쳐다보고 계시지 않겠어요. 정말로 섬뜩하데요. 저만 그런 게 아니고 이 선배도 같은 기분이 들었다네요."

송철용의 하소연이었다. 재우가 잠든 사이 어머니는 밤마다 속치마 바람으로 몽유병 환자처럼 쏘다녔던 모양이다.

아무럼 등골이 오싹하고 섬뜩하기까지야 했을까. 하지만 군소리를 늘어놓는 대신 재우는 망설임없이 자물쇠를 해 달았다. 마치 어머니를 가둬야 하는 정당하고 분명한 구실을 찾은 양 그렇게.

어머니가 맹렬하게 문을 두들겼다.

"문 열어! 뼈를 발라먹을 놈아, 날 왜 가두는 거야."

도대체 저런 욕은 어디서 얻어들은 걸까. 아니면 진작에 알고 있었는데 차마 입 밖으로 내뱉지 않았을 뿐이든지.

"가만히 주무세요. 내일 아침에 열어드릴 테니까요."

"이 오줌발에 씻겨 나온 자식아, 문 열어!"

재우는 화가 치밀어 문을 푹 패일 정도로 걷어찼다.

오줌발에 씻겨 나왔다니……누가 그랬다는 말인가?

"널 낳지 않으려고 했다. 병원에선 늦었다고 고개를 젓더구나. 누가 간장을 한 사발 들이키면 자연적으로 떨어진다고 해서 간장 한 주전자를 다 마시기도 했다. 한 길 높이에서 세 번만 뛰어내리라는 말을 믿고 수십 번도 더 뛰어내려 봤다. 아비를 잡아먹고 나온 자식이란 손가락질을 받게 하긴 싫었다."

어머니가 어떤 상황에서 무슨 이유로 그 말을 했는지 기억나지 않았다. 그럼에도 태중에 있을 적부터 축복받지 못한 목숨이었다는 그 말은 오랫동안 재우에겐 상처였다.

문 저편에서 아무 소리도 들려오지 않았다.

주눅이 든 어머니가 새우처럼 등을 구부려 고개를 무릎에 묻고 있는 모습을 떠올리며, 재우는 기나긴 한숨을 토해냈다. 한숨 쉬는 게 아예 버릇이 되고 만 듯했다. 악쓰지 않고 눈에 핏발 세우지 않고 어깨에 힘주지 않고 신발끈 너무 조여매지 않고 살고 싶었다. 그런데 이게 뭐지?

벤치에 앉아 밤바다를 한정 없이 바라본다면 한숨 따위를 가벼이 날려보낼 수 있을까. 재우는 관사를 나와 구릉지로 빠르게 걸음을 옮겼다.

하늘에는 별 하나 보이지 않았다. 재우는 12초 주기로 밤하늘에 궤적을 그리는 등댓불을 바라보며 중얼거렸다.

"내일은 비가 오시려나. 그랬으면 좋겠어. 내일은 오늘보다는 나아질 거야. 누나의 말대로 어머니가 구명도에 익숙해지고, 나 역시 어머니에게 어떤 식으로든 적응했으면 좋겠어."

2.

연 이틀 바람 불고 비가 내렸다.

비바람이 긋기를 기다렸다는 듯이 정 소장이 왔다. 정 소장은 하루에 한 차례 안부 전화를 핑계로 등대에 대해 물어왔고, 재우는 사흘 전에야 비로소 어머니에 대해 이야기했다.

─ 자네 모친이 와 계신다니 가만히 있을 수 있나. 씨알 좋은 놈 건지면 곧 감세.

바다가 가라앉자 득달같이 정 소장은 자신의 배를 몰고 온 셈이었다.

기대했던 것보다 훨씬 작고 낡은 배였다. 등대호. 그리 명명해놓고 미소지었을 정 소장의 모습이 가히 짐작되었다.

"초보 선장님, 고기잡이는 웬만합니까?"

정 소장은 빙그레 웃고는 선창 활어 보관함에서 참돔과 벵에돔을 뜰채로 건져내 비닐봉투에 담았다.

"이 정도면 초보는 면한 셈 아닌가?"

"체면치레로 사오신 건지, 누가 압니까."

"예끼, 이 사람아! 자네가 어디가 예쁘다고 사오기까지 하겠나."

재우는 소리내어 웃었다. 정 소장이 떠나고 나서 통 웃을 일이 없었고, 어머니와 동거하면서 끓는 냄비를 머리 위에 올려놓은 양 낯을 구기며 지내야 했다.

"모친께선 회를 좋아하시나?"

정 소장의 물음에 재우는 냉큼 답을 건네지 못했다.

모릅니다. 한번도 본 적이 없어서요. 생선이라면 어쩌다 상에 올라오는 고등어 조림이나 구이가 전부였죠. 회를 사먹을 만큼 녹록한 살림살이가 아니었거든요. 혹시 모르겠네요, 어머니가 어디서 얻어먹어 본 적은 있을는지……

재우는 속말을 삼키면서 정 소장의 시선을 피했다.

"별로 좋아하시지 않나보군. 쇠고기 두어 근 끊어 오길 잘했구먼."

"아뇨 회도 좋아하십니다. 뭐든지 다 잘 드시니까요."

차라리 침묵하는 편이 옳았다. 재우는 자신의 말을 곱씹으며 자괴감에 휩싸였다. 어머니에 대해서 알고 있는 게 얼마나 될까. 어쨌든 낳아주고 길러 준 당신이 아닌가. 그런데 식성조차 제대로 파악하지 못하고 있었다.

어머니를 미워할 자격조차 없을지도 몰라. 재우는 정 소장의 짐을 받아들면서 우울해지려는 마음을 서둘러 단속했다.

"가세. 모친께 인사부터 드려야지."

"그냥 사무실로 가시죠."

정 소장이 영문을 모르겠다는 듯 재우의 얼굴을 빤히 들여다보았다.

"미리 말씀드렸듯이 어머니 상태가 좋지 못하십니다."

"아무리 그래도 이쪽은 이쪽의 도리가 있는 법일세."

"다음에 뵈면 안될까요?"

"자네답지 않게 왜 그러나. 어서 앞장서게나."

정 소장이 등을 떼밀었지만 재우는 내키지 않았다. 어머니가 또 무슨 해괴한 짓으로 정 소장을 당황케 할지 의심스러웠다. 아니다. 그런 당신을 나의 어머니입니다, 라고 천연덕스럽게 소개해야 하는 게 재우는 싫었다.

치매는 수치스런 병이다. 수치스런 어머니를 아무리 정 소장이라 해도 태연히 노출시키고 싶지 않았다.

* * *

"유재우, 진난희!"

까마득한 세월이 흘렀지만 잊혀지지 않는 이름이다. 문육자 선생.

초등학교 3학년이 막 시작되었을 즈음이었다. 재우는 난희와 같은 반으로 편성되었다. 운이 좋았던 것이고, 재우의 소원대로 된 셈이었다.

"너희들은 왜 집 주소가 같니?"

학년이 바뀔 적마다 제출하는 가정환경 조사서를 보고 담임인 문육자 선생이 던진 물음이었다.

재우는 푹 고개를 숙였다. 난희 쪽에서도 대꾸가 들리지 않았다. 하지만 재우처럼 고개를 떨굴 필요까지는 없었을 것이다.

"대답해봐!"

그때 누군가가 말했다.

"재우 엄마는 난희네 식모예요."

와그르르, 웃음소리에 교실이 떠나갈 지경이었다. 문육자 선생이 어떻게 사태를 진정시켰는지는 기억에 없다. 아마 어머니의 직업을 식모에서 가정부쯤으로 정정했을 수도 있다.

그 이후 아이들은 가락을 붙여 놀려댔다.

"재우네 엄마느은, 난희네에, 식모래요, 얼래리꼴래리."

그중 집요하게 놀려대는 아이가 있었다. 재우는 그 아이를 두들겨 팼고, 쓰러진 아이를 발로 짓이겼다.

그날 아이의 엄마가 눈두덩이 시퍼래진 아이를 끌고 찾아왔다. 물론 난희네 집이었다. 그렇다고 난희네가 기거하는 근사한 이층 양옥은 아니었다. 대문 옆 차고를 개조한 단칸방이었다.

"넌 다른 애들하고 다르다. 네가 싸움질을 하면 아비 없는 자식이라고 손가락질을 받는다."

그런 식으로 어머니는 매질을 시작했으며, 싸운 이유를 캐물었다. 재우는 대답하지 않았다. 어머니는 모질게 회초리를 휘둘렀다. 분하고도 억울했다. 하지만 달리 방법이 없으니까, 종아리에 피멍이 들고 생살이 터질 때까지 이를 악물고 침묵으로 대항했을지도 모른다.

"왜 맞아야 했는지, 반성해."

회초리 두 개가 망가진 후에야 어머니는 매를 거두었다.

이튿날 어머니는 난희에게서 이유를 알아낸 모양이었다.

재우는 난희의 고자질이 오히려 잘된 일이라고 생각했다. 정당한 싸움이었다는 것과, 얼마나 당치도 않은 매질이었는지 어머니 스스로 알았을 것이다. 반성해야 할 사람은 바로 어머니였고, 재우는 어머니의 사과를 기대했다.

"그 애가 틀린 말 한 거 아니다. 어미는 식모다."

"창피해요."

"창피하다고?"

"네, 창피해 죽겠어요."

"어미를 창피하게 여기는 놈을 자식이라고 거두고 있구나."

혼잣말처럼 던진 말이 끝이었다.

그후로도 어머니는 오랫동안 식모였다. 식모인 어머니와 삼남매는 그후로도 오랫동안 난희네 집에 얹혀 지냈다. 하필이면 왜 난희네 집에서 식모를 살아야 하는 것일까. 재우에게는 수치와 모멸감의 세월이었다.

* * *

"아드님과 함께 근무했던 정필곤이라고 합니다."

정 소장은 마치 정상인을 대하듯 공손하게 고개를 숙였다.

아, 그러셨군요. 못난 자식을 잘 돌봐주셨다니 정말로 고맙습니다.

어머니의 정신이 잠시라도 온전해진다면, 그래서 재우의 마음을 대신 전해줄 수만 있다면……. 그러나 어머니는 반쯤 입을 벌린 채 바라보고만 있었다.

"잘 오셨어요. 계시는 동안만이라도 편히 쉬세요."

어머니는 입술을 실룩거리더니 흑흑, 소리내어 울기 시작했다.

정 소장이 의아한 눈빛으로 재우를 쳐다보았지만 영문을 모르긴 재우 역시 마찬가지였다. 도대체 어디로 뛸지 알 수 없는 개구리 심보라고나 해야 할까.

눈물바람이 그나마 다행이었다. 썩을 놈, 죽일 놈, 똥물에 튀겨먹을 놈! 이길성, 송철용과의 첫 대면에선 대뜸 욕설을 퍼붓던 어머니다. 하지만 이 무슨 청승이란 말인가.

정 소장이 서둘러 일어서길 바랐다. 재우의 속셈을 훤히 들여다보기라도 한 듯 정 소장은 오히려 자리를 잡고 앉았다. 도리 없이 재우는 어머니의 어깨를 흔들었다.

"그만두게. 나이 들면 느는 거라곤 한숨하고 눈물뿐이라네."

"어머니는 당신이 우는 이유조차 모릅니다."

"이유 없는 행동이 어디 있겠나. 치매라 해도 크게 다르지 않다네."

그렇다 해도 생면부지의 사람 앞에서 콧물 눈물 범벅이 된 채 통곡할 까닭이 없었다.

형은 어머니의 상태를 두고 일곱 살 어린애가 되었다고 했다. 정신적 퇴행을 말한 거겠지만 재우의 생각은 달랐다. 일곱 살의 사고 능력마저 상실한 듯 보였다. 그런 어머니의 돌발적인 행동에 어떤 이유를 갖다붙일 수 있단 말인가.

정 소장은 자신의 두 손으로 어머니의 손을 보듬으며 물었다.

"무엇이 그리 서러우세요?"

어머니 입에서 뜻밖의 말이 튀어나왔다.

"오빠!"

오빠라니……. 재우는 씁쓸히 웃었다. 어머니가 자신을 형의 이름으로 착각해 부르는 것과 다르지 않을 거였다. 어쨌든 망신살이 뻗친 셈이었다.

"왜 이제 왔어, 오빠?"

"아이고, 늦게 와서 그만 화가 나셨군요."

한동안 머쓱해 하던 정 소장의 천연덕스러운 대꾸였고, 울고 싶은 아이 뺨을 때린 격이었다. 어머니는 정 소장의 품에 뛰어들어 결사적으로 울어댔다.

죄송해요. 잘못했어요. 진정하세요.

정 소장은 어머니의 어깨를 토닥이며 달랬다. 그럴 필요 없다고, 재우 편에서 정 소장을 달래고 싶은 심정이었다.

"자네 혹시 모친께 오빠 이야기를 들은 적이 있는가?"

재우는 어깨를 으쓱 들어올리는 것으로 대답을 대신했다.

친가든 외가든, 어머니에게서 친척 이야기를 듣지 못했다. 다만 누나의 말에 의하면 제법 많은 일가붙이가 있다고 했다.

"장사 지낸 이튿날부터 난리가 났어. 빚쟁이들이 몰려와 돈 될 만한 것들은 다 들고 가더라. 친척들이 더했지. 오촌 당숙인가 하는 작자는 솥까지 걷어갔으니까. 겨우 여섯 살이었던 내가 무얼 알겠니. 그런데도 그때를 생각하면 지금도 치가 떨려. 과부가 된 것도 서러운데 당장 죽 끓여먹을 솥단지 하나 남지 않았으니, 엄마 심정이 오죽했겠어. 내가 엄마라면 그냥 팍 죽어버리고 말았을 거다. 그래도 엄마니까, 엄마한테 독한 데가 있으니까 이제껏 악착같이 살아왔지."

한없이 계속될 듯하던 어머니의 울음이 잦아들었다. 우는 것도 분명 힘든 일일 것이다. 어머니는 치마를 걷어올려 팽팽 코를 풀어대고는 말했다.

"오빠, 나 아파. 집에 데려다 줘."

"어디가 아프세요?"

"가슴 아파. 머리도 아프고, 배도 아프고, 다리도 아프고, 눈도 아주 많이 아파. 아파서 죽겠어. 집에 갈래."

"제일 아픈 데를 말씀해보세요?"

"가슴."

"가슴이 어떻게 아프세요?"

"개구리가 막 뛰어다녀."

뜻밖이었다. 재우 앞에서는 동문서답으로 일관해 도무지 대화를 이어갈 수 없던 어머니였다. 갑자기 대화 능력이 소생하기라도 한 것일까. 정 소장과는 그럭저럭 이야기를 풀어가고 있었다.

놀라운 변화였다. 하지만 마냥 반갑게 느껴지지 않는 이유가 무엇일까. 정작 아들과는 두 마디 이상 이야기를 주고받지 못했다. 어쩌면 어머니가 의식 저 밑바닥으로부터 자신을 거부하고 있는 탓일지도 모른다. 사실이 아니길 바라면서도 생각은 줄곧 한 길로만 치달았다.

"집에 가면 괜찮아질 것 같으세요?"

"응. 집에 명우가 있어."

명우, 명우, 명우…….

결국 형을 찾는 거였다. 맏아들에 대한 어머니의 끈질긴 믿음을 모르는 바 아니었다. 하지만 그 믿음이 온전치 못한 정신마저 지배하고 있는 꼴이었다.

"미국에 갔다고 했잖아요."

재우의 말에 어머니는 사납게 눈을 흘겼다.

"명우 집에 있어."

정 소장이 재우에게 누구를 말하는 거냐고 물었고, 이어 형의 직업이 의사인지를 확인했다.

"오빠, 나 집에 갈래."

"오빠는 무슨 오빠예요. 정신 좀 차려요, 제발!"

재우가 소리치자 어머니는 금방 시무룩해져 푹 고개를 숙였다. 정 소장 앞이라는 점이 마음에 걸렸지만 어머니의 헛소리를 막기 위해선 달리 방법이 없었다.

정 소장이 몇 차례 혀를 끌더니 말했다.

"자네 모친은 환자야. 그것도 정신적인 안정을 요하는 환자 말일세. 그런데 함부로 고함을 질러서야 되겠나."

재우 역시 모르지 않았다. 낮은 목소리로, 어머니가 하자는 대로, 다정다감하게 굴어도 봤다. 그럴수록 철부지 아이처럼 심술과 요구가 늘고 투정과 앙탈이 심해졌을 뿐이다. 악을 쓰고 윽박지르고 협박을 해야 어머니를 자제시킬 수 있었다.

"야속하게 들리겠지만, 자네 그런 식이라면 죽었다 깨어나도 어머니를 모실 수 없네. 아니, 모시지 않는 편이 나아. 돌보는 것이 아니라 병을 더 악화시키고 있는 거니까."

죽었다 깨어나도 계속해서 모시진 않을 테니까 야속할 건 없었다. 굳이 야속한 걸 따진다면 다른 쪽이었다. 어쩌다 등대지기가 되었는지, 가족과는 왜 담을 쌓고 살아야 했는지, 어머니와 어떤 관계였는지, 재우의 속사정을 누구보다 훤히 꿰고 있는 정 소장이었다.

"그만 사무실로 가시죠, 소장님."

"자네야말로 우리 이야기에 끼어들지 말고 사무실에나 나가봐. 아니면 회나 한 접시 썰어오든지."

* * *

"진승기라는 이름 들어봤나?"

회 담은 접시를 내려놓는 재우를 향해 던진 정 소장의 물음이었다. 접시 한귀퉁이에 위태롭게 올려져 있던 초장 그릇이 결국 뒤집어졌다.

재우는 잘못 들은 거라고 생각했다. 그러나 정 소장의 입에서 같은 이름이 흘러나왔다.

이태 전 간암으로 고인이 된 난희의 아버지였다. 그때 난희는 비통함을 안고 재우를 찾아왔고, 난희의 입을 통해 임종 때까지 어머니가 전적으로 간병을 했다는 사실도 알았다. 그런데 어머니는 죽은 자의 이름을 다시 부르고 있었다.

"자네도 알지 못하는 이름인가?"

시인도 부인도 않는 재우의 이해를 도우려는 양 덧붙였다.

"오빠의 이름이 뭐냐고 물었지. 승기라고 하시더니, 나중에는 성까지 정확하게 말씀하시더군. 자네 모친께서 꽤나 마음에 담아둔 인물 같네."

그랬겠지. 가슴속 고이고이 간직하고 싶었을 것이다. 그 이름으로 인해 당신의 자식이 얼마나 고통을 받았는지는 까맣게 망각한 채로 말이다.

그러나 어머니가 난희 아버지를 향해 오빠라고 부르는 것을 들어본 적이 없었다. 사장님, 사장님! 고향에서 함께 자란 사이라고 하면서도, 몸종이 상전을 모시듯 어머니는 언제나 굴종의 자세였다. 혹시 모르겠다. 둘만의 살가운 정을 나누는 자리에서는 오빠 누이 했는지.

재우는 어머니에게로 시선을 돌렸다.

어머니는 주인 밥상 위에 놓인 생선을 힐끔대는 고양이처럼 회가 담긴 접시를 노려보고 있었다. 재우가 없었다면 벌써 아귀처럼 달려들었을 것이다.

바보 천치가 되었으면서도 난희 아버지를 생각해내다니, 한마디로 가소롭군요. 가소로워서 눈물이 다 날 지경입니다.

재우는 목구멍까지 올라온 말을 겨우 넘기고는 바닥에 쏟아진 초장을 신경질적으로 훔쳐냈다. 재우의 손놀림을 유심히 지켜보던 정 소장이 말했다.

"하여튼 말일세, 자네 모친 같은 경우는 기억력이 한정되어 있거든. 일테면 당신 편한 것만 자꾸 기억하려 든다네. 우선은 현재 알고 있는 기억을 자꾸 환기시켜드릴 필요가 있어. 그러면서 차츰 기억의 범주를 넓혀가는 거라네."

그런데 우습게도, 재우는 한번도 어머니가 개선되리라는 생각을 해보지 못했다. 아니, 그럴 수 없다고 단정했다.

어머니의 병은 뿌리가 상한 나무와 같았다. 가지 하나 부러진 경우와는 근본적으로 차이가 있었다. 가지 하나 솎아낸다고 해결될 상태가 아니었다. 처음에는 무성한 잎사귀가 시들어가겠고 점차 가지가 생기를 잃고 종내는 고목이 되어버릴 거였다.

설사 개선이 가능하다 해도 그건 재우가 감당할 일이 아니었다. 어머니가 오매불망 애타게 찾는 형의 몫이었다. 그리고 이제 3주가 남았을 뿐인데, 이 덧없이 짧은 시간에 어찌 개선을 꾀한다는 말인가.

재우는 그렇게 자위했다. 하지만 마음 한구석이 무거워지는 것만은 어쩔 수 없었다.

정 소장이 젓가락으로 회를 집어 어머니 앞에 내밀었다. 어머니는 잠시의 망설임도 없이 입을 벌렸다.

"우린 한 점도 안 먹을 테니까, 아무 걱정하지 말고 천천히, 꼭꼭 씹어 드세요."

어머니가 의심스러운 눈초리로 정 소장과 재우를 번갈아 보았다.

"아무도 안 먹을 거야?"

"그럼요. 혼자서 전부 다 드세요. 아무도 줘선 안돼요."

"응, 아무도 안 줄 거야."

어머니의 얼굴이 활짝 펴졌다. 웃기도 하시는군. 탐욕이 빚어낸 회심의 미소겠지만 재우로선 참으로 오랜만에 목격하는 셈이었다.

구명도에 온 이후 처음이었다. 예전에도 그랬다. 만성 위궤양 환자처럼 통 웃지 않던 어머니였다. 천성 탓이겠지만 웃을 일도 흔치 않았을 것이다.

어미 새가 둥지의 새끼에게 먹이를 물어다 주듯 연신 젓가락질을 하며 정 소장이 말했다.

"문 밖에 매달아놓은 자물쇠나 떼어내게. 보기에 안 좋더군."

"다른 사람한테 피해를 주니, 보기 안 좋아도 도리가 없습니다."

"세상에 부모 없는 자식 있나. 서로들 이해를 해야지. 이 작은 섬에서 그 정도를 감싸지 못하면 어찌 살아가겠어."

재우로선 선뜻 동의할 수 없었다. 철커덕, 자물쇠를 채우는 순간 자신의 마음에도 빗장을 질러놓는 듯한 기분이기는 했다. 그렇다고 그 부담감 때문에 유일한 자유의 시간마저 어머니에게 휘둘릴 수는 없었다.

정 소장이 길게 한숨을 토해냈다.

"치매에 대해선 아무래도 자네보다는 더 알지. 이야기하지 않았지만, 우리 어머니도 치매로 이곳에서 지내신 적이 있다네. 그때는 치매라는 말도 없던 시절이니까 그냥 노망이 들었다고들 했지. 등대장으로 발령을 받은 직후니까, 이십 년쯤 되겠네."

"어머니께선 구명도에서 얼마나 계셨나요?"

"아마 두 해쯤 지냈을 걸세."

그때는 지금보다 훨씬 열악한 환경이었을 것이다. 그런데도 2년씩이나 치매 걸린 어머니와 동거를 했다니……. 재우로선 그만 기가 질려 대꾸할 말을 찾지 못했다.

"관사라야 합숙소 같은 꼴로 한방에 전부 모여서 기거를 하던 때지. 관사 옆에 비바람만 가릴 정도로 움막을 지어 거기에 모셨네. 어머니도 고생, 나도 고생이었지. 솔직히 난 매일 밤 잠든 어머니 머리맡에서 빌었다네. 내일 아침에는 제발 눈을 뜨지 마세요. 이대로 그냥 가세요. 그 편이 당신을 위해서나 나를 위해서나 좋은 일이잖아요."

인도네시아 수마트라 고원 지대에 사는 한 부족은 늙은 부모를 야자나무에 올라가게 한 다음, 밑에서 나무를 흔들어 떨어져 죽게 만든다고 했다. 나무의 열매가 익어 자연스럽게 떨어지듯, 인간의 목숨도 그런 식이라는 믿음 때문이었다.

한 달이라는 약정된 시간이 없었다면, 재우 역시 정 소장과 같은 소원이었을까. 능히 그랬을 것이다. 나무 위에 올려놓고 흔드는 짓거리까지는 못했을지라도…….

한 달이 위안이었다. 한 달이 견딜 수 있는 힘이었다.

한 달 후 기약 없는 세월까지 형은 어머니를 모셔야 한다. 어머니는 남은 여생까지 형의 짐이고 올무이며 고통의 원천이 될 것이다. 그런 의미에서 재우는 형의 처지를 위로하고 동정하고 싶은 심정이었다. 그러나 어쩌겠는가. 형과 어머니가 줄곧 주장해온 맏아들의 권리와 의무일 터였다.

형처럼 어머니의 사랑을 독차지했다면, 적어도 아들 대접을 받아 보기라도 했다면…….

재우는 생각하곤 했다. 지금처럼 고함이나 지르고 협박이나 일삼 지는 않았겠지. 그러니까 어머니는 아들의 푸대접에 대해서 할말이 없는 터였다. 결국 당신이 뿌린 만큼 거두고 있는 중이었다.

"치매에 걸려 일 년을 버티면 삼 년을 살고, 삼 년을 넘기면 오 년, 오 년이 지나면 십 년까지 산다고 하네. 어머니는 딱 절반을 사셨지."

만약 어머니가 돌아가신다면 어떤 심정일까. 하늘이 무너진 느낌 이라던데, 과연 그럴까. 아니면 잠시 애통해 하다 말 것인가. 그냥 당 연한 사실로 덤덤히 받아들여질까.

도무지 생각을 이어갈 수 없는 재우의 귓전에 정 소장의 목소리가 울려퍼졌다.

"돌이켜 생각하면 어머니께 못할 짓도 많이 했어. 구명도에 계신 자체가 징역살이인데, 거기다 움막에 가둬 운신을 못하게 했으니. 자 식이 있어봐야 부모 마음을 안다고, 그때 내가 장가라도 가서 아이라 도 품에 안아봤다면, 그러진 않았을 걸세. 세상 부모가 다 똑같지. 어 느 부모가 제 앞가림부터 하려고 들겠나. 자식 입에는 살점 넣어줘도 제 입에는 비곗덩어리 하나 선뜻 삼키지 못하는 게 부모 마음이라네 ……나중에 후회할 일 만들지 말고, 곁에 계실 때 잘해드려. 흘려들

지 말게. 이 나이에 홀로 된 게 그때 어머니께 저지른 불효의 대가라
는 생각을 자주 한다네."

3.

어머니의 속옷을 열세번째 벗겨낸 직후였다.

좋게 생각하자. 아무리 스스로를 다독여도 순간순간 치받치는 감
정을 억제키 어려웠다.

재우는 인내의 한계를 시험하는 기계 속에 들어앉은 기분이었다.
아니면 어머니와 자신이 탁구나 테니스 같은 주고받기 게임에 열중
하고 있거나…… 속옷을 새로 갈아입히고 돌아서기 무섭게, 개구리
가 황소 발꿈치에 밟혀 배창자 터지는 듯한 소리가 흘러나왔다. 자,
네 차례야. 어머니는 입술을 모아 샐쭉 내밀고 재우를 빤히 쳐다봤다.

무엇을 잘못 드셨기에 설사가 저리 심할까.

서너 번, 아니 대여섯 번까지는 걱정스러웠다. 그러나 변기에 앉히
면 말짱하다가도 속옷만 갈아입히면 배설해대는 데에는 고약한 저의
가 숨어 있다는 생각마저 들었다. 누가 이기는가, 끝까지 가보자. 그
런 심보가 아니고서야 이럴 수가 없었다.

재우는 비닐 팩을 뜯어내고 종이 기저귀를 꺼내들었다. 며칠 전 정
소장에게 부탁해 사온 것이었다.

"사오기는 했네만, 정말 사용할 텐가?"

"그럴 생각이 아니면 비싼 돈 들여 샀겠어요."

"아마 쉽지 않을 걸. 자네 성격에 과연 태연히 기저귀를 채울 수가 있을까……."

정 소장이 '치매 환자 간호 가이드'라는 제목이 붙은 책을 꺼내 휘리릭 페이지를 넘겼다.

"아무래도 도움이 될 성싶어 사왔네."

"이제 보름 남았는데, 그런 책은 봐서 뭐하겠어요."

"여기 이런 말이 있더군."

치매를 악화시키는 지름길은 환자의 자존심을 건드리는 것이다. 정신이 오락가락한다고 자존심마저 없어졌다고 생각한다면 오산이다. 오히려 자존심이 더 강해졌다고 봐야 한다. 왜냐하면 치매 환자도 자신이 정상적이지 않다는 걸 어느 정도 느끼고 있기 때문이다. 따라서 타인이 자신을 어떻게 취급하는지에 신경을 곤두세우고 있다. 만일 부당한 처우를 받았다고 생각한다면 치매는 급속도로 진행된다.

어머니의 치매가 마치 전적으로 재우 책임인 양 들렸다. 부당한 처우라면, 하루에도 수십 번씩 반복하고 있었다. 그러나 가해자란 피해자의 발명품 같은 것이라지 않던가. 부당한 처우 외에 도대체 어머니에게 무엇이 가능하단 말인가.

또한 최후의 만찬에 끼어든 유다처럼 떡그릇에 손을 집어넣은 자는 재우가 아니었다. 어머니 편에서 치매를 자청하진 않았겠지만 구태여 탓해야 한다면 당신 자신이었다.

"모친께서 기저귀를 차면 기분이 어떨 거라고 생각하나? 자네도 짐작하겠지만 모친으로선 참기 힘든 모욕이고 수치일 걸세. 자, 자신 있거든 기저귀를 써보라고."

모욕이건 수치건 자존심이건, 일단 내가 죽을 지경이라고요.

재우는 마음속의 정 소장을 향해 속말을 중얼거리고 종이 기저귀를 펼쳤다.

하체를 다 드러낸 어머니가 멀뚱한 눈으로 재우의 손놀림을 쳐다보더니 말했다.

"옷 아냐. 옷 줘."

"옷이랑 똑같아요. 어서 눕기나 해요."

어머니는 재우의 손길을 피하며 몸부림을 쳐댔다. 열세 번의 설사를 쏟아내고도 무슨 기운이 아직 남았을까.

"정말 힘들어요. 봐줘요. 아니, 나를 좀 살려줘요. 제발, 제발……."

마치 재우의 말을 알아듣기라도 한 양 어머니의 몸부림이 뚝 멈췄다. 그리고 두 눈을 끔벅이더니 사뭇 진지한 목소리로 물어왔다.

"힘들어?"

"그래요."

"많이 힘들어?"

"어머니 때문에 많이 힘들어요."

"힘들지 마. 내가 살려줄게."

애걸복걸해서 통할 때도 있었다. 고분고분해진 어머니에게 기저귀를 채우는 일은 복잡할 것도 까다로울 것도 없었다. 그럼에도 마음은 간단하게 수습되지 않았다. 서른두 살의 사내가 자기 편하자는 속셈으로 예순다섯의 어머니에게 행한 짓거리였다.

그런 사내의 귓전에 어머니의 목소리는 계속해서 울려퍼졌다.

"힘들지 마. 내가 살려줄게."

* * *

사무실로 들어서는 순간부터 재우는 기분이 상했다.

단지 대낮부터 이길성과 송철용이 사무실 탁자에 술판을 벌여놓은 때문은 아니다. 출퇴근이고 공휴일이고 별도로 구분할 수 없는 근무 여건이었다. 그러니 잠시 짬을 내 술 한잔 할 수는 있었다.

하필이면 술안주로 삼은 것이 갈매기 알이란 말인가. 이미 탁자에는 암회색의 껍질이 수북했다. 정 소장 재직시에는 감히 상상할 수도 없는 일이었다.

"유형도 이리 와서 한잔 해."

말해놓고 이길성이 갈매기 알을 통째로 입안에 집어넣었다.

재우는 대답하지 않고 자신의 책상으로 갔다. 의자에 앉으니 늙은 짐승의 늑골 부러뜨리는 듯한 소리가 났다.

8년 전 재우의 몸을 처음으로 받아주었을 때도 지금 같았다. 매년 비품 청구 목록에 올렸지만, 최신형 하이팩 의자에 앉은 본청 사무직들에 의해 예산 부족의 이유로 가차없이 거절당했다. 일일이 따지고 들면 그런 식의 푸대접은 끝이 없었다.

갈매기 알을 까는 데 열중하고 있는 이길성을 노려보며 재우는 말했다.

"이번 한 번은 그냥 넘어가겠는데, 앞으로는 갈매기 알 건드리지 마."

"걸리고 차이고 밟히는 게 갈매기 알이야. 몇 알 삶아먹었다고 그리 딱딱하게 굴 것까지는 없잖아."

"한 알이든 열 알이든, 법으로도 건드릴 수 없게 되어 있는 거잖아. 그리고……."

"알았어, 알았다고. 훈계를 할 참이라면 다음 기회에 해, 자연보호운동가 나리."

이길성은 손까지 내저으며 재우의 말문을 막았다.

그리고……갈매기는 등대지기의 벗이다. 생각해보라. 구명도에 갈매기라도 날아와 주지 않는다면 그 적적함을 어찌 달랠 것인가.

갈매기가 날아오는 3월말부터 구명도는 제법 활기가 넘쳤다. 수컷은 둥지를 마련해 암컷을 유인하고, 짝짓기에 들어가고, 산란을 하고, 부화된 어린 새끼들에게 어미들은 분주히 먹이를 물어다 나르고, 머나먼 여정을 위한 비행을 가르치고……. 그 낱낱의 과정이 즐거운 관찰이었다. 변화의 실감이었다.

한 마리의 갈매기도 남지 않고 모두 떠나버린 날, 하루 종일 일이 손에 잡히지 않을 정도로 허전했다. 몇날 며칠 갈매기 울음을 환청으로 들고, 갈매기의 빈 둥지를 마주할 때마다 걸음을 멈춰 들여다보길 반복하면서 가을이 깊어지고, 구명도는 내년 봄까지는 적막함에 휩싸였다.

그런데 어찌 등대지기가 태연하게 갈매기 알을 삶아먹는단 말인가.

"정말 한잔 안할 거야?"

"생각 없어."

"송철용 씨! 팩스 들어온 거 유형한테 갖다줘. 그럼 아마 생각이 달라질 걸."

명예퇴직 신청자는 결국 한 명도 나오지 않았다.

이까짓 등대 아니면 먹고살 길이 없을라고.

농촌 총각들 장가 가기 힘들다고 하지만 우리만큼은 하겠어요? 등대원이라니까 그 흔해빠진 중매도 안 들어와요.

마누라 눈치에 이 생활도 더 이상 못해먹을 짓이야.

돌 지난 아들놈이 내가 안으면 아직도 운다니까. 낯설다 이거지, 젠장.

난 말이야, 동창들한테 완전히 왕따 신세가 되었어. 모임에를 나갈 수 있나, 절친한 녀석이 상을 당해도 문상을 갈 수 있나. 등대에 계속 있다간 친구는커녕 사람 구실도 제대로 못하겠어.

모두들 이런저런 불만으로 당장 그만둘 것 같은 분위기가 팽배했다. 명예퇴직이 아니더라도 다른 직종에 비해 이직이 심한 등대원이었다. 그러나 막상 판이 벌어지니 꽁무니를 빼는 꼴이었다.

그럴 수 있겠다고, 탓할 것까지 없다고, 재우는 생각했다.

등대 역시 여느 직업 가운데 하나일 뿐이다. 따라서 등대를 사랑하는 자만이 등대에 남아 있어야 한다는 법은 없다. 먹고사는 게 덧없는 일이기는 하지만, 한편 우리네 삶 속에서 무엇보다 숭고한 것이다. 따라서 먹고사는 수단으로 등대지기를 택했다고, 누가 함부로 정죄할 수 있단 말인가.

이제 본격적으로 구조조정의 단계를 밟을 모양이군.

재우는 속말을 중얼거리며 공문을 건네받았다.

무인등대 전환 방침을 담고 있었다. 그 당위성을 길게 나열한 것은 앞선 공문 내용을 반복하고 있었다. 다르다면 별첨 부분이었다. 선정 후보지에 대한 조사라는 명목으로, 세 곳의 등대 중 무인등대로 전환할 곳을 택하라는 것이었다. 항로표지과 전 직원의 뜻을 십분 반영하겠다는 단서가 붙어 있었다.

"이런 돼먹지 못한 조사가 어디에 있어? 난 못해!"

재우가 신경질적으로 내뱉은 말을 이길성이 받았다.

"잘 보라고. 거기 기권은 없어. 무조건 셋 중 하나는 찍어야 한다고."

송철용이 재우 쪽으로 곁눈질하며 이길성에게 물었다.

"이것도 투표라면 투표인데, 결과는 아무래도 구명도가 되겠죠?"

"뻔한 거 아니겠어."

"결국 근무 조건이 결정을 짓겠군요."

"당연하지."

무인등대는 컴퓨터에 입력된 프로그램에 의해 자동적으로 조절된다. 인간의 힘을 빌리지 않아도 된다는 이유에서 근무 조건이 열악한 구명도가 그 대상이 될 가능성이 높았다. 그러나 재우의 생각은 달랐다.

"등대원이 호강하는 자리가 아닌 이상, 근무 조건에 매달리는 자체가 우스운 노릇이야. 그리고 구명도 같은 곳일수록 유인등대로 남아야 한다고 생각해."

"그건 유형이 구명도 근무를 자청해왔고, 그런 만큼 구명도 등대에 대한 애착이 깊은 탓이 아닐까. 장기포 사람들이 장기포 등대에 애착이 있는 것처럼 말이야. 솔직히 유형 외에 누가 구명도 같은 곳에서 근무하고 싶어하겠어."

"애착? 애착이 없다고 하면 거짓말이겠지. 하지만 난 등대지기야. 어느 등대든 다 애착을 갖고 있어."

"그럼 선배님의 기준이 뭐죠?"

송철용이 재우 쪽으로 몸을 돌렸다.

"기준은 등대야. 등대를 우선으로 생각하자는 거지."

"쉽고도 어려운 말 같네요."

"자동화 시스템이라는 것이 편리하긴 하지만 일단 고장이 나면 속수무책이야. 그리고 예상 외로 크고 작은 고장이 잦아. 만약 구명도처럼 멀리 떨어진 곳에 고장이 났다고 생각해봐. 사소한 고장이라도 구명도까지 들어오는 자체가 하세월 아니겠어. 그 동안 등댓불은 계속 꺼져 있겠지. 그러니까 하시라도 점검할 수 있다는 점을 고려하면, 무인등대 전환은 오히려 육지에 있는 곳이 적당해. 구태여 전환을 해야 된다면 말이야."

송철용이 심각한 낯으로 한숨을 토해냈다.

"책상 앞에 앉아서 펜대나 굴리는 사람들이 그걸 알아주겠어요. 등댓불이야 때 되면 저절로 커지고, 가만 놔둬도 저 혼자 돌아가는 줄 알 걸요."

인정하고 싶지 않지만 현실이 그랬다. 결정권을 가진 자들은 마치 등대원에 대한 크나큰 시혜처럼 근무 조건만을 따지려 들 것이고, 그 조짐이 이미 공문에 드러나 있었다.

"어쨌든 정 소장님 퇴직 후에 이런 일이 생기니 그나마 다행이네요."

다행이라 해야 할지 반대로 생각할지, 종잡을 수가 없었다. 떠나온 곳의 몰락을 보는 자의 마음은 더 절절할 수도 있으니까.

등대지기와 등대는 결코 둘이 아니다. 한몸이다. 그걸 이제 둘로 나누려 들고 있다. 등대지기를 떠나보낸 등대. 등대지기의 숨결이, 육체가, 영혼이 담기지 못한 등대는 온전한 모습일 수 있을까.

"유형, 혹시 내 워크맨 가져가지 않았어?"

우두망찰 사무실 밖을 내다보던 재우는 이길성의 목소리에 흠칫 고개를 들었다.

"놀라긴……."

"어, 아니."

"잘 있던 게 도대체 어디로 간 거야. 손바닥만한 섬에 도둑이 있을 리도 없고."

송철용이 고개를 주억거리며 말을 받았다.

"요즘 들어 제 물건도 자꾸 없어져요. 지포 라이터는 며칠 전부터 보이지 않고, 어제는 매일 쓰던 만년필을 아무리 찾아도 없더라고요."

이길성이 재우의 관사 쪽을 쳐다보더니 신경질적으로 내뱉었다.

"제기랄, 이러다 방마다 자물쇠를 해 달아야 되는 거 아닌지 몰라."

재우는 자리에서 일어났다. 이길성의 말이 누구를 겨냥해 하고 있는지 능히 짐작이 되었다. 대꾸를 하자니 싸움이 되겠고, 그렇다고 어머니를 도둑으로 몰아대는 것을 태평하게 지켜볼 수도 없었다.

재우는 두 손으로 얼굴을 감쌌다.

얼마쯤 지났을까. 이길성의 요란한 웃음소리가 터져나왔고, 송철용의 웃음이 뒤따랐다.

재우는 손을 풀고 눈을 떴다.

어머니가 사무실로 들어서고 있었다. 재우는 다시금 질끈 눈을 감고 얼굴을 감싸고 싶은 심정이었다. 할 수만 있다면 정말이지 그러고 싶었다.

트레이닝 하의 위에다 종이 기저귀를 찬, 그 당치도 않은 모습으로 어머니가 뒤뚱거리며 재우에게 다가왔다.

"힘들지 마. 내가 살려줄게."

4.

"하나, 둘, 셋, 다섯, 일곱, 여덟, 아홉, 열……."

어머니는 번번이 넷과 여섯을 건너뛰었다.

몇 차례 손가락을 꼽아가며 정정하다 재우는 포기했다. 당신의 슬픈 현실이자 사고 능력의 한계인 셈이었다.

그럼에도 어머니는 관사와 사무실 사이의 잔디밭에서 조약돌과 사금파리를 찾아내 계단에 가지런히 늘어놓은 채 숫자 헤아리기를 멈추지 않았다. 자신의 무능을 인정치 않으려는 안간힘인 양, 그렇게.

재우는 어머니의 손짓을 바라보다 피식 쓴웃음을 지었다. 고통스럽던 유년의 한 단면을 들여다보고 있는 기분이었다.

목걸이의 구슬 꿰기는 어머니의 부업이었다. 가느다란 줄에 형형색색의 유리 구슬을 꿰어 하나의 목걸이를 완성하면 12원이었다. 식모살이인 주업이 있기에 구슬 꿰기는 밤중에나 가능했고, 완성된 1백 개의 목걸이가 형의 하루 용돈이었다. 버스 회수권 한 장에 50원이던 시절이니 형으로선 호사스런 통학길이었으리라.

그러나 형이 자신의 용돈 벌이에 기여한 적은 없었다. 형은 공부벌레였고, 공부 앞에서 구슬 꿰기란 얼마든지 무시해도 좋을 하찮은 일이었다. 구슬 꿰기를 하고 나면 다음날 칠판의 글씨가 보이지 않는다는 누나는 〈여학생〉이나 〈학원〉 등의 잡지를 뒤적였다.

물론 재우는 예외였다. 방바닥에 유리 구슬을 길게 늘어놓는 게 재우의 임무였다. 빨강, 파랑, 노랑, 보라, 희고 검은 구슬을 순서에 맞춰 꿰기 편하게 배열해야 했다. 공부벌레도 아니었고, 맨 뒷자리에서도 칠판의 글씨가 잘만 보였으니 당연한 노릇이었을까.

어머니는 허리와 눈 언저리를 꾹꾹 눌러가며 이따금씩 기나긴 한숨을 토해냈다. 재우는 형처럼 누나처럼 모른 척 굴고 싶었다. 그러나 어머니가 안쓰러웠다.

어머니의 부업은 사탕 봉지 싸기, 야구 글러브 꿰매기, 인형 눈알 박기, 봉투 붙이기로 옮겨갔다. 초등학교 꼬마에서 고등학생이 되어서까지 재우는 내내 어머니의 조수였고, 동역자였다.

구슬 꿰기가 자식의 도리일 수는 없었다. 자식의 도리란 구슬 꿰기 정도로는 도저히 도달할 수 없는, 그 어떤 엄숙한 것이겠지. 하지만 재우는 생각하곤 했다. 어머니에게 자식으로서 할 만큼은 한 것이라고. 가족관계에서 구태여 피해자와 가해자를 가를 수 있다면, 피해자의 입장에 서 있던 것은 언제나 재우 자신이었다. 그래서 8년 동안 어머니와 타인처럼 살았건만 억울했을지언정 죄책감 따위에 시달리진 않았다.

내 탓일까요? 내가 너무 옹졸한가요? 내 멋대로, 편한 대로 생각하는 겁니까?

여전히 숫자 세기에 매달리고 있는 어머니에게 재우는 묻고 싶었다.

어머니가 형의 절반만큼이라도 둘째 아들에게 신경을 써주었더라면 우리가 이 지경은 아닐 겁니다. 변명이라도 해보세요…….

해피가 다가와 재우와 어머니 사이에 자리를 잡고 누웠다.

영리한 해피는 재우에게 걷어차인 후 어머니의 존재를 당연하게 받아들이고 있었다. 아니, 재우보다 빨리 어머니를 한식구로 인정하고 있는 듯했다. 어머니 역시 해피를 두려워하는 기색은 없었다.

"유형!"

발전실에서 이길성이 뛰어나오며 외쳤다.

"발전기가 작동이 안되네. 아무래도 유형이 손을 봐야 할 것 같아."

　　　　　　　　　* * *

　　오후로 접어들면서 시작한 발전기 수리가 점등 시간에 맞춰 겨우 끝이 났다.

　　연료 공급 장치가 계속 애를 먹였다면, 결국 48개의 배터리를 의지해 등댓불을 켤 수밖에 없었을 것이다. 배터리는 비상용 동력이었다. 하룻밤 정도 배터리에 의지해 등댓불을 밝힐 수 있었다. 그러나 발전기가 아닌 배터리로 등댓불을 켠다는 자체가 등대원으로서는 견디기 힘든 모욕이었다.

　　발전기의 수리를 마치지 못한 상태에서 만일 배터리마저 이상을 보였다면, 결국 등대의 기능을 완전히 상실하는 사태가 벌어졌을 것이다.

　　불을 밝히지 못한 등대……

　　등댓불을 점등시키지 못한 등대지기…….

　　상상하는 것조차 끔찍한 일이었다.

　　'등탑이 무너져 내리지 않는 한, 등댓불은 밝혀야 한다.'

　　정 소장에게서 귀에 못이 박히도록 들은 이야기였다.

　　그러나 재우는 8년 동안 세 차례 등댓불을 꺼뜨린 경우를 알고 있다. 장기포 등대 두 차례, 소리도 등대 한 차례.

　　1946년 초점등 이래 반세기가 넘는 세월 속에서 하루도 빠짐없이 불을 밝힌 곳은 구명도 등대가 유일했다. 그 중 42년 동안 구명도의 등대를 온전히 지켜낸 장본인이 바로 정 소장이었다.

오후 내내 안절부절 못하고 속을 끓인 탓일까. 5백 와트의 할로겐 램프에 불이 들어오고 반사경을 통해 20만 룩스의 빛을 어둠 속에 흩뿌리며 돌아가는 등명기를 바라보자, 피곤이 한몫에 몰려왔다. 12시간쯤 죽음처럼 깊디깊은 잠을 자고 싶었고, 비로소 재우는 어머니를 반나절 내내 돌아보지 않았다는 데 생각이 미쳤다.

난장판으로 만들어놨을 거야.

각오하고 방안에 들어섰지만 어머니는 한구석에 얌전히 앉아 있었다. 오늘은 밥상에 고기라도 볶아 올려야겠군. 재우는 속말을 중얼거리며 주방으로 향했다.

4절지 크기의 도화지에 붉은 매직펜으로 '냉장고'라고 큼지막하게 써놓은 글씨와 엉성하게 그려놓은 수박 한 조각을 보며, 재우는 미소를 머금었다.

정 소장의 작품이었다. 정 소장은 집안 곳곳에 그런 식으로 써 붙여 놓았다. 특히 화장실에는 나름대로 심혈을 기울인 흔적이 보였다. 문 전체를 가릴 정도의 전지에 그야말로 대문짝만하게 큼직한 글씨로 '화장실'이라고 써놓았다. 어머니의 이해를 돕기 위한 것일 테지만 당신에게는 여전히 머나먼 화장실이었다.

고기를 꺼내려 냉장고 문을 여는 순간, 재우는 흠칫 뒤로 물러섰다.

지독한 악취였다. 해묵은 김장독을 한여름이 돼서야 연 듯도 했고, 구더기가 득실대는 포유동물의 시체에서 풍겨 나오는 썩는 냄새 같기도 했다.

재우는 코를 움켜쥐고 냉장고 안을 들여다보았다. 냄새는 냉장실

하단 야채 보관함에서 흘러나왔다. 넣어둔 기억이 없는 접시가 보였고, 접시 가득 동전 크기의 경단이 들어 있었다.

코를 갖다대 냄새를 맡아보지 않은 것이 다행이었다. 똥이었다. 누구의 소행인지 따로 짐작할 필요도 없었다. 기가 막힌 것도 잠시, 재우는 끓어오르는 분노에 진저리를 쳤다.

아예 골탕을 먹이려고 작심한 거야.

이틀 동안 재우는 어머니의 배설에 무관심한 척 굴었다. 젖은 속옷인 줄 뻔히 알면서도 몇 시간 동안 예사롭게 방치했다. 앉은 자리에서 배설해대는 어머니가 밉상스럽기도 했지만 속옷을 갈아입히는 것도 한계가 있었다. 이 기회에 버릇을 단단히 고쳐놓을 참이었다. 한편 종이 기저귀의 사용마저 포기하게 만들었으니 어머니 자신도 고통받아 마땅하다고 생각했다.

재우의 속셈을 파악했다면 어머니는 아주 기막히게 복수를 한 셈이었다.

재우는 접시를 들고 방으로 들어가 어머니 코앞에다 들이밀었다.

"도대체 왜 이러는 거예요? 나한테 해준 게 뭐가 있다고 이렇게 괴롭혀요? 내가 세상에 나온 걸 어머니 덕으로 여길까요? 웃기지 말아요. 언제 어머니한테 제발 날 좀 태어나게 해달라고 애걸한 적 있어요? 길러준 은공이 있다고요? 가슴에 손을 얹고 생각해봐요. 날 어떻게 길렀죠? 날 어떻게 취급했죠? 옆집 개새끼도 나보다는 훌륭한 대접을 받았겠죠. 어머니 은혜가 하늘 같다고요? 천만에요, 어머니한테는 해당사항 없어요. 어머니는 그런 이야기를 들을 자격조차 없어요.

아시겠어요······."

생각의 여과를 거치지 않은 채 쏟아놓은 말이었다. 하지만 아주 틀린 말은 아니었다. 어머니에게 받은 천대와 멸시를 꼽으라면 수도 없이 기억해낼 수 있었다.

어린 시절 재우는 어머니가 동화 속에 나오는 심술궂은 팥쥐 엄마처럼 계모일 거라고 단정했다. 그래야만 이치에 맞았다. 형에게도 똑같은 모습의 어머니였다면 계모라는 생각은 감히 못했을 것이다. 그러나 형은 어머니의 사랑을 독차지하는 팥쥐였고, 재우는 천덕꾸러기 콩쥐였다. 재우는 동화 속에서처럼 자신을 구박하는 어머니가 천벌을 받게 되길 간절히 소원하기까지 했다.

"어머니 없이도 잘 지내왔어요. 이제 와서 날 못살게 구는 이유가 뭐죠? 들들 볶아대는 저의가 뭐예요? 왜, 왜, 왜?"

고함을 지를 때마다 주눅든 채 푹 고개를 숙이던 어머니였다. 그러나 영문을 모르겠다는 듯 한동안 두 눈을 깜박이더니 배시시 웃었다.

"만두야. 너 줄라고 내가 만들었어."

"······."

"아주 맛있어. 먹어, 많이 먹어."

"똥이나 먹고 입 닥치라는 거예요, 지금?"

"재우야! 빨리 먹어."

재우는 한순간 얼음송곳에 가슴이 찔린 양 격렬한 통증을 맛보았다.

"뭐, 뭐라고요? 누구라고 했어요?"

"만두 좋아하잖아. 먹어. 식으면 맛없어."

그것으로 그만이었다. 어머니는 더 이상 재우의 이름을 불러주지 않았다.

재우는 창 밖으로 고개를 돌렸다.

젠장, 왜 이렇게 콧잔등이 시큰하지. 똥으로 빚은 만두를 앞에 두고 왜 이렇게 주책없이 눈물이 쏟아지려 드는 거야. 고작 이름 한번 제대로 불러주었을 뿐이잖아.

* * *

난희는 스케이트가 있다. 재우는 외날 썰매가 있다.

스케이트는 빠르다. 외날 썰매는 앉은뱅이 썰매보다 빠르다. 아무리 빨라도 외날 썰매로 스케이트를 따라잡기란 어림도 없는 일이어서 재우는 화딱지가 난다.

스케이트는 폼난다. 앉은뱅이 썰매 앞에서는 외날 썰매도 폼난다.

아무리 폼나는 외날 썰매지만 스케이트와는 어울리지 않는다. 스케이트는 만국기가 높이 매달려 있고 거울처럼 반질반질한 얼음판인 스케이트장으로 간다. 썰매는 울퉁불퉁한 논바닥에서나 타야 한다. 그래서 난희는 겨울 내내 재우와 노는 시간이 별로 없다. 재우는 그게 불만이다.

형에게도 번쩍번쩍 빛나는 스케이트가 생겼다. 재우는 어머니한테 졸라본다.

"형의 발이 커지면 어차피 네 것이 되니까, 그때 타라."

처음부터 재우 몫은 없다. 신발도, 바지도, 팬티도, 표준전과도 형에게서 물려받은 거다. 스케이트도 다 낡아빠졌을 때에나 오겠지.

낡아빠진 건 상관없다. 형의 발이 커지려면 두 번쯤 겨울이 지나야 한다는 건 정말 참을 수 없다. 시루에 든 콩나물처럼 밤마다 형의 발에 물을 뿌려서 부쩍부쩍 자라게 할 수만 있다면 얼마나 좋을까. 문제는 형의 발이 콩나물이 아니라는 거고, 문제는 두 번의 겨울을 난희 없이 재우 혼자 놀아야 한다는 거다.

형은 방학숙제를 한보따리 안고 친구 집으로 갔다. 재우는 스케이트를 슬쩍 들고 나온다. 안채로 가서 난희를 부른다.

난희가 동그랗게 눈을 뜨고 말한다.

"명우 오빠한테 들키면, 넌 죽어."

"안 들킬 수 있어."

세상의 모든 스케이트가 다 빠른 건 아니다. 처음 타본 스케이트는 앉은뱅이 썰매보다도 느림보다. 재우가 비틀비틀 자빠질 때마다 난희가 배를 잡고 웃었으니까, 크게 불만은 없다.

형은 콜롬보 형사보다도 똑똑하다.

"너, 내 스케이트 탔지?"

"아니."

"근데 왜 여기 기스가 났어?"

재우가 콜롬보 형사보다 똑똑한 형을 당할 수는 없다.

"이 새끼가 나도 아까워서 한번도 안 타고 있는 걸 쌔벼서 타!"

스케이트에 기스가 났기 때문에 형은 재우의 머리통에라도 기스를 내고 싶은 모양이다. 스케이트 날로 머리통을 내리친다.

의사 선생님은 재우의 머리통에다 열두 번씩이나 바느질을 하며 어머니한테 겁을 준다.

"뇌진탕 증세로 헛소리를 하거나 토하거나 할지도 모릅니다. 잘 지켜보다가 내일까지 계속되면 곧바로 큰 병원으로 가야 합니다."

큰 병원으로 간다는 말이 무슨 뜻인지 안다. 바보가 되거나 죽거나 둘 중의 하나다. 그러니까 난희의 말은 반쯤 맞은 거다. 당장 죽진 않았지만, 내일 죽을 수도 있다. 바보가 되어도 반쯤 죽은 게 확실하다.

그러나 어머니는 겁쟁이가 아니다. 훌쩍대는 재우에게 말한다.

"머리 좀 꿰맸다고 죽진 않는다."

의사 선생님 말대로 헛소리라도 지껄이고 싶다. 토하려고 했지만 헛구역질만 몇 번 나오다 만다.

왜 그랬냐고, 어머니가 형한테 묻는다.

"스케이트 몰래 탄 것 때문은 절대 아녜요. 거짓말을 하잖아요. 쪼그만 게 벌써부터 거짓말을 해선 안된다고 생각했어요."

어머니는 재우에게 쌀쌀맞게 말한다.

"맞을 짓을 했구나."

맞을 짓을 했기 때문에 맘놓고 울 수도 없는 재우다. 하지만 슬프다. 분하다. 억울하다. 슬프고 분하고 억울해서 재우는 이불을 뒤집어 쓰고 몰래 운다.

만두 삶는 냄새가 뒤집어쓴 이불 틈새로 솔솔 기어 들어온다. 슬프고 분하고 억울하다는 표시로 저녁밥을 굶은 뱃속이 벌써부터 난리다.

재우가 세상에서 제일 좋아하는 음식은 자장면이다. 다음이 만두다.

자장면은 가을 운동회 때 딱 한번 먹어봤다. 난희 아버지가 운동회 기념으로 난희를 중국집으로 데려갔고, 재우는 덤이었다. 덤으로 끼었다고 해서 자장면이 달라질 것 없었다.

어머니는 만두 만들기 선수다. 선수면서도 어머니는 설날 때에나 만두를 만든다. 재우는 어머니한테 말해주고 싶다. 계속해서 1년에 한 번밖에 만들지 않다가는 만두 만드는 법을 까먹을지도 모른다고.

"만두 먹고 자라."

어머니가 부른다. 재우는 대답하지 않는다.

"안 자는 줄 안다. 일어나라. 식으면 맛없다."

모르는 게 없는 어머니가 어째서 슬프고 분하고 억울한 건 알아주지 않나. 재우는 그게 또 화딱지가 난다.

"먹기 싫으면 관둬라. 나 먹을 것도 부족한데 썩 잘됐구나."

어머니가 한 번만 더 불러준다면 못 이기는 척 일어났을 거다. 하지만 끝이다. 재우는 잘못 삶긴 만두처럼 속이 터져 죽을 지경이다.

어머니고 형이고, 뜨거운 만두가 목구멍에 걸려 확 죽어버렸으면 딱 좋겠다.

5.

구명도의 등댓불이 눈에 들어오는 순간, 재우는 속말을 중얼거렸다.

저 불빛이 제대로 돌아가는 걸 확인해야 안심이 되니, 나도 이제는 영락없이 등대지기가 된 거야.

한나절에 불과한 외출이었다. 그러나 수년 동안 집을 떠나 있던 사내가 산모퉁이를 돌아 고향집에서 흘러나오는 불빛을 바라보듯, 그렇게 재우의 마음이 따뜻해졌다.

정 소장이 뱃머리에 앉아 있는 재우 곁으로 다가왔다.

"등댓불은 말이야, 역시 바다에 떠 있는 상태에서 봐야 제격일세."

"그 감상 때문에 배를 장만하신 겁니까?"

"꿩 먹고 알 먹고 둥지는 불쏘시개로 삼는다는 말을 아는가? 이렇게 등댓불 지켜보니 세상 유람이 부럽지 않고, 고기 잡아 입에 풀칠하니 그 또한 의미 있고, 자네 같은 등대원들 실어다 주고 전직 등대장 위신까지 세울 수 있으니 얼마나 좋은 일인가."

"선장님께서 키를 안 잡고 한가하게 등댓불만 보고 계시면 안되죠. 암초라도 들이받으면 알이고 둥지는커녕 꿩 구경조차 못하게 될까 두렵습니다."

"내 배에는 항법장치가 달려 있어. 등댓불만 가려내 찾아가는 항법 장치 말이야."

말해놓고 소리내어 웃는 정 소장이었다. 그러나 잠시뿐이었다. 정 소장의 얼굴에 어둠이 짙게 드리워졌다.

"무슨 돌림병에 걸린 것처럼 너도 나도 항법장치를 설치하더군. 큰 바다에 나다니는 배는 이해를 하겠어. 기껏 영산에서 구멍도까지 오가는 손바닥만한 배들까지도 그러니, 웃기는 노릇일세. 등대는 뭐 시늉으로 있는 줄 아는지…… 옛날에는 고깃배들이 으레 등대에다 고기 몇 마리씩은 던져줬어. 그까짓 생선 받아 맛인가. 다 사람 사는 정이지."

단순히 사람과 사람 사이에 응당 있어야 할 온정을 말하려는 것이 아니었다. 그만큼 등대가 그네들 삶의 중요한 자리에 있었다는 뜻이리라.

하지만 지금은 어떤가……. 예전보다 훨씬 많은 배들이 스쳐지난다. 그러나 등대를 향해 손 한번 흔들어주지 않는다. 곁눈질이라도 해줄지 의문이다.

재우는 정 소장의 어깨에 가만히 손을 얹었다.

우리는 시대에 뒤떨어진 고물을 껴안고 몸부림을 치고 있는지도 몰라요. 세상은 더 이상 우리를 필요로 하지 않는데, 괜한 고집을 부리고 있는 기분입니다. 그 점을 인정하기가 참 힘들고 괴롭군요.

재우도 정 소장도 한동안 말이 없었다. 둘은 그저 한 방향을 보고 있을 뿐이었다. 다가왔다 멀어지고, 멀어진 듯하면 다시 다가오는 등댓불만 눈이 시리도록.

구명도 등탑이 어슴푸레하게 보이기 시작했고, 재우는 우 선장을 떠올렸다.

"참치 선단을 이끄는 우 선장님 있잖습니까? 모레쯤 구명도 앞을 지날 거라고, 전화를 걸어왔어요."

"아이쿠, 오랜만에 돌아오네. 그 양반 본 지가 일 년도 넘은 듯싶은

데……."

"일 년 육 개월 만의 귀항이랍니다."

"이번엔 많이 늦어졌구먼."

"소장님 안부를 여쭙기에 퇴직하셨다고 했더니, 많이 섭섭해 하시더군요."

"섭섭할 건 또 뭐 있나. 때가 차면 물러나야 되는 게 이치인 걸……. 삼십 년 넘게 원양어선을 탔을 거야. 그 양반 한번 볼 때마다 아, 세월이 또 이만큼 갔구나, 했다네. 그 양반도 마찬가지로 나를 보면서 세월 가는 걸 알았겠지. 나는 등대에서 늙었고, 그 양반은 바다 위에서 늙은 셈이니까."

처음 재우는 우 선장과 정 소장 사이의 우정쯤으로 생각했었다. 각별한 사이가 아니고서야 일부러 배를 대절해 구명도까지 찾아올 까닭이 없어 보였다. 그러나 오랜 세월 전부터 그냥 알고 지내는 사이였고, 그럼에도 우 선장은 귀항 때마다 어김없이 찾아왔다.

우 선장이 이끄는 원양어선은 인도양에서 조업을 마치고 영해상으로 들어와 처음 마주하는 곳이 구명도 등대다. 구명도의 등댓불을 보면 비로소 귀항 사실을 실감한다고 했다.

"이제 정말 조국이구나. 이제 처자식을 품에 안을 수 있겠구나. 구명도 등댓불이 그렇게 반갑고, 좋고, 또 주체할 수 없을 만큼 눈물이 쏟아져요. 구명도 등댓불을 보는 순간 일 년 동안의 고단함과 외로움이 한꺼번에 날아가는 기분이 듭니다."

고맙고 또 고마워서 구명도를 직접 와보지 않을 수 없었다는 거였다. 그리고 이젠 의당 한번은 들러야 안심이 된다고 했다.

"출항시 구명도를 지날 때마다 등대에 대고 이렇게 말합니다. 내년까지 잘 있거라. 내년에 다시 올 거다. 다시 올 테니까, 나를 기다려다오. 여기에 다시 올 수 있도록 날 지켜다오. 우습게 들리겠죠. 허나 내 마음이 정말 그렇습니다."

재우는 웃지 않았다. 웃을 수 없었다. 고마워해야 할 장본인은 우선장이 아니라 등대지기인 재우 자신이라는 생각이 들었다.

그렇다. 한 그루 고목에서 누구는 세월의 두께만 보고 가지만, 또 누군가는 세월의 내밀한 이야기까지 들을 수 있는 것이다.

그렇다. 등대가 바다의 길잡이로서만 존재하는 것은 아니다. 누군가는 등대의 불빛으로 마음의 길까지 짚어내기도 하는 것이다.

그 믿음이 있기에 등대를 떠나도 아주 떠나지 못하는 정 소장이었다. 그 믿음이 있기에 재우 역시 무인등대 전환과 구조조정의 광풍이 자신을 비껴 나가길 소원하는지도 몰랐다.

＊ ＊ ＊

"유형, 사람이 왜 그리 무책임해!"

정 소장과 함께 사무실로 들어선 재우를 향해 이길성이 영문 모를 소리를 내뱉었다.

아침에 등대호를 타고 떠날 때 이길성은 등탑에 올라가 있었다. 따라서 달리 말을 남기지 못했다. 그걸 두고 타박하는 거라면 어처구니가 없는 일이었다.

휴가 기간이었다. 영산에 가든 말든 재우의 권리였다. 직무대행이라고 유세하는 거라면 이해하겠다. 하지만 책임 운운하는 건 참기 힘들었다.

따지고 보면 영산에 나간 것도 업무의 하나였다. 며칠 전 손을 본 발전기의 연료 공급 장치가 아무래도 마음에 걸렸다. 완전한 수리를 위해선 부품 전체를 교환하는 것이 최선이었다.

즉시 부품을 신청해놓았다. 하지만 언제 결재가 떨어져 부품을 보내올지 알 수 없는 게 본청의 행정 처리였다. 여름에 소요되는 물품이 이런저런 이유로 더디지다가 겨울 초입에나 도착하는 일이 빈번했다. 설사 즉각 조치가 이뤄져 다음 행정선 편으로 보내준다 해도 열흘 동안 점등할 때마다 노심초사해야 될 터였다. 그럴 바에야 영산에 나가 사비로 구입하는 것이 속 편한 일이었다.

송철용이 재우의 낯을 살피며 말했다.

"오늘 큰일 날 뻔했어요."

"등대에 무슨 일이라도 있었나?"

재우를 앞질러 정 소장이 물었다.

"그런 건 아니고요……."

송철용이 말끝을 흐리자 이길성이 받았다.

"구명도에서 어머니 초상을 치를 뻔했단 말이야."

"초상을 치를 뻔하다니?"

재우의 되물음에 이길성은 대꾸조차 싫다는 듯 불쾌한 표정을 지었다.

"저기, 선배님 어머니께서……."

재우가 떠난 지 얼마 되지 않아 어머니가 부두에 나가 앉아 있더라는 거였다. 저물 녘까지 돌아오겠으니 점심을 부탁한다며, 송철용에게 열쇠까지 맡긴 재우였다.

"나중에 살펴보니까 창을 넘으셨더군요."

재우로선 선뜻 믿어지지 않는 말이었다. 재우가 뛰어내리기에도 만만치 않은 높이였다.

"부두에 가 앉아 계셨어요. 선배님을 기다리시는 거라는 판단이 들었죠. 선배님 곧 오니까 들어가자고 아무리 달래도 들은 척도 안하셨어요. 할 수 없이 점심도 부두에 갖다드렸지만 손도 안 대시더라고요. 나중에는 강제로 업어 모시려고 했는데……."

이것 보세요, 라며 송철용이 소매를 걷어올렸다. 왼쪽 팔뚝에 잇자국이 선명한 피멍이 맺혀 있었다. 송철용은 단념할 수밖에 없었다고 여러 차례 강조했다.

6시 기상보고를 마치고 조금 지났을 때라고 송철용은 말했다. 그러니까 어머니는 아침부터 어스름이 내릴 무렵까지 진종일 부두에 있었던 셈이다.

구명도를 떠나고 싶었던 것일까. 아니면 뭍에 나간 자식을 간절하게 기다렸을까. 어느 쪽이든, 부두에 처연히 앉아 있는 어머니의 모습이 가슴 시리게 떠올랐다.

"해피가 부두 쪽에서 요란하게 짖는 소리가 들렸어요. 사무실에서 내다보니까 부두가 텅 비어 있었어요. 아차 싶었죠. 정신없이 달려 내려갔더니 아니나다를까, 오 미터는 떠내려간 상태에서 허우적대고 계시더라고요. 조금만 더 늦었더라면, 정말……."

어머니가 세상을 버리면 어떤 기분이 들까. 며칠 전 재우는 생각했었다. 그 생각이 현실로 다가왔던 셈이다.

재우는 질끈 두 눈을 감았다. 긴박했던 그 광경을 일부러 떠올리려는 바는 아니었다. 눈을 뜨고 있으면 자신도 모르게 주르르 눈물이 흘러내릴 것만 같았다.

어머니를 완벽하게 미워하고 있는 건 아니다. 가슴속 한구석에는 안타까움이, 차마 밖으로 드러내지 못한 간절함이 남아 있다.

재우는 왠지 막다른 길에 서 있는 느낌이었다. 처음의 자리로 다시 돌이키거나, 그 자리에 주저앉아 버려야 하는 막다른 길. 이제껏 그랬던 것처럼 어머니를 미워하든지, 다 버리고 처음부터 다시 시작해보든지…….

정 소장의 심히 걱정스런 목소리가 들려왔다.

"어디 다치신 데는 없고?"

"갯바위에 쓸리면서 두어 군데 손등에 상처가 났지만, 별탈은 없어 보였어요."

"다행이군. 천만 다행이야."

"조금 전 가보니 주무시데요. 종일 굶으신데다 위험천만한 일까지 당하셨으니, 많이 지치셨을 거예요."

사무실을 나서려는 재우의 뒤통수에 대고 이길성이 말했다.

"노모를 모셔온 것까지는 좋아. 오죽했으면 구명도까지 오셨겠어. 이해해, 이해한다고. 그렇지만 구명도가 유형 혼자 사는 데는 아니잖아? 적어도 남한테 피해는 주지 말아야지. 만일 불미스런 일이라도 생겼다면, 결국 문책은 누구한테 돌아가는지 생각해봐."

오늘 일만을 겨냥해 하는 말은 아닐 터였다.

사흘 전 이길성의 워크맨과 송철용의 물건이 어머니의 가방에서 발견되었다. 워크맨은 수리가 불가능할 정도로 박살이 나 있었다. 재우는 영산에 도착한 즉시 최신형 워크맨을 구입했다.

끙, 하고 정 소장이 헛기침을 토해내는 것이 예사롭지 않았다. 이길성을 바라보는 시선이 진작부터 곱지 않았다. 전직 소장의 말이 이길성에게 무슨 소용이 있으랴. 마음 상하게 되는 쪽은 오히려 정 소장이리라는 생각에, 재우는 재빨리 입을 열었다.

"내 불찰이 커. 미안해. 마음 상했다면 풀어. 앞으로 이런 일은 없을 거야. 그리고 구명도 떠나실 날도 얼마 남지 않았어."

6.

카세트에서 흘러나오는 찬송가를, 어머니는 술술 따라 불렀다.

찬송가를 부르는 모습만 본다면 누가 어머니를 치매 환자라고 생각할 것인가. 오히려 비상한 기억력과 깊은 신앙심에 경탄하리라. 재우 역시 착각할 지경이었다.

"찬송가를 들으면 기분이 어때요?"

"좋아, 좋아."

"그럼 예수님이 누구예요?"

"몰라."

유감스럽게도, 어머니에게 믿음에 대한 확신은 전혀 남아 있지 않았다. 그저 오랜 습관으로 머릿속에 각인된 기억이 저절로 풀려 나오는 것에 불과했다. 치매가 아니더라도 어머니의 신앙이 그 정도 수준을 벗어나지 못했던 것일지도 모른다.

어머니의 신앙 생활은 더부살이를 시작하면서 난희 아버지의 권고에 따른 것이 아닐까 짐작한다. 어렸을 적부터 재우는 일요일이면 의당 교회에 가는 줄 알고 있었다.

중학생이 된 어느 순간부터 재우는 더 이상 교회에 가지 않았다. 소년 재우는 성경 자체가 비논리적이고 불확실한 것으로 가득한 기록이라고 생각했다. 믿으면 알게 되고, 알게 되면서 그 믿음이 더욱 굳어진다. 중등부 담임이었던 전도사님의 말씀도 재우를 돌이키진 못했다. 그 말씀을 납득할 수 없었기 때문이 아니다.

"나는 네가 언제고 돌아올 것을 안다."

당시 어머니는 장담했다.

기독교는 사랑의 종교이고, 이웃을 내 몸처럼 사랑하라고 했는데, 피곤한 육신을 일으켜 새벽기도고 심야기도고 거르는 법이 없으면 무슨 소용인가. 어머니는 이웃은커녕 당신의 자식조차 제대로 사랑하지 않고 있었고, 그게 재우를 분노와 거부로 돌아서게 만든 진짜 이유였던 셈이다.

어려운 일 당할 때 나의 믿음 적으나
의지하는 내 주를 더욱 의지합니다
세월 지나갈수록 의지할 것뿐일세
아무 일을 만나도 예수 의지합니다

찬송가를 따라 부르는 동안 어머니는 순한 양이었고, 재우는 느긋
한 목자였다.

머리맡에 카세트를 둔 채로 몇 시간이고 진력내는 법이 없는 어머
니였다. '세월 지나갈수록 의지할 것뿐일세'라는 가사처럼 어머니의
해괴한 행동을 잠재울 수 있는 건 정말이지 찬송가 테이프뿐이라는
생각마저 들었다. 테이프는 재우가 의지해야 할 도피성이었고, 안식
과 자유를 보장해주는 권리장전과도 같았다.

지난번 정 소장과 함께 영산에 나갔을 때, 테이프를 살 계획은 처음
부터 없었다.

조르디 사발의 '라 폴리아', 요한나 마르치의 '드보르자크 둠키', 스
비아토슬래이브 리히테르의 라흐마니노프 '피아노협주곡 2번', 사이
먼 래틀 지휘반인 말러의 '교향곡 6번'을 구입했다. 계산을 마치고 나
오려는데 정 소장이 못마땅한 듯 말했다.

"자네 몫만 챙기면 끝인가. 모친 것도 사게. 평소 좋아하시던 곡이
있을 것 아닌가."

떠올려지는 곡이 있을 턱이 없었다. 음악이 위안이고 힘이 된다는 사실조차 모르는 무식한 어머니였다. 또한 뽕짝이든 트로트든 턱 받치고 감상할 만큼 한가하지도 않았을 것이다.

할머니들도 현철이나 송대관이나 설운도라면 뻑 간다고, 스물이 갓 넘었을 성싶은 점원이 말했다. 뻑 가서 뒤로 자빠지든 테이프를 부숴 콩가루를 만들든, 재우는 별관심이 없었다. 다만 정 소장의 눈초리가 민망할 뿐이었다.

"모친께서 교회에 다니셨다고 하니, 이걸로 하게나."

정 소장이 빼어든 게 24개짜리 찬송가 전집이었다.

으악, 이 가격이라면 클래식 시디 다섯 장은 더 집어들 수 있을 텐데……. 울며 겨자 먹기로 사긴 했지만, 순한 양이 된 어머니에게서 벗어날 수 있는 시간이 그만큼 늘어난 셈이었다.

재우는 카세트 옆에 차곡차곡 쌓아놓은 24개의 테이프를 보면 우연찮은 횡재를 한 양 절로 미소를 머금곤 했다. 그리고 얼마나 다행한 일인가. 다른 물건들은 손에 닿는 족족 박살을 내면서도 카세트와 테이프는 끔찍이 아끼는 어머니였다.

점심은 또 어째야 하나.

재우는 카세트를 자동반복으로 조절해놓고 방을 나왔다.

매 끼니를 해결해야 하는 게 고통이었다. 혼자 입이라면 라면이나 끓여 허기를 속였으면 딱 좋으련만, 언제나 어머니가 부담이었다. 그렇다고 끼니마다 새로운 걸 마련할 수도 없는 노릇이었다. 마련된 부식이라야 뻔한 것뿐이었고, 넉넉한 재료가 있다 해도 조리 능력의 한

계였다.

어쨌든 냉장고를 들여다보고 결정을 내릴 생각이었다. 똥만두 이후 냉장고 입구를 가로막아 둔 쌀통을 치우려는 순간, 송철용이 소반을 들고 들어왔다.

"국수를 삶았어요"

재우는 가슴이 저려 선뜻 소반을 받아들 생각마저 못했다.

"저도 참 무심한 놈이죠. 오신 지 한 달이 다 되어가는데……."

예전에는 초코파이 하나, 사과 반쪽도 나눠 먹던 구명도의 삶이다. 그 도타움과 정겨움이 고단한 삶을 견디게 하는 힘이었다. 그런데 생활이 둘로 나눠지면서 마음마저 분리된 느낌이었다. 어머니의 출현이 빚은 결과이므로 재우 편에서 야속함을 드러낼 수도 없었다.

어머니가 떠나면 즉시 회복되겠지.

생각하면서도, 홀가분하게 돌이킬 수 있을까 하는 의문에 사로잡히곤 했다. 열렬한 사랑을 나눈 연인 사이라도 짧은 순간의 냉담함이 영영 사랑의 불길을 꺼뜨려버리는 법이다. 송철용은 그렇다 치더라도, 이길성과는 제법 골이 깊어진 느낌이었다.

* * *

구름 한 점 없는 청명한 하늘에서 한낮의 햇살이 창처럼 쏟아져 내렸다.

5월로 접어들면서 한여름 같은 더위가 연일 계속되었고, 사무실에서 등탑까지 비탈길을 올라서면 이마와 목덜미에 송골송골 땀이 맺혔다.

등탑의 철문을 열고 들어서려는데 송철용이 기척을 하며 다가왔다.

"등탑에 올라가시려고요?"

"응. 날씨가 기막히게 좋잖아."

재우는 세척포를 들어 보였다. 반사경은 오늘처럼 습도가 낮은 날을 가려 닦아내야 했다. 흐린 날에 해치를 열면 등명기 내부에 습기가 배어들어 빛의 반사를 방해하기 때문이었다.

"저는 이것 때문에요."

송철용의 손에는 할로겐 램프가 들려 있었다.

엿새에 한 번 교환해야 하는 원칙을 따르면 내일이었다. 그러나 재우는 굳이 송철용을 만류하고 싶지 않았다. 전량 수입에 의존해 비싼 가격이긴 하지만, 램프야 자주 교환할수록 그만큼 광도 높은 빛을 뿌릴 수 있었다.

등탑 내부로 들어선 송철용이 벽을 더듬어 스위치를 올려 어둠을 몰아냈다. 계단을 오르기 시작하면 곧 사라질 빛이었다. 등탑 중간에 달린 작고 둥근 채광창으로 책받침 크기의 빛이 스며들긴 했지만 겨우 사물을 식별할 정도여서 머릿속에 새겨진 길을 따라 오르는 편이 나았다.

등탑을 무 자르듯이 절반으로 나눠 단면을 들여다본다면, 큰 원 속에 또다른 원이 들어 있는 형상이다. 등탑의 핵심인 등명기가 얹혀져 있는 부분이 내부의 원이다. 두 개의 원 사이에는 등대원들이 사용하는 나선형의 계단이 있다.

계단은 한 사람이 겨우 통과할 정도로 좁고 경사가 급하다. 달팽이 굴 속 같은 백아흔아홉 칸의 나선형 철제 계단을 오르면, 스물여덟 칸의 수직 철제 사다리와 마주한다. 밟을 때마다 삐걱대는 사다리를 오르면서 발 밑을 내려다보면 마치 천길 낭떠러지가 어둡고 음습한 입을 벌리고 있는 듯하다.

등명기가 설치되어 있는, 등탑 꼭대기 두어 평 남짓의 공간을 등실이라고 부른다.

등실에 오르려는 본청의 사무직원들과 외부의 높으신 양반들이 있었다. 저 꼭대기에서 경치를 보면 더 기막힐 거야. 그러나 대부분 사다리 앞에서 좌절하고 말았다. 꼭 저렇게 무시무시하고 위험천만하게 만들어놓을 필요는 없잖아. 투덜대며 돌아 내려가곤 했다.

유독 구명도 등대가 심한 편이었다. 등대원의 수고 따위는 전혀 고려치 않고 설계된 셈이었다. 그러나 재우는 등탑에 오를 때마다 사다리에 차라리 감사하고 싶은 심정이었다. 결코 한가한 구경꾼을 위해 있는 곳이 아니었다.

등실은 등대지기의 터전이다. 등대지기의 고단한 삶이 고스란히 모여 있는 곳이다. 풍광을 즐기는 대신 곡예에 가까운 작업에 매달려야 하는 공간이다. 등대지기의 애환의 장소이자, 그 애환을 수평선 저 멀리 날려보내는 등대지기만의 내밀한 성역이다.

사다리에 올라서자 열기가 훅 재우를 덮쳐왔다. 등실 전체가 원통형의 밀폐 유리창으로 둘러싸여 있어 바람 한 점 들어오지 못한 때문이었다.

재우는 열기 속을 헤치고, 의식을 거행하는 사제처럼 더디고 고요한 걸음새로 등명기 주위를 한 바퀴 돌았다. 오전에 점검했으니 이상 조짐이 달리 눈에 뜨일 리 없었다. 그럼에도 돌아서면 마음이 놓이지 않았다.

내일은 등명기 하단의 비상용 전원 장치를 점검해봐야겠다는 생각을 하고 있을 때, 송철용이 가쁜 숨을 몰아쉬며 모습을 드러냈다.

"선배님 발에는 눈이 달려 있는 모양입니다."

"무슨 말이야?"

"그렇지 않고서야 무슨 수로 그리 빠르게 오를 수 있겠어요. 등대원이 등탑에 오르내리는 게 겁난다면 말도 안되는 소리라고 하겠죠. 하지만 전 아직도 오금이 저립니다."

재우는 빙긋이 웃고는 반사경을 닦기 위해 등롱의 해치를 열었다.

반사경을 다룰 때에는 대단히 세심한 주의가 필요하다. 별도로 제작된 세척포만 사용해야 하며, 세척포를 쥔 손에 무리한 힘을 가해서도 안된다. 막 첫울음을 터뜨린 아이의 볼을 어루만지듯 해야 한다. 재우가 경력 3년이 넘어선 뒤에야 비로소 정 소장은 세척포를 쥐어주었다.

등롱의 해치를 닫았을 때, 재우는 더운물을 뒤집어쓴 양 온몸이 땀으로 흥건했다.

"수고하셨습니다."

벌써 내려갔으리라 짐작했던 송철용이었다.

"왜 그러고 있어?"

"언제고 배워둬야 할 일이라서……하여튼 선배님, 땀 좀 식혀야겠어요."

송철용이 외부로 통하는 출입구를 열었다. 바람이 역류하는 물줄기처럼 거침없이 밀려들었다.

허리를 굽혀 포복에 가까운 자세로 출입구를 빠져나왔다. 등실을 빙 둘러, 정신이 아뜩해질 높이의 발판이 설치되어 있었다. 외부 창을 닦기 위한 공간이었다. 발판에서 날개 쉼을 하고 있던 대여섯 마리의 갈매기들이 일제히 날아올랐다.

재우는 난간에 기대섰고, 송철용은 바닥에 엉덩이를 붙이고 주저앉았다.

등탑 아래 깎아지른 듯한 절벽 여기저기 뿌리를 내린 풍란을 굽어보다, 재우는 벌써부터 묻고픈 말을 꺼냈다.

"장기포 등대가 한 표 나왔다는데, 혹시 송철용 씨 아냐?"

구명도 9표, 장기포 1표, 기권 1표.

무인등대 전환 장소를 조사한 결과였다. 예상했던 바이므로 분노조차 일지 않았다. 다만 소리도가 아닌 뭍의 장기포를 선택한 동료가 있다는 사실이 의외였다.

송철용이 멋쩍게 웃으며 고개를 끄덕였고, 재우는 눈짓으로 이유를 물었다.

. "등대를 먼저 생각해봤어요. 그뿐입니다."

재우는 송철용의 어깨에 손을 얹었다.

"등탑이 고맙다고 인사하는 소리 들려?"

"설마?"

"좀더 생활해봐. 곧 내가 등대인지, 등대가 바로 나인지 구분할 수 없을 때가 있어."

단순한 콘크리트 건물인 등탑. 하지만 살아 숨쉬는 생명체처럼 다가올 때가 있다. 사랑이 깊어져 영혼을 교감하는 연인처럼, 재우는 등대와 무언의 대화를 나누고 있는 느낌에 종종 빠져들곤 했다.

"선배님이 반사경 청소하는 거 지켜보면서요, 등대를 사랑한다는 게 어떤 것인지 생각해봤어요."

"등대지기는 모두 등대를 사랑하는 거야. 입으로 시인하든 않든 다 마찬가지야."

"아뇨 선배님은 특별해요. 바보스러울 정도로요. 바보? 그래요. 지독한 바보라서 신경질이 납니다. 왠 줄 아세요? 무조건 사랑한다고 능사인가요. 계속 사랑할 수 있도록 자기 자리를 지켜야죠. 그토록 등대를 사랑하면서 왜 밀려납니까? 싸우세요. 투쟁해서 사랑을 지켜내란 말예요."

구조조정 명단이 확정되었다는 이야기가 공공연히 떠돌고 있었다. 그 명단에는 누가 포함되어 있다는 구체적인 이름까지 거론되었다. 사람마다 서로 이야기하는 이름은 달랐지만, 어느 쪽이든 반드시 재우는 끼어 있었다.

소문일 뿐이야. 재우는 애써 무심한 듯 흘려들었다. 하지만 내심 기적이라도 일어나길 소원하는 나날이었다.

제4장 은행나무

1.

오늘일까, 내일일까…….

그렇게 흘려보낸 지 보름째였다.

기약해놓은 날이 지나고, 다시 그 절반이 지나갔다. 하루 동안 겪는 고통의 분량을 생각하면 보름은 너무 길고 아득한 시간이었다. 그러나 애걸하던 형수는 오지 않았다. 연락조차 없었다.

이러다가 한없이 길어지는 것은 아닐까. 설마, 수속이 늦어지는 탓이겠지.

재우는 단순하게 생각하고 싶었다. 형이 어머니를 책임져야 할 숱한 날들을 떠올리며 이해하려 들었다. 그러나 하루에 하루가 더해질

수록 이해의 폭은 점점 줄어들었고, 가슴에 드리워진 불안의 부피는 커졌다.

어머니가 재우의 상의를 뒤에서 잡아당기며 말했다.

"배고파, 밥 줘."

식사를 마친 지 고작 반 시간이 흘렀을 뿐이다. 어머니의 탐욕은 마르지 않는 샘과 같았다. 그러나 이번만큼은 그만 관사로 들어가자는 뜻이 강할 것이었다.

"한 바퀴만 더 돌고요."

"싫어!"

재우는 저녁 식사를 마친 뒤 어머니와 함께 산책에 나섰다. 관사에서 등탑까지, 등탑에서 북쪽 능선을 따라 구릉지를 거쳐 다시 관사로. 섬을 일주하는 셈이었다. 운동을 이유로 삼아 며칠 전부터 시작한 산책이었다. 그러나 내심 고단해진 어머니가 깊은 잠에 빠져들기를 겨냥한 속셈이었다.

하루 종일 방안에 갇혀 있던 탓에 어머니는 순순히 나서곤 했다. 한 차례 일주할 때까지는 군말 없이 따라왔지만 두번째부터는 투정을 부리고 거친 숨을 몰아쉬기 시작했다. 재우는 어머니의 투정을 싹 무시했다. 어머니를 곯아떨어지게 만들기에 두 번은 부족했다. 완전히 기진맥진해질 때까지 어머니의 등을 밀고 또 밀었다.

어머니, 그리고 구조조정.

재우는 머리가 터져 버릴 지경이었다. 따라서 어느 때보다 나만의 시간이 간절한 요즈음이었다. 밤 시간만큼이라도 어머니의 집요한 속박으로부터 벗어나고 싶었다.

　세번째로 비탈길을 절반쯤 올랐을 즈음, 어머니는 가슴을 감싸고 바닥에 주저앉았다. 재우는 쓴웃음을 지으며 어머니의 겨드랑이에 손을 껴 일으키려 했다. 그러나 어머니는 어깨를 부들부들 떨며 진저리를 쳤다. 단순한 엄살이 아니었다.

　재우는 더듬거리며 물었다.

　"왜 그래요? 어디가 아파요?"

　어머니는 두 손으로 가슴을 누르며 고통스런 신음만을 토해냈다.

　"어디가 아픈지 말을 해봐요?"

　재우는 신경질적으로 악을 썼다. 고통받고 있는 어머니를 지켜볼 도리밖에 없는 스스로를 향해 울화통을 터뜨리고 있는 셈이었다. 그러나 이내 불길하고 방정맞은 생각이 빠르게 엄습해왔다.

　어머니와 죽음을 한몫에 떠올려본 적은 없었다. 병들고 초췌해진 어머니와 살면서도, 바다에 빠져 죽을 고비를 넘겼다는 이야기를 듣고도, 재우는 오히려 담담했었다. 이상하리만큼 당당한 믿음이었다. 하지만 비로소 실감하고 있었다. 어머니는 죽음에서 그리 멀리 있는 것이 아니었다.

　재우는 잔뜩 웅크린 어머니의 등에 손을 댔다. 하지만 거기까지였다. 달리 방법이 없었다. 연신 목덜미에 배어나오는 식은땀을 소매로 훔치며 어머니에게 속말을 중얼거렸다.

　나더러 어쩌라는 거죠? 이럴 줄 모르고 외딴섬까지 찾아왔나요?

　3분쯤 흐른 듯했다. 어머니는 고개를 들어 기나긴 숨을 몰아쉬었다. 곧 언제 그랬냐는 듯 다리를 꾹꾹 누르며 자리에서 일어났다.

"괜찮아요?"

"나쁜 놈!"

재우는 씁쓸히 웃었다. 어머니의 계략에 자신이 속수무책으로 말려든 듯한 느낌마저 들었다. 재우는 어머니에게 등을 내밀었다. 어머니가 손바닥으로 재우의 등을 찰싹 내려치고는 업혔다.

어쨌든 다행이었다. 그러나 치매 외에 그 어떤 질환이 어머니의 내부에 도사리고 있다는 생각이 들었다. 종합검진이라도 찬찬히 받아봐야 마땅했다. 물론 재우의 몫은 아니었다. 조만간 어머니를 데려갈 형이 알아서 할 일이었다.

관사 앞에서 마주친 이길성에게 어머니는 대뜸 욕설을 내뱉었다.

"좆 뽑고 부랄을 발라버릴 놈!"

재우는 후끈 얼굴이 달아올라 어머니의 입이라도 틀어막고 싶었다. 그러나 이길성은 만성이 된 양 이죽거렸다.

"유형 어머니께선 평소 욕에 대해 조예가 깊으셨나봐. 그렇지 않고선 어떻게 날마다 기상천외한 욕으로 바뀔 수 있겠어."

부모의 수준을 보면 그 자식의 됨됨이까지 짐작할 수 있다는 말을, 혹시 이길성은 하고 싶은 것일까. 재우는 이길성을 외면했다. 나도 모르겠어, 한번도 욕하는 걸 들어본 적이 없었거든. 설명한들 되돌아오는 건 비웃음뿐일 테니까.

"그나저나 오늘도 연락이 없었어?"

이길성이 하루에 한 번씩 어김없이 던지는 질문이었다.

"정말 큰일이네. 유형이 영영 떠맡게 되는 거 아냐?"

"그럴 일은 없어."

"너무 장담하지 마. 사람의 일이란 늘 의외의 변수가 있는 거니까."

재우의 대꾸를 기대하지 않는다는 듯 이길성이 몸을 돌렸다. 서너 발걸음을 떼어놓더니 혼잣말처럼 중얼거렸다.

"저 영감은 그만뒀으면 그걸로 끝이지, 왜 매일 출근하다시피 하는 거야."

이길성의 어깨 너머 파도를 헤치고 다가오는 등대호가 보였다.

어머니를 방에 내려놓고 재우는 부두로 내려갔다.

등대호에는 정 소장 외에 전혀 예상치 못한 사람이 타고 있었다.

난희였다.

난희는 하루나 이틀, 기껏해야 사나흘쯤 헤어져 있던 사람처럼 재우의 어깨를 툭 치는 것으로 인사를 대신했다.

"어떻게 왔어?"

"차물도까지는 여객선으로 왔고, 구명도에 데려다 줄 배를 수소문하다 소장님을 만났어. 초보 선장님 덕분에 뱃멀미는 했지만 무사히 도착했으니 된 거지, 안 그래?"

그걸 물은 게 아니었다. 난희는 딴전을 피우고 싶은 모양이었다.

"그럼 두 사람 이야기 나누시게. 난 인사부터 드려야겠네."

정 소장은 라면 박스를 어깨에 짊어지고 재우의 거처를 향해 잰걸음으로 걸어갔다. 박스 안에는 재우가 부탁한 부식과 어머니 간식이 가득할 것이었다. 재우는 정 소장의 뒷모습을 지켜보다 입을 열었다.

"어머니가 와 계셔."

"알아. 알고 왔어."

"소장님한테 들은 거야?"

난희가 고개를 저었고, 재우는 재차 물었다.

"어디까지 알고 있는 거야?"

"유재우가 알고 있는 것보다 훨씬 많이."

"말해봐, 얼마나 많이 알고 있는지."

"당분간 있을 거니까 급할 건 없잖아."

난희는 말해놓고 이마에 흘러내린 머리칼을 모아 귓바퀴 뒤로 쓸어넘겼다. 여전하군, 그 버릇. 재우가 웃자 난희가 정색을 하며 이유를 물었다.

"오랜만에 널 보니 제법 반가워서."

"제법이라니? 말을 꼭 그딴 식으로밖에 못하냐."

2년이었다. 제법이라는 말로는 감당키 어려운 세월의 두터움이었다.

난희를 아주 잊은 듯 보낸 날이 있기는 했다. 그랬다. 그런 날들이 정말이지 있기는 있었다. 그러나 2년의 세월 중 겨우 손으로 꼽을 만큼 미미한 날들이었다. 그리워하지 말자고 다짐했고, 그리워할 까닭이 더는 남아 있지 않노라고 위로했다. 그럼에도 난희는 좀처럼 떨어지지 않는 미열처럼 남아 있었다.

"일은 어쩌고 왔어?"

"내가 뭐 기계니? 좀 쉴 생각이야."

재우가 한때 시인이 되길 소원했듯이 난희는 소설가를 꿈꾸었다.

그리고 어느 순간 드라마 극작가로 수정하더니 마침내 그 목표에 도달했다. 누군가는 어릴 적의 꿈을 묻어버리지 않고 성취해야 하고, 그것이 바로 난희라는 사실에 재우는 기뻤다.

"쉴 틈이 어딨어, 열심히 써서 최고의 드라마 작가로 우뚝 서야지?"

난희는 대꾸하지 않고 구릉지 쪽으로 걸어갔다. 재우는 서너 발짝 뒤처져 난희를 따르면서 조바심을 냈다.

한때 소원했던 벤치에 자신의 원대로 앉아 난희는 노을을 지켜보고 있었다. 하지만 기뻐하는 기색이 아니었다. 아마 자신의 말조차 새까맣게 잊어버린 모양이었다. 그럴 수 있겠다. 서울의 삶은 외딴섬을 딱히 떠올릴 만큼 한가하지 않을 테니까.

* * *

베토벤의 '트리플 콘체르토'가 종국을 향해 치닫자 난희는 시디를 고르기 시작했다.

정 소장이 쓰던 관사를 권했음에도 굳이 재우의 방에서 지내길 원한 난희였다.

"넌 아줌마와 같이 자면 되잖아. 내가 무서워서 그래. 한방은 아니지만 옆방에 네가 있다고 생각하면 안심이 되거든."

"어려운 일도 아닌데, 그러지 뭐."

재우는 간단히 대꾸했지만 자신이 없었다. 잠시만 앉아 있어도 악취 때문에 골이 지끈거리는 방이었다. 게다가 어머니는 갖가지 요구로 밤새 재우를 들들 볶아댈 것이 뻔했다. 하루의 일과 중 유일한 평화의 시간마저 어머니한테 헌납하는 꼴이 되리라.

어머니는 난희를 알아보지 못했다. 전혀, 전혀.

못 알아보는 정도라면 그나마 다행이었을 것이다. 어머니는 입에 담기 힘든 욕설을 퍼부었다. 족히 20년이 넘도록, 한 달 터울로 당신의 배에서 나온 자식을 제쳐두고 애지중지 돌본 난희였다.

"클렘페러가 자신이 이끄는 교향악단 악장 부인과 눈이 맞아 야반도주한 사실 알아? 참 대단하지?"

클렘페러 연주반인 말러의 '교향곡 2번'을 빼어든 난희가 물었다.

"글쎄……무모하긴 하네, 분명히."

"무모하다고? 남의 사랑에 대해 함부로 말하지 마."

재우는 날카로워진 난희의 시선에서 고개를 돌렸다.

이태 전 지친 육신을 이끌고 구명도에 왔을 때 난희는 고백했다.

"좋아하는 사람이 있어. 나와 같이 호흡을 맞춰 일하는 피디야. 세상을 보는 시야가 넓고, 잘생겼고, 능력도 인정받아서 방송국에서는 꽤 주목하고 있는 사람이지. 이모저모 나를 많이 도와주고 있어. 그런데……그런데 유부남이야. 내가 유부남을 사랑하게 될 줄을 누가 알았겠니."

아버지의 죽음과 맞물리긴 했지만, 그런 이유로 난희는 더욱 괴로웠던 셈이다. 나흘을 머물다 떠날 때 난희의 괴로움이 얼마나 가벼워졌는지 재우로선 알 수 없었다. 난희 역시 남겨진 자가 감당해야 할 고통 따위는 몰라도 무방했을 것이다.

말러의 '교향곡 2번' 1악장이 시린 시냇물 위의 가랑잎처럼 흘러가고 있었다. 죽은 친구를 기리기 위해 작곡한 후 스스로 '부활'이라는 표제를 단 교향곡이었다.

재우는 난희를 통해 클래식을 익혔다.

난희의 선택이 곧 재우의 선택이었다. 단지 난희가 좋아하는 곡이라는 이유로 밤을 새워 들었다. 모차르트에 열광하던 난희의 열여덟 살 무렵 재우 역시 모차르트에 매달렸고, 브람스로 옮겨간 난희를 좇아 서슴없이 브람스를 가슴에 품었다. 난희가 말러를 듣기 시작할 즈음이 끝이었다. 그래서 재우의 취향은 오랫동안 말러에 못박힌 채였다.

1악장이 끝나고 2악장으로 넘어갈 사이, 재우는 그 피디에 대해 물었다. 2악장이 한참을 흘러간 후 난희는 대꾸했다.

"우린 끝났어. 희망 없는 사랑이 도달할 곳은 뻔한 거 아냐."

그래서 난희는 다시 괴로운 거였다. 그래서 고단한 날개를 잠시 내려놓을 참으로 구명도까지 날아온 모양이었다.

"은행나무 사랑이라고 아니?"

묻고 나서 난희는 혼잣말처럼 이야기를 더했다.

"암수가 구분된 은행나무는 가장 가까이 있는 나무만을 사랑한대. 저 멀리 아무리 근사한 상대가 있어도 오로지 곁에 있는 나무만을 짝으로 삼는대. 추하든 부족하든 무조건……난 그런 사랑밖에 못할 운명이었나봐."

그 운명에 나도 포함되어 있었니?

재우는 난희의 눈동자를 똑바로 쳐다보았다. 난희는 하품을 깨물고는 말했다.

"졸려. 자야겠어. 나가기 전에 이불 좀 펴줘."

"힘든 일도 아닌데, 그러지 뭐."

2.

재우는 쉽사리 잠들지 못했다.

악취 때문이기도 했고, 밝혀놓은 형광등 불빛이 닫힌 눈꺼풀 안까지 파고드는 탓이기도 했고, 난희가 한지붕 아래 잠들어 있는 까닭이기도 했다. 그러나 무엇보다 깜빡잠에 빠져든 듯하면 어느새 어깨를 흔들어대는 어머니였다.

"그런데 지금 몇 시야?"

죽을 맛이군. 재우는 치밀어오르는 감정을 억누르며 말했다.

"두 시 삼십오 분 오십 초."

어머니는 고개를 끄덕이고 누웠다. 그러나 채 10분이 안돼 다시 같은 말을 물어왔다.

"그런데 지금 몇 시야?"

"아침이 되려면 아직 멀었어요. 더 주무세요, 제발."

"으응. 아직 멀었구나."

몇 시인지 알면 무엇에 쓰려는 것일까. 시간의 개념조차 어머니 머릿속에 제대로 박혀 있을 리 없었다. 또 애타게 기다려야 할 내일도 아니었다. 여느 날과 다름없는 유폐의 하루일 테고, 여느 날처럼 먹고 배설이나 해댈 짐승의 시간이리라. 그럼에도 어머니는 디데이를 앞 둔 병사처럼 집요하게 시간에 매달리고 있었다.

모른 척 대꾸하지 않으면 어깨를 흔들고, 귀에 대고 악을 쓰고, 강 제로 눈꺼풀을 뒤집어놓았다. 어머니는 백 번, 천 번, 아니 날이 훤할 때까지 묻고 또 물을 기세였다.

재우가 피곤하다면 들들 볶아대는 쪽도 만만치는 않았을까. 어머 니는 새벽 3시가 넘어서자 코까지 골며 제법 깊은 잠에 빠져들었다.

이런 날을 앞으로도 몇날 며칠 더 겪어야 한다는 생각에 진저리가 쳐졌다. 수면제라도 구해놔야 되는 거 아닐까. 아, 내일 당장이라도 형수가 와주기만 한다면…….

재우는 형광등 스위치를 내렸다.

방안에 빛을 몰아내자, 창을 넘어온 등댓불이 기슭에 와닿는 파도 처럼 건너편 벽을 스치고 지났다. 근 한 달 보름 만에 마주하는 광경 에 재우는 가슴마저 뭉클해지는 기분이었다.

아무리 혼곤한 잠 속이라도 12초 주기로 스쳐가는 불빛을 감지할 수 있었다. 불빛은 그윽한 선율의 자장가였다. 그리고 불빛이 점차 엷 어지는 것을 느끼며 잠에서 깨어나곤 했다. 세월이 빚은 본능적인 반 응이었다.

잠들기는 이미 틀려버린 모양이었다. 육신은 젖은 솜처럼 무거웠 지만 정신은 점차 명료해지는 듯했으며, 생각은 한 곳으로 줄달음을 쳤다.

"은행나무 사랑이라고 아니?"

난희의 목소리가 이명처럼 들려왔다. 재우는 두 손으로 머리를 감쌌다.

까마득한 옛날부터 나의 은행나무는 바로 너였어. 하지만 너는⋯⋯.

두 사람이 동일한 한 곳을 바라보는 게 흔히 사랑이라고 한다면, 우리의 시선은 언제부터 빗나가고 어긋나고 허공에서 헤매기 시작했을까. 상대가 딴 데를 보고 있다 해도, 이편의 시선을 그쪽으로 옮기면 곧 동일한 한 곳이다.

나는 늘 그렇게 네 시선을 쫓아다녔어. 그러나 네 시선이 머문 곳에 다다른 듯하면 이내 머나먼 곳을 바라보는 너였지. 그래서 어느 순간 그만 내 편에서 스스로 눈을 감아버리고 말았는지도 몰라. 불임의 은행나무로 살기로 작정해버렸는지도⋯⋯.

* * *

고등학교를 졸업하던 그 즈음, 난희에게 장문의 편지를 썼다.

기껏해야 크리스마스 카드가 고작이던 사이였다. 눈을 뜨면 매일 확인할 수 있는 얼굴이었고, 어느 한순간 편지를 내야 할 만큼의 거리에 떨어져 있어본 적도 없었다. 상황이 바뀐 것도 아니었다.

그럼에도 재우는 며칠을 고심해서 기나긴 편지를 썼다. 더는 기다려선 안된다고 생각했고, 더는 자신의 감정을 묻어둔 채 지낼 수 없다고 판단했다.

안채까지 10미터의 거리를 놔두고, 20분을 뚜벅뚜벅 걸어가 우체통에 집어넣었다. 발신인의 주소가 생략된, 여러 번 풀칠을 해 본인이 아니고선 절대 개봉할 수 없게 단단히 여민 편지였다.

'우리는 오랫동안 친구였지만, 언제까지 이런 상태를 지속할 수 있을지 자신이 없다. 이제 성인이고, 이제 우리의 사이도 새로운 관계에 도달할 때가 되었다고 생각한다. 너는 예전이나 지금이나 앞으로도 내내 최고의 여자고, 그걸 알고 있는 유일한 남자가 나였으면 좋겠다. 나는 충분히 준비가 되어 있다. 부디 답변을 기다린다.'

간단히 요약하면 이랬다. 그러나 재우는 자신이 동원할 수 있는 모든 미사여구로 때로 완곡하게, 때로 감정의 끝간데까지 적어 나갔다.

편지는 정확히 사흘 뒤 재우와 난희가 살고 있는 집으로 배달되었다. 당연한 일이었다. 그 이틀 뒤 본래의 주인 손으로 돌아왔다. 물론 함부로 찢어낸 흔적이 고스란히 담긴 겉봉투째로. 이 역시 당연한 일이었는지는 모르겠다.

그날 밤 재우는 난희 아버지의 호출을 받았다. 한마디로, 주제를 알라는 거였다. 두번 다시 이런 짓거리를 용서치 않겠다는 엄포가 뒤따랐다.

어머니는 딱 두 마디로 자신의 뜻을 분명히 했다. 왜 하필이면 난희냐. 은혜를 원수로 갚을 참이냐. 주제를 알라는, 용서치 않겠다는 난희 아버지의 말과 다를 바 없었다.

꼴값을 떨고 있네, 라는 말로 형은 조소와 경멸을 함축시켰다. 재우의 월급을 한푼이라도 더 뜯어내야 했던 당시 형의 입장으로선 더 어쩔 수 없었으리라.

"넌 좋은 친구야. 그 이상으로 널 생각해본 적은 없어. 그리고 우리는 아직 그럴 때가 아니잖니. 난 다른 생각을 할 겨를이 없어. 우선은 공부가 시급해."

난희는 어째서 편지가 이리저리 휘둘렸는지에 대해선 밝히지 않았다. 그래, 그건 중요하지 않았다. 재우의 자존심이란 처음부터 개떡 같은 것이었으니까.

"좋은 친구를 잃고 싶지 않아. 내 마음 알겠니?"

'작은 사랑은 바람 앞의 촛불 같고, 큰 사랑은 활활 타오르는 불 같아서 불어오는 바람에 더욱 거세질 뿐이다.' 로슈코프는 자신의 잠언집에서 말했다. 그러니까 재우의 사랑이 마주한 시련이란 결국 타오르는 불길에 기름을 끼얹은 꼴이었다. 다만 재우가 얻은 교훈이라면 인내였고 기다림이었다.

난희는 재수에 삼수를 거듭해 대학에 입학했다. 공부가 시급하다는 말대로 하자면, 정처없이 표류하던 재우의 인내와 기다림도 닻을 내릴 때였다.

그러나 난희의 눈에는 여전히 좋은 친구에 불과한 재우였다. 여대생이 된 난희와 선반공인 재우의 간격이, 그 좋은 친구마저 새삼 아득하게 만든 느낌이었다.

스물세 살의 가을, 난희 아버지는 외동딸의 결혼을 서두는 눈치였다. 한울타리를 두르고 사는 재우의 귀에까지 자연스럽게 들려왔다. 재수와 삼수 기간 내내 난희의 가정교사였던, 초임 검사인 사내가 상대로 거론되었다.

재우는 익히 얼굴을 알고 있던 사내를 만났다. 3년 전 편지의 내용을 일일이 말로 옮길 필요까지는 없었다. 나보다 더 난희를 사랑해왔거나, 앞으로 그럴 자신이 있으면 결혼해라. 사랑에 눈먼 자에게는 창피함도 두려움도 없었다. 사내는 실실 웃음만 흘리다 재우의 어깨를 툭 치고는 사라졌다.

"난 사실 그 사람에 대해 별흥미 없었어. 그냥 조건이 나쁘지 않으니 몇 번 만났을 뿐이야. 아빠의 성화 때문이기도 했고."

거기까지는 좋았다. 난희는 딱 거기까지만 이야기하고 다른 식으로 재우를 단념시키는 편이 옳았다.

"우리 아빠랑 아줌마랑 보통 사이가 아닌 느낌이야."

"무슨 말이야?"

"나이 든 분들한테 사귄다는 이야기를 하는 건 뭣하고, 하여튼 그래."

귀라는 건 왜 줄창 열려 있어서 모든 이야기를 여과 없이 들어야 하는 것일까. 재우는 차라리 귀를 잘라낸 고흐이고 싶었다.

"잘하면 아예 살림을 합칠 수도 있겠어. 아빠가 은근히 내 뜻을 묻더라고. 나야 좋지. 반대할 이유가 없잖아. 그렇잖니?"

그럼 우리는 어떻게 되는 거지?

재우는 차마 묻지 못했다. 속울음을 삼키며 겨우 던진다는 말이 이랬다.

"너한테 오빠가 될 생각은 죽어도 없어."

인생은 도박이라는 말이 혹 맞다면, 그날 밤 재우는 살아온 모든 날들을 한몫에 걸어버린 도박꾼의 심정으로 난희의 아버지를 찾아갔다.

"너희 어머니한테 가서 물어봐……앞으로 난희를 절대로 만나지 마라. 세상에는 하늘이 무너져도 안될 일이 있는 거다."

죽기를 각오하고 마신 술이었다. 재우는 엉망으로 취해버렸지만 죽진 않았다. 죽었다면 오랫동안 길들여진 굴종의 자세와 침묵뿐이었을 것이다.

"난희 아버지랑 어떤 일이 있는 거죠?"

"네가 알고 있는 그대로다."

거짓말일지라도 부인해주길 바랐다. 그러나 어머니는 이미 각오라도 한 듯 전혀 망설임이 없었다.

"이제 알았으니 됐다. 너도 제대로 처신해라."

나로선 그럴 수밖에 없었다. 서른둘에 청상이 된 엄마의 심정이 오죽했겠냐. 지금은 모르겠지만 나중에 이 엄마를 이해할 수 있을 거다.

적어도, 적어도 그런 식의 해명이라도 기대한 재우였다.

"어머니는 내 앞길을 막아왔어요. 언제나, 언제나! 그리고 지금 어머니의 욕심이 자식을 어떤 꼴로 만들어놓았는지 알아요? 내가 얼마나 비참한 꼴이든 어머니는 상관없겠죠?"

"일단 앉거라."

어머니는 재우의 손을 잡아당겼다.

"더러워요 불결해요 더럽고 불결한 손으로 날 함부로 만지지 마요."

재우는 가차없이 어머니의 손을 뿌리치며 소리쳤다.

그때까지 사태를 관망이라도 하듯 앉아 있던 형이 일어섰다.

"뭐, 더러워? 불결해? 이 자식 완전히 맛이 갔구먼. 술을 처먹었으면 곱게 자빠져 자. 어디서 배워먹은 행패야."

"형은 빠져. 형하고는 할 이야기 없어."

"난희네 아버지가 나가란다. 너 때문에 새꺄, 당장 거리에 나앉게 생겼어. 그런데 뭐가 잘났다고 큰소리야."

재우는 어머니 쪽으로 몸을 돌렸다.

"흥, 잘됐군요. 소박이라도 맞은 기분이겠어요? 그래서 억울한가요?"

말이 끝나기 무섭게 형이 재우의 뺨을 후려쳤다. 형은 잘못 끼어든 거였다. 재우는 지나가는 개라도 물어뜯고 싶은 심정이었으니까.

"내가 언제까지 형한테 맞고 살아야 하지?"

"이 자식이 어디다 대고 눈을 똑바로 떠."

형은 다시 뺨을 후려쳤고, 재우는 곧바로 형의 턱에다 주먹을 박았다. 피투성이가 되고 난장판이 되어버렸다. 하지만 어머니는 끝내 당신의 자리에서 꿈쩍도 하지 않았다.

재우는 그날 밤 단칸방을 떠났다.

11월의 을씨년스런 바람이 일정한 방향 없이 불어오는 골목 전봇대에 한쪽 어깨를 기댄 채, 불 꺼진 난희의 이층 방을 바라보았다. 눈물은 끊임없이 흘러내렸다.

오랜 세월 자신을 지탱시켜준 단 한 사람에 대한 눈물의 헌사였다. 평생 사랑할 수 있는 분량 전부를 쏟은 한 사람에 대한 이별의 예식이었다.

3.

"고생이 많네."

언제 왔는지, 난희가 팔짱을 낀 채 내려다보고 있었다. 어머니의 더럽혀진 속옷을 욕실에 주저앉아 빨고 있던 재우는 이마에 맺힌 땀방울을 손목으로 쓰윽 훔쳐냈다.

"글 안 쓰고 왜 나왔어?"

"아직 적응이 안된 탓인지 잘 나가질 않아."

오늘 아침 난희는 구명도에 머물면서 글을 쓰겠다고 했다. 방송 대본이 아니라 소설이었다. 처음으로 돌아온 셈이었지만, 끝났다는 그 피디와 무관치 않은 듯했다.

"방송과는 맞질 않는 모양이야. 그 동안 참 많이 써댔는데, 단막극 두 편 빼놓고는 헛수고였어. 이래서 안된다, 저래서 문제다 …… 방송극이라는 데가 층층시하라서 도무지 작가의 의도와는 상관없는 잡탕이나 만들어야 돼. 몇 번 고집을 부렸더니 불러주지도 않네. 맘대로 하라지. 이젠 내 글을 쓸래. 끝날 때까진 여기에 있을 거야."

난희는 재우의 동의 따위는 묻지 않았다. 예전의 버릇이 그대로 남아 있는 탓이었다. 동의를 물었더라도 버릇처럼 고개를 끄덕였을 재우였다. 하지만 구조조정으로 수선스런 분위기였고, 또 언제 어떻게 해괴망측한 일을 꾸밀지 모를 어머니와 한지붕 아래 기거하면서 과연 글이 제대로 될지 의문이었다.

"세탁기라도 하나 장만하지 그래?"

재우는 난희를 향해 빙긋이 미소를 지으며 대답했다.

"여긴 전력 사정이 좋지 않아."

"하루 이틀도 아니고, 매일 그 많은 빨래를 손으로 빨아댈 순 없는 일이잖니?"

"어쨌든 이젠 끝나가니까, 다행이지."

"끝나다니?"

"형수가 어머니 모시러 올 거야, 곧."

"재우 네가 아주 모시기로 했던 거 아냐?"

"한 달만, 임시로."

난희는 한동안 천장을 쳐다보더니 재우 옆에 엉거주춤한 자세로 앉았다. 난희의 어깨가 재우의 맨살에 와닿았고, 재우는 슬쩍 돌아앉으며 딴전을 피우듯 말했다.

"약속한 날에서 보름이 지났는데 아직 안 오네."

"보름이 아니라 십오 년이 지나도 안 올 거다. 어릴 때부터 그렇게 당했으면서 아직도 명우 오빠가 어떤 사람인지 모르겠냐?"

재우는 비벼대던 빨래를 물통에 던져넣고 난희를 쏘아보았다. 형에 대한 평가야 아무래도 상관없다. 집안 사정을 훤히 꿰고 있는 난희였고, 뻔한 형제 사이를 새삼 돈독한 척 요란을 떠는 것도 우스운 노릇이었다.

"명우 오빠는 아줌마를 아예 너한테 떠넘기고 이민을 가버린 거야."

"이민은 무슨 이민! 일 년 기한으로 뉴욕 지사 주재원으로 나갔는데……네가 뭘 잘못 알고 있구나."

"뉴욕이 아니라 캐나다 토론토네, 바보야."

무엇인가 잘못되었다. 둘 중 누군가는 틀렸다. 재우는 절반 이상 남은 빨래를 놔둔 채 손등의 거품을 씻어냈다.

"대학 동창 중에 미주라고 있어. 아주 가까운 친구야. 미주가 일성물산에 근무하고 있거든, 그것도 명우 오빠랑 같은 부서에서. 명우 오빠 소식은 내가 잘 알 수밖에 없어. 작년 일성물산에 구조조정 바람이 불었고, 그때 명우 오빠도 포함됐어. 벌써 육 개월도 더 된 이야기야. 믿기 힘들면 일성물산에 직접 전화 걸어봐. 유명우 씨 바꿔주세요, 그러면 뭐라고 하는지."

정체불명의 돌멩이에 뒤통수를 무참하게 얻어맞은 기분이었다. 재우는 어쩔 줄 모르고 멀뚱히 서 있었고, 난희의 이야기가 이어졌다.

"아줌마가 이상하다는 거, 내가 제일 먼저 알았어. 어쩌다 한번씩 아줌마 생각이 날 때가 있어. 아픈 엄마를 대신해 날 키워준 아줌마잖아. 작년 크리스마스였어. 그런 날은 왜 더 사람이 그립잖니. 오랜만에 식당으로 아줌마를 찾아갔어. 장사는 벌써 걷어치운 모양이더라. 왜 장사를 안하느냐고 물었더니 아줌마가 횡설수설을 하는 거야. 그래서 명우 오빠한테 연락했어. 전혀 모르고 있더라. 하여튼 오빠가 자기밖에 모르는 사람이라는 건 진작부터 알고 있었지만, 어쩜 그런 문제로 동생을 속일 수가 있니?"

재우는 지체없이 관사를 빠져나왔다. 사무실로 뛰어들어 수화기를 집어들었다.

왜 그래, 무슨 일이야?

이길성이 놀란 눈으로 쳐다보았다. 낱낱이 설명할 수도, 행여 입 밖으로 꺼낼 수조차 없는 일이었다. 부끄러운, 아니 차라리 망측한 가족사의 한 단면이었다.

"누난 알고 있었지? 다 알고 있었던 거지? 다 알고 둘이서 작당을 해 날 바보로 만든 거잖아!"

* * *

한낮의 햇살이 수천 수만 개의 바늘이 되어 무차별적으로 눈동자에 내려꽂혔다.

강렬한 햇살에 이끌려 살인을 저지른 〈이방인〉의 뫼르소처럼 재우는 살의에 가까운 분노로 몸을 떨었다.

형은 계획적이었던 것이다. 그 계획에 누나가 동조, 혹은 묵인 방조했으리라. 형수는 계획대로 짜여진 대본에 맞춰 눈물까지 쥐어짜면서 연기를 했다. 그러나 재우가 견딜 수 없는 건 그 계획에 맥없이 속아 넘어갔기 때문이 아니었다.

어쨌든 어머니가 관계된 문제였다. 어쨌든 피를 섞은 가족간의 일이었다. 형제의 정, 육친에 대한 자식의 도리, 가족에 대한 신뢰, 어느 것 하나 남김없이 깡그리 망가지고 무너져 버린 현실을 절감하고 있었다. 속고 속이는 차원을 떠나, 결국 모두 똑같았던 셈이다.

삼남매 모두 어머니의 치매 사실조차 타인의 입을 통해 얻어들었다. 횡설수설할 지경이 될 때까지 아무도 들여다보지 않았다. 어머니는 내내 혼자였다.

― 아무럼 동생을 처음부터 속이고야 싶었겠냐. 네가 전혀 틈을 안주니까, 명우로서도 별도리 없었겠지.

"형이 어머니를 모신 날이 고작 서너 달이야. 수년을 모셨다면 차라리 이해나 하겠어."

― 나한테는 일 년 안에 자리를 잡아서 모셔가겠다고 했다. 차분히 기다려봐라.

"차분히! 그럼 누나가 모셔가서 차분히 기다려보시지."

― 그럴 형편이 안되는 거 잘 알잖냐?

"누나는 형편이 돼도 절대 모실 생각이 없는 사람이야. 형도 마찬가지고. 일 년 뒤에 모시겠다고? 웃기고 있네. 다 새빨간 거짓말이야. 형은 어머니를 버린 거야, 쓰레기처럼. 물론 난 쓰레기통이고. 쓰레기와 쓰레기통의 입장 따위는 처음부터 안중에도 없었겠지."

― 말이 심하다.

"누나도 벌써 짐작했겠지만 형은 절대로 안 와. 절대로, 절대로! 내가 어머니와 있어보니까 알 만하더라고. 형이 서둘러 이민을 간 진짜 이유는, 바로 어머니 때문이야. 나라도 그런 생각이 들겠어."

― 명우 연락처도 모르는 판에 이제 와서 어쩌겠냐.

"쓰레기통이 차면 쓰레기는 딴곳에 버려지게 되어 있는 법이야."

─ 무슨 말이냐?

"지금 당장 어머니가 갈 만한 곳을 알아보겠어."

─ 요양원이라면 안된다고 저번에 말했잖냐.

"그건 누나 사정이야. 누나 사정을 봐줄 만큼 난 누나한테 애정이 없어. 솔직히 누나도 마찬가지잖아."

─ 꼭 그래야 한다면 말리진 않겠다. 하지만 육 개월만 참아줘. 선거나 끝내놓고 봐야 할 거 아냐.

"한 달, 육 개월, 일 년……누구 맘대로 정해놓은 기한이지? 이젠 단 하루도 못 버티겠어. 내가 죽을 지경이라고. 그리고 충고 하나 하겠는데……매형은 건달이야. 아무리 썩어빠진 정치판이라고 하지만 건달인 매형이 설쳐대선 안되잖아."

누나에게 한 점 미련도 남겨두고 싶지 않았고, 재우는 거친 말로 누나와의 관계를 청산했다. 눈앞에 없다뿐이지 형도 마찬가지였다. 점심 시간이 훨씬 지난 지금 어머니는 허기를 참지 못해 악을 써대고 있겠지만, 그 역시 재우가 상관할 바가 아니었다.

잠시 혼돈에 빠졌던 셈이다. 어머니를 맡은 것이, 어쩌면 무너져 버린 가족관계를 복원시켜줄지도 모른다는 생각을 하곤 했다. 적어도 서로의 안부쯤은 쉽사리 묻게 되리라 기대했다. 그러나 결국 혼자만의 착각으로 끝났다.

처음으로 돌아왔을 뿐이야. 어차피 외톨박이 유재우가 아니었던가. 억울해 할 것 없어.

4.

재우는 점심 시간 내내 수화기를 붙들고 있었다.

노트에 적힌 마지막 전화번호를 눌러 통화를 마친 직후, 재우는 손
가락을 벌려 엄지와 중지로 관자놀이를 힘주어 눌렀다. 이틀 전부터
시작된 두통이 좀처럼 사라지지 않았다. 작고 날카로운 유리조각이
머릿속에 수없이 박혀 있는 듯했다. 어떤 식이든 서둘러 결정을 내려
야 끈질긴 두통에서도 벗어날 모양이었다.

열여섯 군데의 치매 환자 보호단체였다. 모두 비슷비슷한 입소 조
건과 부대시설을 갖추고 있어 직접 돌아보지 않고 선택한다는 자체
가 무리였다. 그러나 그만한 열의도 시간도 없는 재우였다.

역시 '이레요양원'인가.

영산에서 2시간이면 갈 수 있는 곳이니 거리상도 적당했다. 그러나
곧 재우는 스스로에게 혀를 내둘렀다. 못 견뎌 떠넘기는 주제에 면회
갈 생각을 하다니…….

ㅡ 한시적 입소와 영구 입소가 있습니다. 어느 쪽이든 다른 곳에 비
해 비쌉니다. 그렇다고 저희 요양원이 시설이나 처우 면에서 다른 곳
보다 월등하지도 않습니다. 다만 무의탁 노인 환자를 돌보고 있기에
자녀를 둔 환자분께 고액 청구를 합니다. 굳이 입소를 원하신다면 도
리가 없습니다만, 웬만하면 오시지 않았으면 하는 게 솔직한 심정입
니다. 저희가 아무리 애를 써도 자녀분들이 직접 돌보는 것만 하겠습
니까. 힘드신 줄은 잘 압니다. 하지만 다시 한번 생각해보십시오.

은퇴한 목사라고 자신을 밝힌 원장의 말이었다.

대부분의 곳들이 환자에 대한 처우와 부대시설을 자랑하는 데 열중이었다. 그러나 '이레요양원'은 오히려 입소를 만류하고 있었고, 그점이 재우를 안도하게 만들었다.

돈이라면 있다. 통장으로 입금되는 월급이 제법 모여 있었고, 당장돈이 들어가야 할 곳도 없었다.

"그래, 결정하자."

새우가 혼잣말을 내뱉고 일어서려는데, 정 소장이 사무실로 들어섰다.

"뭘 결정하자고 혼자서 중얼거려?"

"기척도 없이 언제 오셨어요?"

재우는 책상에 펼쳐놓은 노트를 접어 서랍 안으로 밀어넣었다. 정소장이 서랍 쪽으로 시선을 고정시킨 채 다시 물었다.

"자네 허둥대는 꼴이 못된 일이라도 꾸미는 눈치인 걸……무슨 일인가?"

재우는 피식 웃었다. 못된 일이라……. 재우도 마음내켜 하는 일은아니었다. 그러나 어쩌겠는가.

"소장님, 저 대신에 하룻밤만 자리를 지켜주십시오."

"왜 다녀올 데라도 있나?"

송철용은 한 달간의 휴가를 그제 떠났다. 등대원이 된 이후 단둘이서 등대를 지켜보긴 처음이었다. 익숙한 업무였지만 종일 종종걸음을 쳐도 미진한 느낌이었다. 이런 상황에서 재우마저 자리를 비운다는 건 상상조차 어려운 노릇이었다. 하지만 송철용이 돌아올 때까지 맥없이 요양원행을 보류해둘 수도 없었다.

"나더러 다시 등대원이 되어보라는 의도라면, 열흘인들 못하겠는가. 그러기 전에 무슨 일인지부터 알아야겠네."

재우는 그간의 일들과 요양원에 대해 이야기했다.

정 소장이 굳은 얼굴로 고개를 가로저었다.

"그래서 모친을 그런 곳에 보내겠다는 소리인가?"

"다른 수가 없지 않습니까?"

"다른 수는 무슨 다른 수! 지금처럼 모시면 간단하지?"

"자신없습니다."

"자네가 등대원이나 되니까 모실 수 있는 거야. 지척에 계시니 틈틈이 들여다볼 수도 있고, 관사에 계시면 누가 뭐랄 사람이 있나, 얼마나 조건이 좋은가. 다른 사람들은 모시고 싶어도 못해. 다행으로 알아야지, 당치도 않게 요양원 타령은……."

선택의 여지는 없다. 가야 할 길은 이미 정해져 있다. 재우는 입술을 굳게 다물고 정 소장의 시선을 외면했다.

"정히 그렇다면 일 년만 모셔보고 그 뒤에 다시 생각하게나. 한 달을 넘게 모셔봤는데 일 년은 또 못하겠는가."

"등대원 언제 그만둘지 모르는 상황이라는 거 소장님도 잘 알고 계시잖아요."

"그럼 그만둘 때까지만 모시면 될 거 아닌가!"

정 소장이 버럭 고함을 질렀다. 잠시 잊은 듯했던 두통이 되살아나 재우는 관자놀이를 짚었다.

"형이 속였다고 비난하고 원망을 하고 있겠지. 허나 자네는 그럴 자격도 없네. 자네 형은 이러니저러니 해도 요양원에는 맡기지 않았네. 속였든 사기를 쳤든, 모친을 혈육에게 맡겼단 말일세. 그런데 자네는 남의 손에다 떠넘기려 들고 있어."

형은 과연 어머니를 동생에게 맡겨 안도하며 이 땅을 떠났을까. 아니다. 형은, 지금 재우가 그러하듯 단순히 어머니의 굴레에서 벗어나고 싶어했을 뿐이다. 요양원이든 혈육이든, 그건 아무래도 좋았을 것이다.

"모친을 요양원 같은 곳에 간단히 보낼 수 있다면, 그런 마음가짐이라면 이번 기회에 등대 생활도 정리하는 게 좋겠네. 등대는 가슴이 얼어붙은 사람한테는 어울리지 않아. 어두운 세상을 밝히는 등대를 어찌 차가운 마음으로 지켜낼 수 있겠는가."

정 소장은 사무실을 나서려다 생각난 듯 덧붙였다.

"자네 부탁은 들어줄 수 없네. 재주껏 자리를 비우고 나가보게."

5.

"인생은 꼭 파도 같다는 생각이 들어. 크게 쳤다가 작게 밀려오고, 이제 좀 안심이다 싶으면 어느새 거세게 밀려오고……나는 그 동안 너무 악착같이 맞서려고만 들었어. 작은 파도든 큰 파도든, 지긴 싫었거든."

난희는 발치에 밀려왔다 밀려가는 파도를 겨냥한 듯 말했다.

끈질긴 두통이 사라질까 하는 마음에 드리운 낚시였고, 종일 무료해 하던 난희가 선뜻 따라나섰다.

"물결치는 대로 이리 밀렸다 저리 쓸리면서 사는 것도 반드시 나쁘진 않겠지. 꼭 너처럼 말이야."

재우는 포인트를 향해 조류에 따라 둥둥 떠내려가는 유동찌를 바라보며 대꾸했다.

"내가 어떤데?"

"넌 욕심 없이 헐렁헐렁 살고 있잖아."

어설픈 감상과 치기가 용납되지 않는 곳이 등대였다. 등대야말로 치열한 삶의 터전이자 고단한 노동의 현장이었다.

"하지만 널 보고 있으면 가슴이 답답해. 똑똑하고 패기만만했던 예전의 유재우는 어디로 간 거지? 도대체 언제까지 이러고 있을 작정이야? 희망이 없으면 무슨 계획이라도 분명히 세워놓고 살아야지."

세상을 변화시키고 역사를 뒤바꾸는 것에서부터 명예를 얻거나 부를 획득하는 것까지를 희망으로 간주한다면, 난희의 말대로 재우는 희망이 없는 사내다. 세상에서 자기 자리를 인정하고, 그 자리가 세상의 따뜻함에 기여하고, 그 따뜻함을 위해 노력하는 것이 희망의 범주에 포함된다면, 재우는 날마다 희망을 품고 사는 사내다.

"영원히 노총각으로 지낼 거야?"

"나 좋다는 여자가 있으면 해야지."

"여기 이렇게 처박혀 있는데, 행여나 너 좋다는 사람이 나타나겠다."

이길성은 지난해 결혼 직전까지 간 적이 있었다. 맞선으로 만난 여자였다. 차마 등대지기라는 사실을 밝힐 수 없었다고 한다. 해양수산청에 근무하는 공무원이라고만 이야기했다. 결혼이 구체적으로 진행되었을 때 사실대로 말했더니 여자 집안에서 당장 파혼을 선언했다. 딸을 세상과 등진 채로 살게 할 수는 없다는 거였다.

무사히 결혼에 성공해 구명도에서 신혼 생활을 보낸 동료도 있긴 했다. 그러나 아이가 태어나면서 상황이 달라졌다. 어느 날 아기가 고열로 앓다 아무런 치료도 못 받은 채 세상을 등지자, 여자 역시 구명도와 남편 곁을 떠나고 말았다.

"만약에 말이야, 이건 어디까지나 가정인데, 내가 결혼하자고 하면……유재우, 그땐 어쩔래?"

"조용히 해봐. 모처럼 입질이 들어왔어."

포인트에 도달한 유동찌가 꼬물거렸다. 재우가 노리는 감성돔이 아니었다. 한번에 후룩 먹이를 낚아채지 못하는 꼴이 주둥이가 작은 쥐치일 게 분명했다. 그러나 재우는 대물과 숨막히는 승부에 빠져든 양 허리를 곧추세웠다.

야, 하고 난희가 재우의 팔을 꼬집었다. 그러거나 말거나 재우는 한 곳만 노려보았다. 그쯤에서 화제의 방향을 바꾸길 원한 탓이었다.

"사람이 말하면 무슨 대꾸가 있어야 할 거 아냐."

난희는 아예 발끝으로 툭툭 재우의 정강이를 걷어찼다. 재우는 자못 근엄한 목소리로 말했다.

"어허, 오빠한테 이게 무슨 짓이냐?"

"오빠? 네가 왜 내 오빠야?"

눈이 귀 아래 붙지 않았더라도 난희가 한참을 쏘아보고 있다는 사실을 능히 알 수 있었다. 재우는 제발 잡고기라도 물려 이 곤경에서 헤어나고 싶을 뿐이었다. 그러나 난희는 전혀 그럴 의도가 없는 모양이었다.

"너 혹시……."

* * *

내가 너를 좋아하는 게 바로 그 순진함 때문이긴 하지만, 이번엔 정도가 심했어.

그걸 아직도 믿고 있었니? 너도 벌써 알고 있다고 생각했는데……어머, 대답을 못하는 걸 보니 정말이구나.

그래, 분명해. 사실이 아니었어.

언제부터 알고 있었냐고? 음, 직접 확인한 건 아빠가 입원했을 때야. 아줌마가 아빠를 간병했다는 건 말했었지? 그때 아줌마랑 많은 이야기를 했거든. 하지만 그 전에도 너처럼 진짜로 믿었던 건 아냐.

처음부터 너를 나한테서 떼어놓으려는 꿍꿍이라고 짐작했어. 아빠는 보통 방법으론 널 단념시킬 수 없다고 생각했겠지.

짐작했으면서 아무 말도 안한 거에 대해선 지금도 미안하게 생각해. 네가 집을 뛰쳐나갈 정도로 심각하게 받아들일 줄은 몰랐어. 물론 백 퍼센트 그 이유만 갖고 집을 나가진 않았겠지. 그간 쌓이고 맺힌 게 마침 그날 터져버렸을 테니까.

알았어, 네 말대로 그건 지금 중요한 게 아니긴 해.

우리 아빠는 재혼도 하지 않은 채 외동딸 하나 바라보고 살아왔잖아. 내가 아빠한테 해드릴 수 있는 게 뭐 있겠니. 아빠가 짝지어주는 사람, 최소한 반대하지 않는 사람과 결혼하는 거라고 생각했지.

그리고 그때 넌 친구 이상으로 여겨본 적이 없었어. 넌 아니었잖니? 솔직히 부담스러웠어. 그래서 네가 아빠와 아줌마의 관계를 오해하고 있는 편이 좋다는, 약아빠진 생각을 했을지도 몰라. 아니, 분명히 그랬어. 난 계산적이고, 욕심도 많고……하여튼 너와는 많이 다르잖아.

아줌마한테 너무 화내지 마. 아줌마도 어쩔 수 없었겠지.

아빠가 아줌마한테 그렇게 하도록 시켰기 때문이라고 생각한다면, 넌 바보다. 당연히 어느 정도 이야기는 오갔겠지만 결국 아줌마 자신이 아빠의 생각에 동의했던 거야.

재우, 네 말이 맞아. 방법이 너무 극단적이긴 했어. 아줌마도 여자인데, 그리고 엄마인데, 자식한테 그런 오해까지 받을 걸 감수할 까닭이 있었을까. 나도 그게 참 의문이었어. 병원에 있을 때 은근슬쩍 물어봤지. 아줌마가 이렇게 말했어.

난 더부살이하는 식모다. 식모의 아들하고 주인집 외동딸이 맺어지려면 얼마나 많은 환난 고초를 겪어야 되겠냐. 한번 가슴 아픈 게

옳다고 생각했다. 매도 몰아서 한 차례 맞고 마는 편이 낫다고 하지 않느냐. 설사 맺어진다고 해도, 식모의 아들이었다는 사실이 평생 재우의 짐이 될 거다. 그게 싫었다. 어미 잘못 만나 식모의 아들이라는 소리나 듣고 자란 아이다. 그런데 결혼해서까지 무슨 잘난 훈장이라고, 주눅이 든 채 살아야 되겠냐.

아줌마 이야기 들으면서 나 많이 울었어. 아줌마 같은 엄마가 있었다면 얼마나 좋을까 하고 말이야. 내가 너를 부러워한 적이 있었다면, 그때가 처음이었어.

왜 말이 없니? 내 말을 못 믿는구나, 너?

그러지 마. 아줌마가 명우 오빠와 너를 차별한 건 분명해. 하지만 널 자식 취급하지 않았다는 말은 인정할 수 없어. 열 손가락 물어 안 아픈 손가락 없다고 하잖니?

거기 해피 있잖아, 넌 아직도 내가 보낸 줄 알고 있겠지? 아냐, 바보야. 세인트버나드 순종은 새끼라도 얼마나 비싼데, 대학생이던 내가 돈이 있으면 얼마나 있었다고……

아줌마가 하루는 찾아왔어. 우리집 나가서 식당을 막 시작했을 때였지. 순전히 네 소식을 묻기 위해 온 거야. 네 부탁도 있고 해서 처음에는 시치미를 뗐지. 하지만 끝까지 모른 척하기 힘들더라. 집 나간 자식을 찾는 엄마의 심정이 오죽했겠니? 너 등대지기가 되었다고 사실대로 말했지. 다음날 아줌마가 또 왔어. 이번에는 개를 데리고 말이야. 외딴섬이라니 얼마나 적적하겠니, 하면서 내 이름으로 보내달래. 그게 저 해피야.

왜 아줌마가 보낸 걸로 하면 안되냐고 물었지. 아줌마가 뭐라고 대답했을 것 같니?

재우한테 어미 노릇 제대로 한 적이 없다. 세 아이 다 건사하기가 너무 벅찼다. 그러다 보니 막내는 늘 뒷전이었다. 재우가 턱 대학에 합격해놓고 입학만 시켜달라고 했을 때, 정말 눈앞이 깜깜했다. 큰애라도 제 앞가림을 하고 있었다면, 무슨 짓을 해서라도 대학에 보냈을 거다……못난 어미 때문에 결국 집까지 나간 아이다. 이제 와서 무슨 염치로 어미라고 드러내놓고 낯을 세우겠냐.

그리고 아줌마가 말하더라. 네가 딱 일 년만 등대지기 생활 하고 돌아왔으면 좋겠다고. 삼 년짜리 적금을 들어놓았는데 일 년 후에는 탄대. 그러면 재우 너를 대학에 보낼 수 있다고.

해피, 이리 와! 저 녀석 들은 척도 안하네.

누구였다고 생각해? 아무렴 내가 해피라는 저런 촌스런 이름을 지을 생각을 했겠니? 아줌마가 직접 지었어.

내가 예전에 한 달에 한 번은 전화를 했었지? 한 달에 한 번씩 아줌마가 찾아와서 네 소식을 물었고, 그럼 난 허겁지겁 너한테 전화를 걸었지. 어느 때는 통화하는 동안 바로 옆에 아줌마가 있기도 했어.

철이 바뀔 때마다 옷가지가 든 소포를 보냈었지? 그것도 모두 아줌마가 직접 산 거야. 난 그냥 우체국에 들고 갔을 뿐이고. 지금 네가 입고 있는 티셔츠도 마찬가지일 걸.

지금 내 말을 제대로 듣고 있어? 제발 그 낚시 좀 집어치울 수 없니?

하여간 유재우 고집은 알아줘야 돼. 아줌마랑 비밀로 하기로 약속

한 거지만, 이야기 시작한 김에 다 해야겠다.

이 년 전, 여기 온 것은 사실 아줌마 부탁 때문이었어. 널 거기 그냥 놔뒀다간 장가도 못 가보고 늙어 죽을 거라고, 그러니 널 좀 빼내오라고. 내가 무슨 힘이 있냐고 했지. 아줌마 왈, 유재우가 진난희의 말은 분명히 들을 거래.

재우 걔는 마음이 모질지 못해. 자기가 좋아하는 사람이라면 간이라도 빼줄 그런 아이란다. 널 얼마나 좋아했냐? 아직도 널 좋아하고 있을 거다, 틀림없이. 그러니 네가 꾀를 내다오. 일단 거기서 나오게만 만들어다오.

그 꾀가 뭐였냐고? 바보! 내가 무슨 말을 했다면 네가 과연 등대지기를 그만뒀을까 생각해봐.

생각을 못해내는 거야, 생각해놓고 단지 말하기가 싫은 거야?

결혼에 대한 이야기를 언뜻 비추기만 하면 넌 등대를 떠날 거래. 아줌마 이야기야.

치, 웃는구나. 하긴 나도 그때 너처럼 웃었지.

결과적으로 아줌마 부탁을 못 들어준 셈이야. 유재우는 어쩔 수 없어서 등대지기가 된 게 아니다. 세상이 싫어서 외딴섬까지 도망친 것이 아니다. 정말 등대를 사랑하고 있다. 네 얼굴을 보면서 그런 생각을 했어. 그때 네 얼굴에는, 뭐랄까, 평온함 같은 게 어려 있더라. 지금은 좀 다른 느낌이지만……그래서 널 등대에서 떼어놓는 게 불가능하다는, 아니 그럴 필요 없다는 판단을 했던 거야. 아줌마한테 보고 느낀 대로 이야기했어. 아줌마가 몇 번이고 같은 말을 중얼거렸어.

도둑질 아닌 이상, 자기 좋아서 하는 일이라면 됐다.

그리고는 뚝뚝, 눈물을 흘리더라. 아줌마가 우는 건 그때 처음 봤어.

6.

재우는 등실의 외부 난간에 기댄 채 서 있었다.

간혹 근심이, 어쩌다 막막함이 제어할 수 없는 힘으로 다가서곤 했다. 홀로 살아야 하는 자의 숙명 같은 것이었다. 그때마다 재우는 지금처럼 오랜 시간 이곳에 머물렀다. 한없이 수평선을 응시하고 있노라면 근심이, 막막함이 하나 둘씩 연기처럼 몸에서 빠져나가는 느낌에 젖어들었다. 그리하여 자신 속에 나란 존재는 없고, 바다만 밀려들어 찰랑거렸다.

그러나 당장은 속절없는 일이었다. 아무리 수평선에 시선을 못박아두어도 머릿속은 온갖 생각들로 술렁거렸고, 시간이 지날수록 혼돈과 갈등이 아우성쳤다.

어머니가 날 완전히 버린 자식 취급했던 건 아니다.

생각하면서도, 재우는 이내 다른 목소리에 귀를 맡겼다. 난희의 이야기일 뿐이야. 사실이라 해도 이편에서 알아차릴 수 있을 만큼 손을 내밀었어야 옳았다.

집을 떠났을 때만 해도 그랬다. 어머니 스스로는 어떠한 비난에서도 자유롭다는 뜻인가. 마치 자식의 장래를 심히 염려한 처사였고, 오로지 미처 알아채지 못한 재우의 탓이란 말인가. 무심코 던진 돌멩이에 개구리가 맞아죽었다. 맞아죽은 개구리로선 억울하고 비통한 일이다. 하지만 탓해야 할 것은 도리어 그 자리에 있던 개구리 자신이란 말이다. 웃기는 노릇이었다.

그럼에도 재우는 누군가 자신의 두 팔을 양쪽에서 잡아당기고 있는 듯했다. 어느 쪽이든 가야 하지만 어느 쪽으로도 가지 못한 채, 갈림길에서 우두커니 서 있는 느낌이었다.

요양원 문제도 혼돈과 갈등으로 빠져들었다. 간단히 정리된 줄 알았다. 달리 생각할 여지란 없다고 확신했다.

그런데 정 소장의 질책이 가슴 저 깊은 곳을 끊임없이 두들겨대고 있었다. 또한 해피와 철마다 보내왔던 옷들 모두 난희가 드러내는 사랑의 일단으로 여겼는데, 어머니의 손길이 담겨져 있었다니……. 재우는 난감해 하고 있었다.

점점 옥죄어오는 구조조정, 요양원 문제, 진심인지 농담인지 선명치 못한 난희의 말과 몸짓.

재우는 비명이라도 지르고 싶은 심정이었다.

차라리 시간의 흐름을 거슬러오를 수만 있다면 돌아가고 싶었다. 아득한 옛날은 아니었다. 두 달 전쯤이면 족했다. 구조조정이니 무인등대 전환이니 하는 문제가 없던, 어머니도 가족의 울타리도 체념한 채 지내던, 난희 역시 추억 속에 자리했던, 등대만 바라보며 자족하던 그 시절이 재우는 사무치도록 그리웠다.

재우는 길게 한숨을 토해내며 난간에서 돌아섰다.

등실 유리창은 선홍빛으로 빛났고, 그 너머 등롱 안의 반사경이 커다란 외눈을 지닌 거인처럼 재우를 향하고 있었다. 황혼이 비껴든 까닭일까, 시시각각 다가오는 자신의 운명을 예감이라도 하는 양 커다란 눈물을 뚝뚝 흘리고 있는 듯했다.

등대지기를 떠나보낸 등대.

그래도 넌 어김없이 불을 밝히겠지. 하지만 누가 너를 어루만져주고, 누가 너에게 밤새 수고했노라고 말 걸어주고, 또 누가 있어 네 품에 안겨 안식할까.

재우는 눈에 새겨놓기라도 하듯 반사경을 보고 또 보았다. 그러다 흠칫 놀라 등탑 안으로 뛰어들었다.

반사경에 다른 부분보다 유독 선홍빛이 강하게 비치는 곳이 있었다. 얼룩이라도 묻은 것일까. 반사경을 닦는 건 고사하고 등롱의 해치를 열기에도 적당치 않은 시각이었다. 황혼이 유독 붉은 걸로 미뤄 대기의 습도마저 높다고 봐야 했다.

그러나 얼룩이 아니었다. 동전 크기의 빛의 무리였고, 빛을 역으로 쫓아가니 등탑의 유리창에 어린아이 새끼손톱만한 구멍이 나 있었다.

재우는 자신의 눈을 의심하며 뚫린 구멍을 들여다보았다. 마치 엽총의 탄알이 지나간 자리와 같았다. 사흘 전 유리창을 닦을 때도 눈에 띄지 않았다. 단순히 보지 못한 것일까. 도무지 납득이 가지 않았다.

강화유리이므로 새나 날벌레가 날아와 부딪혀 뚫어놓았다고 볼 수도 없었다. 정체불명의 돌멩이라도 날아온 것일까. 모를 일, 모를 일이었다.

중요한 건 원인을 밝혀내는 일이 아니다. 서둘러 복구해야 한다. 폭풍우의 계절이 다가오고 있었다.

구멍으로 들이친 빗방울이 등명기에 스며들기라도 하면, 당장은 아니더라도 결국 말썽의 요인이 될 것이다. 그보다 염려되는 건 바람이었다. 개미가 뚫어놓은 작은 구멍에 둑 전체가 무너지는 법이다. 구멍으로 바람이 밀어닥치다 보면 압력을 견디다 못해 유리창 전체가 파손될 수도 있다. 이태 전에 겪은 A급 태풍의 위력이라면 능히 예측할 수 있는 일이었다.

그런 태풍이 다시 오지 않으리라 장담할 수 있는가.

'등대지기에게 요행이란 있을 수 없다. 최악의 사태를 예상하고 대비해야 한다. 어떠한 일이 생겨도, 설사 목숨을 맞바꿔야 하는 경우라도 등댓불은 기필코 밝혀야 한다.'

정 소장의 목소리를 마음속으로 들으며, 재우는 불길한 예감에 휩싸여 유리창의 구멍에서 시선을 거두지 못했다.

* * *

"재우, 거기 있니?"

어둡고 깊은 동굴 속에서 울려퍼지는 메아리 같은 소리였다. 난희는 수직 사다리 아래에서 가느다란 목을 한껏 뒤로 젖힌 채 위를 올려다보고 있었다.

"나도 거기 올라가 보고 싶어."

"위험해서 안돼."

"그럼 넌 어떻게 올라갔니?"

"난 등대지기잖아."

"등대지기가 슈퍼맨이라도 되나보지."

재우는 풀어놓았던 공구 벨트를 허리에 둘렀다.

딱히 수리할 곳이 있어서는 아니었다. 등탑에 오를 때면 습관적으로 지니고 있어야 마음이 놓였다. 24밀리에서 8밀리까지의 스패너, 펜치, 니퍼, 드라이버 등 크고 작은 공구들이 굵은 가죽띠를 따라 일렬로 늘어져 있어 제법 중량감이 느껴졌다.

재우는 몸을 돌려 사다리를 밟고 내려갔다. 유리창의 구멍이 불길한 예감으로 끈덕지게 재우의 뒷덜미에 매달려 있는 느낌이었다.

계단 쪽으로 발을 옮기는데 뒤에 섰던 난희가 재우의 손을 잡았다. 깜깜해서! 난희는 대수롭지 않은 듯 말했다.

등탑을 빠져나오자 난희는 손을 풀고 재우를 앞서 비탈길을 내려갔다. 내처 관사로 향할 줄 알았더니 구릉지 쪽으로 꺾어졌다.

"앉아, 멀뚱히 서 있지 말고."

난희는 벤치를 손바닥으로 탁탁 두드렸다. 재우는 사람 하나 끼어들 만큼 사이를 두고 앉았다.

"네 손 잡아보니까 옛날 생각이 나더라. 우리 어렸을 때 항상 손잡고 다니던 거 기억해?"

재우는 고개를 끄덕였다. 그러나 항상은 아니었다. 집에서 학교까

지 세 개의 횡단보도를 건널 때만 재우의 손을 찾던 난희였다. 무섭다
는 이유로.

해피가 껑충거리며 뛰어와 재우의 운동화에 턱을 괴고 누웠다. 등
탑에 있던 서너 시간 보지 못한 주인에 대한 애정의 표시였다.

어머니가 분명하게 해준 것 한 가지는 있었군요. 해피! 예전에는 의
식하지 못했는데, 당신이 직접 지었다니까 엄청 촌스러운 이름으로
느껴지네요.

재우는 손을 뻗어 해피의 목덜미를 몇 차례 어루만져주었다.

그 비싸다는 세인트버나드 종을 마련하기 위해 어머니는 얼마나
많은 해장국을 끓여댔을까. 그럴 필요 없었다. 차라리 직접 전화 한통
걸어주었다면······.

난희는 깍지를 낀 손으로 뒤통수를 감싸고 생각에 잠긴 듯 눈을 감
았다. 어깨까지 흘러내린 풍성한 머리칼이 바람에 흩날렸다.

"희망 없는 사랑을 하는 자는 스스로 마음에 빗장을 질러놓을 줄도
알아야 한다. 더 깊이 사랑한다는 것은 더 큰 고통과 직면하는 일일
테니까. 나는 고통으로부터 스스로를 보호하고 싶다. 희망 없는 내 사
랑도 이제 닻을 내렸으면 좋겠다. 애착의 끈도 풀어놓고, 헛된 소망의
줄도 이제는 놓고 싶다."

"그건······."

재우가 더듬거리자, 난희는 반짝 눈을 떴다.

"맞아. 유재우 일기 중 한 부분이야. 훔쳐볼 생각은 없었어. 책장 하
단에 빼곡이 들어찬 노트 중 하나를 무심코 꺼내들었다가, 밤을 꼴딱

새웠어."

아, 8년의 기록을 모두 들여다보았단 말인가. 그래서 결국 기록의 대부분이 누구를 향해 흘러가고 있는지 알아냈단 것인가.

"미안해. 유재우가 그토록 오랜 세월 변함없이 진난희를 생각하고 있었다는 걸, 나는 정말이지 몰랐어. 미안해, 미안해."

"구명도는 새로운 것을 기대하기 어려운 곳이야. 보는 것, 듣는 것, 하는 일, 모두 똑같아. 등대가 매일매일 제 시간에 불을 밝히듯이, 오늘이 어제 같고 내일 역시 오늘과 다를 바 없지. 그러니까 이곳에선 과거의 일들이 지나치게 확대 과장되는 경향이 있어."

"나한테 더 이상, 더 이상은 그럴 필요 없어. 혼자 그렇게 힘들어해서 어쩌자는 거야, 바보야!"

난희는 한 손으로 입을 틀어막고 울기 시작했다.

재우는 아랫입술을 깨물고, 동에서 서까지 긴 거리를 달려온 태양이 수평선 아래로 가라앉는 것을 바라보고 또 바라보았다.

여자의 울음이 긴 이유는, 울음 안에 담긴 뜻이 그만큼 복잡 미묘하기 때문이다. 여자는 한 가지 사실로 울기 시작하지만 그 한 가지만 갖고 끝까지 우는 경우란 거의 없다. 숱한 이유들이 우는 도중에도 끼어들어 계속 울 수 있게 만드는 원동력이 되고, 더는 이유를 생각해낼 수 없을 때에야 비로소 울음을 멈추는 법이다.

재우는 일부러도 냉소적인 생각을 품어보려 했다. 자신의 무릎에 얼굴을 묻고 바지가 흥건해지도록 울어대는 난희를 어쩌지 못하는 탓이었다. 아니다. 오랜 세월의 속울음이 한몫에 터져나오려는 것을 억누르고픈 재우 나름의 안간힘이었다.

"재우야!"

불러놓고 난희는 먼 바다를 향해 말을 이었다.

"팔 년 전으로 돌아가고 싶어. 거기서부터 다시 시작하고 싶어. 이제는 희망 있는 사랑을 하고 싶어."

재우는 달아오른 다리미를 가슴팍에 올려놓은 듯한 통증에 몸을 떨었다. 난희가 손을 뻗어 재우의 손을 가만히 감쌌다.

"일단 여기서 나가자. 나머지는 내가 책임질게. 아빠가 그 정도는 남겨주셨어. 다시 시를 쓰는 것은 어때? 그렇게 소원했던 대학 공부를 하든지? 하여튼 무엇을 해도 여기서 평생을 사는 것보다야 나을 거야."

"뭐가 뭔지 모르겠어……우선 네 말을 어디까지 받아들여야 하는지도 모르겠고, 내 마음이 당장 원하는 것이 무엇인지도 분명치 않아. 그러니까 난 지금 아무것도 대답할 수가 없는 거야. 시간을 줘. 시간이 필요해."

난희가 아직 물기가 남아 있는 눈으로 배시시 웃었다. 그리고는 손가락을 세워 재우의 손등을 노크하듯 톡톡 건드리며 말했다.

"힘든 일도 아닌데, 그러지 뭐."

7.

재우는 발전실을 나와 사무실로 향하다 문득 걸음을 멈췄다.

밤새 비가 내린 탓에, 바다 위에 고깔모자를 얹어놓은 형상의 차물도가 손에 잡힐 듯 가깝게 보였다.

하루나 이틀에 한 차례씩 어김없이 등대호를 몰고 구명도를 다녀가던 정 소장이었다. 그러나 요양원 문제로 재우를 질타한 이후, 불편한 심기를 시위라도 하는 양 며칠째 소식이 없었다.

정 소장의 뜻을 모르는 바 아니었다. 재우가 아닌 다른 동료에게 똑같은 일이 벌어졌다면 언성을 높여가며 화까지 내진 않았을 것이다. 하지만 정 소장의 뜻을 받아들여 양보할 수 있는 성질이 아니었다.

말이란 쉽고 가벼운 것이다. 특히 남의 이야기일 때는 더욱 그러하다. 아무리 정을 붙이고 의지하며 살아온 세월이 길어도 어머니 문제에 있어서 정 소장은 제삼자였다.

자식의 도리니, 인륜이니…….

맞는 말이었다. 밉든 곱든 어머니인데 막무가내로 대해도 되는 것인가. 순간순간 재우는 가책을 느꼈다.

그러나 한번 닫힌 마음의 문은 좀처럼 열리지 않았다. 선뜻 문을 열어 맞이하기에는 오랜 세월 지나치게 냉담했던 관계다. 혹 관계가 호전될 가능성이 남아 있다면, 재우는 달리 생각했을 것이다. 유감스럽게도 어머니의 병은 깊었다. 병든 어머니에게 무얼 기대한단 말인가.

어머니 곁에서 나날이 원망의 벽을 높여가느니…….

결국 선택은 하나라고 재우는 생각했다.

송철용이 휴가를 마치고 돌아오는 그 즉시 '이레요양원'으로 떠날 셈이었다. 당장이라도 단행하고 싶은 심정이었다. 불쑥불쑥 고개를 드는 혼란과 갈등에서 서둘러 벗어나고 싶었다. 차라리 후딱 해결해놓고 나면 더 이상의 망설임은 없을 테니까.

재주껏 자리를 비우고 나가보게. 정 소장의 말대로 달리 방법이 없기에 인내해야 할 시간이 한 달 가까이 남은 셈이었다.

사무실에 들어서자, 이길성이 벌에게 볼이라도 쏘인 양 뚱한 표정으로 팩스 용지를 쳐다보고 있었다. 본청에서 보내온 공문일 게 분명했다.

또 뭔가. 재우는 덜컥 가슴이 주저앉았다.

"구명도로 결정이 났어."

이길성이 휙 집어던진 용지는 시소를 타듯 좌우로 흔들거리며 바닥에 떨어졌다.

재우는 두 손을 바지 주머니 깊숙이 찔러넣은 채 창 밖으로 시선을 돌렸다.

구름 한 점 없는 푸른 하늘을 배경으로 서 있는 하얀 등탑이 처연하도록 아름다웠다. 아름답고, 아름답고, 너무 아름다워 재우의 눈에는 그만 눈물이 고였다.

"삼사분기 안에 구조조정을 마무리짓겠대. 시월부터 한 달간 공사를 벌여 무인화 시스템을 완성한다나 어쩐다나. 예상했던 일인데 왜 이리 허망한 생각이 드는지 모르겠어."

턱없이 짧은 시간이다. 등대와 껴안고 살아온 8년을 온전히 정리하기에도, 새로 맞이할 삶을 떠올리기에도 그렇다.

재우는 내내 등탑을 바라보다가 물었다.

"등실 유리창 교체 요청했어?"

"지금 한가하게 유리창 교체나 이야기할 때야?"

"유월이 되기 전에 끝냈으면 좋겠는데, 언제까지 해줄 참인가?"

이길성은 대꾸마저 귀찮다는 듯 아예 재우를 외면했다.

눈치를 보아하니 교체 요청조차 하지 않은 듯했다. 때가 때인 만큼 본청과 마찰을 피하려는 이길성의 의도는 십분 이해할 수 있었다. 그러나 소장 직무대행인 이상 정당한 요청마저 기피할 일이 아니었다.

아무래도 재우가 직접 전화를 해야 할 모양이었다. 손 과장의 태도에 따라선 또다시 언쟁이 오갈 것이고, 재우는 재기불능으로 찍히고 말리라.

전화벨이 울리자 이길성이 즉시 수화기를 들었다.

정 소장의 전화일까. 에, 그렇습니다를 반복하는 사무적인 대꾸가 들려왔다.

"유형!"

손 과장이라면, 이편의 수고를 덜어준 셈이니 잘된 일이었다. 그러나 수화기 저편에서 흘러나온 건 전혀 뜻밖의 목소리였다.

— 나 청장이야. 자네 이야기 잘 들었네.

제5장 어머니

1.

등대에 불 밝힌 효심

영산 해양수산청 산하 최남단 항로표지관리소가 있는 구명도는 주민이 살지 않는 무인도로서, 등대원들은 한 달에 한 차례 운항하는 행정선 외에는 외부와 완전 차단되어 있으며 빗물을 받아 식수로 사용할 정도로 열악한 환경이다. 8년 경력의 등대원 유재우 씨(32)가 이러한 조건 속에서도 치매에 걸린 모친을 돌보며 등대원의 소명을 묵묵히 수행하고 있는 사실이 뒤늦게 알려졌다.

유씨의 모친은 중증 치매 환자로 거동이 불편하고 정신이 혼미한 상태이며, 유씨는 3개월 전일 근무 뒤에 받는 한 달간의 휴가도 반납한 채 모친의 간병에 전력하고 있다. "자식 된 도리를 하고 있을 뿐이다"라며 세상에 밝혀지길 꺼려하는 유씨는 "어머니를 좋은 환경에서 모시지 못해 죄스럽다"고 덧붙였다.

65세 이상 노인의 10퍼센트가 치매 환자라는 보고가 있듯 치매는 개인의 차원을 떠나 이미 사회문제로 대두되어 있다. 특히 치매 부모를 둘러싼 갖가지 패륜적 범죄가 크게 늘고 있는 상황을 감안할 때, 유씨의 효심이 시사하는 바는 더욱 크다.

신명철(57) 영산 해양수산청장은 유씨에 대해 "어두운 밤바다의 길라잡이인 등대처럼, 점차 가족관계가 해체되어가는 우리 사회에 효심의 불빛을 밝히고 있다"며 유씨 모자를 돕는 길을 찾겠다고 했다.

지방 일간지에 실린 '아름다운 사람'이라는 박스 기사였다.

담당 기자와 인터뷰한 적도 없을 뿐더러, 효심 운운하는 것은 차라리 저질 희극을 보고 있는 기분이었다. 무엇보다 자신의 이야기가 버젓이 신문에 실렸다는 사실에 재우는 울화통이 치밀었다.

정 소장은 참외를 포크에 찍어 어머니에게 건네며 재우를 향해 말했다.

"모친께서 참외를 좋아하시는 걸 진작 알았더라면 많이 좀 사올 걸."

재우는 들고 있던 신문을 방바닥에 내던졌다.

"어떻게 된 일입니까?"

그제 걸려온 신명철 청장의 전화가 발단이었다. 그 전화가 정 소장과 무관치 않을 것이었다. 며칠 동안 연락이 없더니 영산에 나가 일을 꾸몄고, 아침 일찍 신문을 들고 달려온 셈이었다.

"신 청장은 이십여 년 전쯤 항로표지과를 거쳐간지라 진작부터 안면이 있었다네. 무인등대 전환을 재고해주십사 찾아갔던 걸세."

"그러면 됐지, 제 이야기는 뭣 때문에 하셨습니까?"

정 소장은 빙긋이 웃더니 어머니에게로 시선을 돌렸다. 하나 더 깎을까요, 묻자 어머니는 단박에 손가락 세 개를 펴들었다.

정 소장의 마음을 모르지 않았다. 등대에서 밀려나는 재우의 꼴을 맥없이 지켜볼 수가 없었을 것이다. 가슴이 저리도록 고마운 일이었다. 하지만……

"이게 뭡니까, 이게 무슨 망신이냐고요?"

"어째서 망신인가?"

"효심은커녕 당장 요양원에 떠넘기려 하는 불효자라는 거, 잘 아시지 않습니까."

"자넨 효자야. 그게 아직 다 드러나지 않았을 뿐일세."

"그 정도로 봐주시니 다행이네요. 하지만 문제는 앞으로도 효심이 드러날 조짐이 전혀 없다는 거죠. 그럴 마음조차 품어보지 않았으니까요."

어머니 편에서 보면 재우는 영락없는 불효자였다. 재우의 입장에서는 효도를 받을 만한 자격을 갖추지 못한 어머니였다.

정 소장이 재우 쪽으로 검지를 향해 놓고 어머니에게 물었다.

"효자예요, 아녜요?"

"효자야."

"왜 효자라고 생각하세요?"

"착해."

정 소장이 자신을 가리키며 다시 물었다.

"그럼 이 사람은 효자예요, 아녜요?"

"효자 아냐. 오빠야."

정 소장은 재우의 무릎을 툭 쳤다.

"자네는 아들인지도 모른다고 투덜거렸지. 보게나. 누가 아들이고 누가 남인지, 분명히 알고 계시잖는가. 핏줄이라는 게 그런 길세. 아무리 정신이 흐려졌다 해도 제 핏줄 귀하고 중한 줄은 안다네."

* * *

"유형, 축하해!"

그러나 말과는 달리 이길성의 얼굴엔 비아냥거림이 담겨 있었다.

"그게 실은……."

과연 무슨 소용일까, 하는 생각이 들어 재우는 뒷말을 잇지 않은 채 멋쩍게 웃고 말았다.

"누군 좋겠다. 이럴 줄 알았으면 나도 기자 양반이나 하나 알아둘걸. 하다못해 돌아가신 어머니가 치매에 걸려 살아오시기라도 하든지 말이야."

이길성이 혼잣말인 양 중얼거렸다. 재우는 못 들은 척 책상 위에 놓인 일정보고 서류철을 펼쳤다. 그쯤에서 그치기를 바라는 심정이었지만 이길성의 목소리는 재차 들려왔다.

"앞으로는 어머니한테 잘해드려. 어머니 덕분에 최소한 잘릴 염려는 없어졌으니까."

"무슨 말을 그렇게 해."

"없는 말을 꾸며댄 것도 아닌데 뭘 그래."

이길성은 빤히 쳐다보며 히죽거렸다. 시비를 가리는 일이 무슨 의미일까. 재우는 더 이상의 대꾸를 포기했다. 이길성이 아니더라도 충분히 머리가 아프고 답답한 나날이었다.

"인간사 새옹지마라……쥐구멍에도 볕들 날이 있는 거라네."

이길성이 시조를 읊듯 흥얼거리며 사무실을 빠져나갔다.

서류철을 뒤적이다 재우는 수화기를 들었다. 일주일간 출장을 떠났던 손 과장이 돌아왔을 것이다. 유리창 교체에 관해서 실무 계장에게 진작 언급해두었다. 그러나 흐리멍텅한 계장을 믿고 기다릴 수는 없었다. 알았다, 곧 조치하겠다. 전화상으로 대답은 잘하면서도 수없이 재촉을 해야 겨우 윗선에 보고를 하는 전례가 많았다.

─어, 유재우 씨! 마침 전화를 하려던 참인데, 잘됐네. 사람이 말이야, 그러면 못써! 모친을 모시고 있으면서 어떻게 담당 과장한테 한마디 언급도 없을 수가 있나…….

손 과장은 여느 때와는 달리 퍽이나 호의적인 목소리였고, 자칫 이물 없는 사이였던 양 착각마저 일으키게 했다.

출장에서 돌아온 손 과장은 청장의 호출을 받았다. 신문을 앞에 두고 재우에 대해 이런저런 이야기를 나눴고, 담당 과장으로서 제법 어깨가 으쓱해져 돌아온 모양이었다.

─ 청장님께서 직접 장관님께 포상을 건의할 참이라고 하시더군. 정말 축하할 일이야. 공직 사회에서 포상만큼 고과점수를 따고 들어가는 게 없으니까. 그나저나 한 가지 궁금한 게 있네. 청장님께서 유재우 씨에게 상당한 애정을 갖고 계시던데, 각별한 인연이라도 있나?

"아, 네……뭐, 각별하다기보다는……."

재우는 말꼬리를 흐렸다. 자신 속에 숨은 교활함이 발동한 것일까, 손 과장이 그리 생각하는 것도 나쁘진 않겠다는 생각이 번뜩 스쳐간 때문이었다.

─ 말하기 곤란하다는 뜻이군. 알았네, 알았어. 앞으로 어려운 일이 있으면 하시라도 망설이지 말고 전화를 주게. 꼭일세. 그럼.

저편에서 전화를 끊었다.

젠장, 재우는 거칠게 수화기를 내려놓았다. 정작 유리창 교체에 대해선 입도 뻥긋하지 못했다. 그럼에도 마음이 마냥 무겁지 않은 것은, 구조조정의 광풍이 자신을 비켜가리라는 느낌이 들었기 때문이다.

어쨌든 어머니 당신 덕을 볼 때도 있군요.

재우는 씁쓸히 웃고는 사무실을 빠져나왔다.

2.

"너무 오래 기다리게 하지 마. 기다리는 데 소질 없다는 거 잘 알지?"

등대호가 부두를 벗어나 뱃머리를 돌릴 즈음, 난희가 입가에 손을 모으고 외쳤다. 말보다는 표정에 더 진실을 담는 난희였다. 그러나 푹 눌러쓴 모자 때문에 얼굴이 그늘에 가려 제대로 보이지 않았다.

재우는 슬쩍 손을 들어 보이는 것으로 대꾸를 대신했다. 긍정인지 부정인지조차 명확지 않은 상태에서 재우가 선택할 수 있는 최선의 몸짓이었다.

다시 만나게 되겠지. 그런데 왜 그 옛날 불 꺼진 이층 방을 올려다보던 이별보다 더 사무치게 느껴지는 것일까.

난희는 정확히 13일 만에 구명도를 떠났다.

재우는 떠날 채비를 하는 난희를 막아서고 싶었다. 그러나 마음뿐이었다. 왠지 자신의 권리가 아니라는 생각을 떨쳐낼 수 없기 때문이었다. 삶을 지배하는 어떤 불가항의 힘이 있다면, 난희의 떠남 역시 운명의 힘에 이끌려 예정된 절차를 밟아가는 것이리라.

어제 저녁 난희는 전화를 쓰겠다며 사무실로 들어섰다.

"홍 피디님 부탁합니다."

그렇게 시작한 통화였고, 재우는 지체없이 사무실을 나왔다. 밖에서 얼쩡대며 어슬렁대는 것도 웃기는 노릇이었기에 어머니와 함께 산책을 시작했다.

지난번 발작 이후 무리하게 어머니를 몰아붙일 수 없었다. 더디고 더딘 걸음으로, 사뭇 조심스럽게 겨우 한 차례 일주하는 정도였다. 구릉지를 돌아나올 때, 난희는 통화를 마쳤는지 모습을 드러냈다. 난희가 다가오자 어머니는 싸늘하게 눈을 흘기며 욕설을 내뱉었다.

"오살할 잡년아, 저리 가."

난희는 바람에 흩날리는 긴 머리칼을 쓸어 귓바퀴로 넘기며 물었다.

"오살할이 무슨 뜻이야?"

육시랄보다는 약간 나을 걸. 재우는 천천히 고개를 저었다. 난희는 통화 내용을 재우 쪽에서 궁금해 할 줄 번연히 알면서 딴전을 피우고 싶은 모양이었다.

"난 아줌마한테 한다고 하는데, 왜 저러시는지 모르겠어."

재우인들 알 턱이 있을까. 오뉴월 무논에서 개구리 뛰는 방향을 짐작해보거나 엿장수의 촐랑대는 가위질을 헤아려보는 편이 쉬울 것이었다.

자신의 말대로 난희는 어머니에게 최선을 다하고 있었다. 부잣집 외동딸로선 뒤늦게 고생문이 열린 셈이랄까, 식사와 청소를 자청하고 나섰다. 어머니의 말벗이 되려 애쓰는 것이 안타까울 지경이었다.

그러나 어머니는 어금니를 드러낸 맹수처럼 맹렬한 적개심으로 난희를 대했다. 난희의 신발을 변기로 착각한 듯 엄청난 양의 대변을 쏟아냈다. 며칠 전에는 구명도에서 작업한 난희의 원고를 가스 레인지에 올려놓고 불을 댕겨, 원고의 절반을 날려버렸을 뿐만 아니라 관사 전체를 불바다로 만들 뻔했다.

난희는 허공에 대고 기나긴 한숨을 토해냈다. 어머니의 적개심 때문만은 아니다. 통화한 사실과 무관치 않으리라고 재우는 짐작했다.

난희가 멀어지자 어머니는 바닥에 퉤퉤퉤, 유난스레 침을 뱉었다.

"콧김 입김 다 쏘인 년이야, 저년이."

치매도 욕만큼은 당할 수 없는 모양이었다. 상소리 사전이나 뒤져야 나올 만한 욕을 흐린 정신으로 어찌 기억할까, 의문스러웠다.

"도대체 뭣 때문에 난희한테 그러는 거예요?"

"널 때렸어, 키 쓰고 물에 빠져죽을 년."

"안 때렸어요."

"때렸어, 많이. 아프게 때렸어."

그랬을지도 모른다. 재우는 쓴웃음을 지었다. 난희로 인해 피투성이가 된 가슴을 껴안고 살던 적이 있었고, 난희는 또다시 아물어가는 상처를 덧나게 하고 있었다.

그날 밤이 돼서야 난희는 통화 내용에 대해 이야기했다.

"미니시리즈를 맡았는데, 다시 같이 일하재. 나로선 놓치기 힘든 기회야. 하지만……모르겠어, 모르겠어. 너는 어쨌으면 좋겠니?"

"쓰던 소설은 어떡하고?"

"소설이야 언제든 쓸 수 있는 거니까, 그건 문제 될 게 없는데……."

무엇이 문제냐고 재우는 묻지 않았다. 반대한다고 될 일이 아니었다. 마음의 추는 이미 저 홀로 기울었다. 오히려 재우가 등을 떼밀어주길 기다리고 있다는 느낌마저 들었다.

어제였고, 깊은 밤이었다.

재우는 잠결에 외마디 비명을 듣고 눈을 떴다. 습관적으로 어머니 자리를 넘겨다보니 비어 있었다. 재우야! 난희의 외침이었고, 재우는 반사적으로 몸을 일으켜 난희가 묵고 있는 방으로 뛰어들었다.

난희는 두 손으로 머리를 감싼 채 막다른 골목에 몰린 새앙쥐처럼 구석에 웅크리고 있었다. 두 팔 사이로 보이는 얼굴이 하얗게 질린 것을 어둠 속에서도 쉽사리 알 수 있었다.

재우는 형광등 스위치를 올렸다.

불을 다시 끄든지 눈을 감아버리든지 해야 할 일이었다. 방안에는 일부러 깔아놓은 듯 온통 머리카락투성이였고, 어머니 손에는 주방용 가위가 들려 있었다.

무슨 일이 어떠한 과정을 통해 벌어졌는지 짐작할 만했다.

재우는 한동안 우두커니 바닥에 흩어져 있는 머리칼을 내려다보았다. 난희가 훌쩍거리기 시작했다. 어머니는 흩어진 머리칼 위에다 가위질을 해댔다.

재우는 분노로 몸을 떨며 어머니의 손에서 가위를 빼앗으려 했다. 안돼, 싫어, 나쁜 놈! 어머니는 빼앗기지 않으려 발버둥을 쳤고, 재우는 급기야 어머니의 팔을 세차게 내리쳤다.

"아파, 아파……."

어머니는 엉엉 소리내어 울었다.

재우는 가위가 들린 자신의 손을 내려다보았다. 끔찍하고도 비참한 느낌이었다.

내가 어머니를 때렸어. 이 더러운 손을 들어 어머니를 때렸단 말야.

어머니가 해괴한 짓을 저지를 때마다 재우는 자신의 내부에 숨은 추악한 단면을 보곤 했다. 그리고 이미 마음속으로는 수차례 어머니를 폭행하였을 것이다. 흩어진 머리칼을 손바닥으로 모으면서 재우는 자신을 향해 묻고 또 물었다.

어때, 속이 후련하냐? 자식이라고 열 달 동안 자궁에 품고 있던 어머니를 때리고 나니까 유쾌해서 날아갈 지경이니?

재우가 어머니의 손을 잡아끌어 방을 나서려 할 때였다.

"무서워. 무서워 죽겠어. 아줌마가 날 죽일 것만 같아. 네가 있어줘, 제발."

울먹임이 섞인 난희의 말이었다. 예전부터 난희의 울음은 재우를 속절없이 무너지게 만들었다. 하지만 그 순간은 아니었다. 난희의 울먹임에 도리어 가슴이 싸늘해지는 듯한 느낌이었다. 왜일까, 재우 자신도 알 길이 없었다.

밤이 가고, 새벽이 오고, 먼동이 터올랐다.

난희는 미동도 않고 방 한구석에 앉아 있었다. 재우는 맞은편 벽에 기댄 채 아침을 맞았다.

"오늘 돌아갈래."

숭덩숭덩 잘려 어디서부터 손을 대야 할지 난감한 난희의 머리를, 재우는 안타까운 눈으로 바라보았다.

"아줌마는 내가 네 곁에 있는 게 못마땅한 눈치야. 그 때문에 나를 미워하나봐. 혹시 옛날 생각이 남아 있는 것은 아닐까. 너랑 나를 떼어놓을 때를 생각하면서 말이야."

이렇게 생각해볼 수는 없니? 못된 딸 바깥 출입 못하게 머리카락을 깎아놓는 부모처럼, 너를 아예 구명도를 떠나지 못하도록 만들고 싶은 것은 아닐까.

"네가 좋아. 진난희가 유재우를 이토록 좋아하게 될 줄은 몰랐어. 하지만……."

창 밖의 어둠이 서둘러 물러서고 있었다.

"하지만 아무리 네가 좋아도 이런 외딴섬에서는 못 살아. 그리고 아줌마와 같이 지낼 자신도 없어. 내 욕심이 크니? 꼭 그렇진 않지? 그러니까 등대지기 그만두고, 아줌마 요양원에 보내. 그래줄 거지? 기다릴게."

재우는 난희를 향해 미소짓고는 자리에서 일어났다.

등댓불을 소등할 시간이었다. 밤새 수고했노라고, 등탑에게 눈인사라도 건넬 때였다.

3.

점심상은 손도 대지 않은 채 그대로였다.

아침도 두어 술 뜨다가 수저를 내려놓고는 바로 자리에 누워버린 어머니였다. 마치 우울증에 빠진 양 종일 누워 천장만 올려다보고 있었다. 이제 전혀 다른 차원으로 재우를 들볶기로 작정한 듯했다.

맨밥에 김치 쪼가리만 덜렁 올려놓곤 했다. 그래도 뚝딱 밥 한 그릇을 비우고 다시 내밀던 어머니였으므로 별다른 가책은 없었다. 하지만 고기를 볶고 국을 끓이고 찌개를 데우며 수선을 떨어도 어머니는 이내 상을 물렸다. 차라리 그 끝없는 식탐이 그리워질 지경이었다.

기이한 짓만 골라 일삼던 어머니가 졸지에 얌전해진 셈이었다. 식사량이 변변치 않으니 배설의 뒤처리를 해야 하는 수고도 그만큼 줄어들었다. 따라서 마음이 편해질 만도 했다. 그러나 오히려 조바심에 몸이 달은 재우였다.

어디가 편찮아요? 드시고 싶은 거 있어요? 바깥 바람 좀 쐴까요?

아무리 묻고 물어도 어머니는 한마디의 대꾸 없이 고갯짓만 해댈 뿐이었다. 아예 언어 기능을 상실한 듯 느껴질 정도였다.

난희가 떠난 직후였으니 사흘째였다. 어머니는 그날 밤의 일을 마음에 새겨두고 상심에 빠진 것은 아닐까, 하는 생각이 들었다.

재우는 어머니를 강제로 일으켜 벽을 의지해 앉게 했다.

"아, 해요."

재우는 숟갈에 밥을 떠 어머니의 입가에 가져갔다. 같은 말을 몇 번 반복해도 어머니는 좌우로 고개만 저었다.

"어쩌려고 이래요? 밥 안 드시면 죽기밖에 더하겠어요."

"……죽고 싶어."

어머니가 입을 열었다. 그러나 마냥 반가워할 수 없는 말이었고, 오히려 침묵보다 더 큰 무게로 재우의 가슴을 짓눌렀다.

"왜 죽고 싶어요?"

"……."

"어머니 팔을 때린 것 때문에요? 저라고 뭐 마음 편한 줄 알아요? 저도 괴로워요. 어쩌다 이 지경까지 되었는지 모르겠다고요."

어머니가 재우의 얼굴을 빤히 쳐다보다 말했다.

"명우 어딨어?"

"명우 형 보고 싶어서요?"

어머니는 가로젓기만 하던 고개를 천천히 끄덕였다.

결국 형이 보고 싶다는 시위를 하고 있었던 것이다. 당신을 버린 자식은 그리워하면서도, 정작 당신을 돌보는 자식은 애를 먹이는 저의가 무엇일까. 이 무슨 공평치 못한 처사란 말인가. 재우는 씁쓸히 웃고는 다시 물었다.

"형한테 갈까요?"

재우의 느낌에 불과할까, 침묵 속에서 어머니의 눈빛이 흔들렸다. 그러나 다시 물었을 때 어머니는 자신의 뜻을 분명히 밝혔다.

"안돼. 명우는 바빠."

"형 오라고 전화할까요? 그건 괜찮겠어요?"

"응, 전화해."

"알았어요. 그런데 어머니가 밥을 안 드시면 재우는 형한테 혼나요."

"혼나?"

"그럼요."

어머니는 잠시 생각에 잠긴 듯 있다 아, 하고 입을 벌렸다. 재우는 지체없이 어머니 입에 밥을 떠넣었다.

자식 입에 밥 들어가는 것과, 마른 논에 물 들어가는 것보다 기분 좋은 일이 없다고 했던가. 재우는 한술한술 어머니 입에 밥을 떠넣으며 생각했다. 어머니도 예전에 이랬겠지. 재우가 기억하지 못할 뿐, 투정부리는 둘째 아들을 어르고 달래 한 술씩 떠넣어 주었을 것이다.

"재우가 혼나는 거 싫어요?"

어머니는 입안에 든 음식물을 우물거리며 싫어, 라고 말했다.

"옛날에 재우는 형한테 많이 혼났어요. 어머니는 그냥 보고만 있었고요. 싫으면서 왜 그랬어요?"

어머니는 몇 차례 눈을 깜박이다가 뜻밖의 말을 했다.

"어머니 아냐. 엄마야."

"엄마요?"

"응, 엄마."

엄마라고 불러본 기억이 없었다. 아비 없는 자식이라고 손가락질 받아선 안된다. 어린 재우의 귀에 못이 박히도록 들은 어머니의 말이었다. 따라서 엄마라고 부른다는 것은 버르장머리없는 아이나 하는 짓이고, 아비 없는 자식의 티를 내는 것이다. 이렇게 형은 어린 재우에게 가르쳤을 것이다. 그런데 서른이 넘은 아들을 향해 어머니는 굳이 엄마라고 정정하려 들고 있었다.

"앞으로 엄마라고 불렀으면 좋겠어요?"

어머니는 서슴없이 고개를 끄덕였고 입가에 미소마저 지었다.

어려운 일도 아닌데, 그러죠 뭐.

재우는 속말을 중얼거렸다. 하지만 엄마라는 말을 냉큼 하지 못하고 연신 마른기침만 토해냈다.

어머니는 모처럼 밥 한 그릇을 다 비웠다.

그 모습을 보고 있자니 재우는 가슴속에 불씨를 넣어둔 듯 마음이 훈훈해졌다. 아니다. 어머니와 함께 지낸 후, 처음으로 어설프나마 대화를 주고받았다는 사실 때문이었다. 사흘간의 침묵이 오히려 어머니의 언어 능력을 다소나마 회복시킨 것은 아닐까. 혹은 재우가 어머니의 닫힌 말문을 여는 비밀의 단추를 우연히 찾아낸 탓일지도 몰랐다.

4.

"이제 한 시간밖에 안 남았는데 지금쯤 모셔가야 되지 않겠어?"

이길성이었고, 어머니를 두고 하는 말이었다.

재우는 대꾸하지 않고 사무실 바닥을 대걸레로 훔쳐댔다. 어제 청소하였으니 딱히 더럽혀졌을 까닭이 없건만 이길성의 성화로 반복하고 있었다.

"어디까지나 유형 문제니까 알아서 하라고. 다만 유형 때문에 우리에게까지 피해가 오는 일은 절대로 없었으면 해."

재우는 대걸레를 벽에 기대 세워놓고 사무실을 나왔다.

5월이 가고 6월이 시작되면서 재우는 다시금 나락으로 떨어진 느낌이었다.

바람막이가 되어줄 듯했던 신명철 청장이 갑자기 서해의 해양수산청으로 전보발령이 되었다. 고과점수에 영향을 미친다는 표창장 이야기는 더 이상 들리지 않았고, 대신 한동안 빠졌던 구조조정 대상에 재우의 이름이 재차 오르기 시작했다.

재우는 알고 있었다. 정녕 등대를 떠나는 날이 올지라도 마음마저 선뜻 가져갈 수 없다는 사실을. 그건 참으로 서글프고 참담한 깨달음 같은 것이었다.

난희와의 통화 역시 마음에 걸렸다.

― 미니시리즈를 맡기로 했어. 나한테는 절호의 기회야. 축하해줘. 하지만 앞으로 육 개월 동안은 코가 어디에 붙었는지도 모르게 바쁠 거야. 너한테 자주 전화도 못하겠지. 차라리 잘된 일인지도 몰라. 육 개월이면 그곳 생활을 충분히 정리할 시간일 테니까. 참, 아줌마 있을 만한 곳을 찾아냈어. 같이 일하는 언니의 시어머니를 맡긴 곳인데, 시설이 최고래. 안심해도 될 거야. 전화번호 가르쳐줄까?

외딴섬의 등대지기, 게다가 치매에 걸린 노모……

현재의 상태를 그대로 받아들인다는 것이 난희에게 무리라는 점을 알고 있었다. 하지만 조건을 앞세우는 태도가 재우로선 늘 미덥지 않았다. 사랑은 조건을 충족시킨 연후에 이뤄지는 것이 아니었다.

사무실과 관사 사이에 펼쳐진 잔디밭에서 잡초를 솎아내던 송철용이 볼멘소리로 말했다.

"꼭 이렇게까지 해야 되는 거예요?"

이른바 높으신 양반의 시찰에 대비한 환경미화 작업인 셈이었다. 요란을 떠는 게 낯간지러운 일이긴 하지만 그쯤은 웃어넘길 수 있었다. 문제는 그 작업에 어머니가 포함되었다는 사실이다.

영산 해양수산청 산하 각 출장소와 항로표지관리소 중에서 구명도를 제일착으로 방문하니 세심하게 준비를 해달라는 것이, 손 과장의 당부였다.

새로 청장이 부임하면 의례적 행사처럼 구명도를 다녀가곤 했다. 그러나 이번에는 단순한 시찰로 그치지 않을 모양이었다. 굳이 토요일 오후에 맞춰 오겠다는 것이 시찰을 빌미로 낚시를 즐길 속셈인 게 분명했다.

첫 시찰이니 수행원의 숫자도 만만치 않아서 관사 넉 동을 모두 비워달라고 했다. 등대원들은 한뎃잠을 자라는 소리였다. 그나저나 어머니는 어쩌란 말인가. 재우는 손 과장과의 통화를 떠올렸다.

— 미안한 말이지만, 모친을 모실 곳을 물색해보게나. 혹시나 청장님께 누를 끼치는 것은 아닐까 심히 걱정이 되는군. 들리는 말에 의하면 이상한 행동을 종종 보인다고 하던데, 첫 대면인 청장님께 좋지 않은 인상을 남겨서야 되겠나. 자네를 위해서나 나를 위해서나 말이야.

"달리 모실 곳이 마땅치……."

손 과장이 재우의 말을 가로챘다.

— 관사와 사무실과 거리가 떨어진 곳이 아무래도 좋겠지. 아무튼 부탁하네.

전화를 끊자 손 과장과 미리 입을 맞추기라도 한 듯 이길성이 말했다.

"내 생각에는 유류창고가 딱 적당할 것 같은데……밖에서 문을 잠그기도 그만이고, 아무리 악을 써도 들리지 않겠고, 또 청장님께서 거기까지 둘러보실 턱도 없잖아."

"그 기름투성이인 곳에 어머니를 처박아놓으란 말이야?"

"유형을 생각해서 한 말이야. 신경질까지 낼 필요는 없잖아."

재우는 이마에 맺힌 땀방울을 손등으로 닦아내며 하늘을 올려다보았다.

갈매기들도 비행을 포기한 듯 텅 빈 하늘에서 햇살이 3천5백 평 대지를 향해 창처럼 내려꽂혔다. 서둘러 찾아온 폭염이었다. 이런 날에는 제아무리 근면 성실한 아빠 갈매기도 배고픈 새끼들의 울음을 못본 척하고 말 것이다.

재우는 쓰고 있던 모자를 벗어 송철용의 머리에 얹어주고는 관사를 향해 걸어갔다.

왜 이리 사는 게 힘들까. 사는 게 만만하다고 느껴본 적은 없었다. 그러나 가도가도 끝없는 사막 한가운데에 서 있는 듯한 날들의 연속이었다.

* * *

"구명도 바다 밑을 유재우 씨만큼 아는 사람이 없을 거 아닌가."

두어 시간 낚시에 입질조차 변변히 받아보지 못한 청장 때문에 전전긍긍하던 손 과장이 자신의 낚싯대를 억지로 재우에게 떠넘겼다.

"무슨 수를 쓰든 회맛은 보여드려야지. 그래야 구명도 등대 체면이 서지 않겠어."

낚시가 잘된다고 등대의 위신이 높아지겠는가. 무인등대 전환 계획이 백지화라도 되겠는가. 그러나 손 과장이 신임 청장에게 잘 보이려 애쓰는 데 한몫 거들어서 재우에게 손해가 될 건 없으리라. 또한 갯바위를 종종걸음치며 음료수를 나르고 과일이나 깎는 일보다야 낚시가 한결 수월하긴 했다.

재우는 손 과장의 형편없는 채비를 바꿔 매고 낚싯대를 드리웠다. 해피가 어느 결에 다가왔다. 낚시를 시작하면 끝날 때까지 언제나, 해피는 재우가 곤경에 빠질 것이 염려되는 양 곁을 떠나지 않았다.

해피라도 어머니와 함께 창고에 있게 했어야 옳았어. 오랜 세월 재우에게 그러했듯 어머니에게도 넉넉한 위안이 되었으리라. 뒤늦은 후회처럼 재우의 머릿속을 스쳐간 생각이었다.

"그놈 삶으면 꽤 여럿이 포식하겠는 걸. 유재우 씨, 이 기회에 아예 솥에 넣지."

손 과장은 갯바위에 둘러앉은 사람들이 들으라는 듯 큰 소리로 외쳤다.

"너무 늙어서 맛이 없을 겁니다."

젠장, 차라리 입이나 닥치고 있지.

외딴섬에 뿌리 내린 아들의 적적함을 달래라고 어머니가 보내온 해피를 삶아먹자 해도, 그 어머니를 어둡고 습하고 기름투성이인 창고에 가둬놓고도, 한가하게 낚시질이고 연신 아양을 떨고 있는 꼴이라니……

낚싯대를 두 동강 내버리고, 해피를 솥에 넣자는 손 과장을 바다에 처박아 넣고 일어서야 마땅했다. 하지만 재우는 쉬지 않고 미끼를 갈아 던지며 자못 낚시에 열중했다.

33센티 벵에돔과 35센티 감성돔을 연거푸 끌어내자, 청장이 슬그머니 재우 옆으로 다가왔다. 손 과장이 옆구리를 쿡 찌르며 눈짓을 하는 시늉이 포인트를 양보하라는 뜻이었다.

청장의 포인트에 문제가 있었던 것은 아니다. 채비가 조류와 물밑 사정을 읽지 못한 탓이었다. 바다 낚시를 하는 사람 대부분이 자신의 경험만 신뢰하는 고집불통이었다. 재우는 청장의 심기를 건드리지 않는 선에서 상황에 맞는 채비 선택을 이야기했다.

재우의 말을 따른 청장의 낚싯대에 즉각 감성돔이 붙었다. 이어 재우와 청장은 경쟁이라도 하듯 감성돔을 타작했다.

아예 뜰채를 들고 청장 옆에 대기하고 있던 손 과장이 이길성을 향해 고함을 쳤다.

"여봐! 잡지도 못하면서 낚싯대만 붙잡고 있지 말고, 가서 초장이나 만들어 오지."

"제가 다녀오죠."

재우는 낚싯대를 손 과장에게 넘기고 일어섰다.

아부가 하늘을 찌르는군, 하는 눈초리로 이길성이 쏘아보았다. 재우는 이길성에게 슬쩍 손을 들어 보이고는 빠르게 갯바위를 타고 올랐다. 창고에 갇힌 어머니가 목에 걸린 가시처럼 뇌리에서 떠나지 않는 탓이었다.

며칠 동안 어머니는 놀라우리만큼 달라진 모습을 보였다. 고집을 부리거나 해괴한 일을 저지르지도 않았다. 예전 같은 집요한 탐욕도 사라졌다. 이제부터는 선생님 말씀을 잘 듣겠어요, 라고 결심한 아이처럼 재우가 하자는 대로 따랐다. 특히 어쩌다 툭툭 던지는 말은 정상적인 판단을 지닌 듯 여겨질 지경이었다. 형은 말하길, 어느 때는 정말 치매일까 하는 생각이 들 정도로 멀쩡하다고 했다. 지나친 과장일 테지만, 어쨌든 어머니는 사뭇 안정적인 모습으로 변했다.

어머니는 비로소 구명도, 그리고 재우에게 적응한 것일까. 대소변과 욕설은 여전히 골칫거리이긴 했다. 그러나 어머니가 이런 상태만 계속 유지해준다면 굳이 못 모실 까닭도 없다는 생각이 들기도 했다.

유류창고가 어렵사리 되찾은 안정을 무너뜨려놓는 건 아닐까. 재우는 출입구에 가만히 귀를 댔다.

아무런 기척도 들리지 않았다. 잠이 든 걸까. 그랬으면 차라리 좋을 텐데……. 주머니에 열쇠가 있었지만 선뜻 문을 열어 엿보기가 망설여졌다. 문을 여는 순간 고함이라도 질러댄다면, 그리고 재차 떠밀어 넣고 문을 닫아야 하는 절차도 만만치 않을 것이다.

어두운 걸 못 견뎌하는 어머니이긴 하지만 기껏 하룻밤이야. 밤새 무슨 일이야 있겠어.

재우는 본연의 임무인 초장을 만들기 위해 창고를 벗어나 잰걸음을 놀렸다.

5.

명우야, 재우야, 미숙아!

어머니는 삼남매의 이름을 번갈아 불렀다. 때로 하나씩, 때로 셋을 한몫에. 혼미한 정신을 붙잡으려는 안간힘으로 자식들의 이름에 안타까이 매달리고 있는지도 몰랐다.

재우는 얼음물에 적신 수건을 어머니의 이마에 올려놓았다.

"그러기에 이런 섬 구석까지 뭐하러 와요. 호강이라도 받을 참이었나요!"

재우는 어머니에게 악을 썼지만 스스로에 대한 분노에 불과했다.

열은 좀처럼 떨어지지 않았다. 연신 차가운 물수건으로 갈아치우는 것 외에 달리 방법이 없었다. 좋든 싫든 노모를 모시면서 어째 해열제 하나 마련해둘 생각을 못했을까. 재우는 자신의 무관심과 뻔뻔함을 탓하고 탓했지만 때늦은 후회였다.

하룻밤이 결국 화근이었다.

밤낚시에 매운탕으로 아침 해장까지 하고서야 청장 일행은 구명도를 떠났다. 행정선이 뱃머리를 돌리자 재우는 지체없이 창고로 뛰어가 문을 열었다.

기름통이 채 차지하지 못한 한 평 남짓 공간에서 어머니는 새우처럼 허리를 접고 모로 누워 있었다. 재우가 어깨를 흔들어댔지만 어머니 입에서는 가느다란 신음만이 흘러나왔다.

6월이지만 한밤에는 바닷가 특유의 냉기가 감돌기에 담요를 넉넉히 넣어두었다. 그러나 자신을 더럽고 습하고 어두운 곳에 처박아둔 자식에 대한 항의와 분노의 표시인 듯, 어머니는 담요를 걷어낸 채 차가운 콘크리트 바닥을 택했다.

등대지기인 아들이 접대부가 되어 높으신 양반들 시중에 몰두해 있는 동안, 목숨을 연명키 위해 몸을 파는 창부처럼 맹렬하게 꼬리를 쳐대는 한밤 내내, 어머니는 어둠과 냉기와 두려움 속에서 그 아들을 목놓아 부르다 아무 데나 쓰러져 잠이 들었을 것이다.

"아무리 정신이 오락가락해도 춥고 더운 줄은 알 거 아녜요!"

오히려 어머니에게 화가 치미는 것은, 자신에 대한 환멸을 달리 표현할 길이 없기 때문이었다.

"재우야!"

신음 섞인 부름이었다.

"여기 있어요. 말씀하세요."

고열이 빚어낸 단순한 헛말이었는지 대꾸가 없는 어머니였다.

알몸의 어머니는 삭풍이 몰아치는 벌판의 메마른 나무처럼 떨었다. 열을 떨어뜨리기 위해선 도리 없는 일이었지만, 재우는 솜이불로 이중 삼중 깡마른 어머니의 몸을 감싸고 싶은 마음이 간절했다.

"미안하다……엄마가 잘못했다."

"뭐가 미안해요?"

어머니의 눈꺼풀이 힘겹게 열리는 듯하더니 다시 감겼다.

어떤 의미의 말인지 분명치 않았다. 지난날의 일들을 이야기하는 것인지, 병든 몸을 의탁하고 있음인지, 꿈결의 잠꼬대인지, 아니면 그냥저냥 넘겨야 할 헛말인지…….

난희가 전해준 말이 귓전에 울려퍼졌다.

"못난 어미 때문에 결국 집까지 나간 아이다. 이제 와서 무슨 염치로 어미라고 드러내놓고 낯을 세우겠냐."

재우는 냉동실에 넣어두었던 수건을 가져다 어머니의 목덜미와 어깨와 겨드랑이를 차례로 닦아냈다. 그러다 젖가슴 언저리에서 손길을 멈추었다. 절로 멈추었다는 편이 옳았다.

주름투성이의 젖가슴을 재우는 바라보고 또 바라보았다. 예기치 못한 서러움이 복받쳐올라 황급히 고개를 돌렸다.

* * *

저 젖으로 삼남매를 키웠다.

저 젖가슴 하나로 배고픔과 투정으로 우는 아이들을 어르고 달랬다. 삼남매는 자라 성인이 되었다. 그 사이 젖무덤은 주저앉아 온통 주름투성이의 빈 젖이 되고 말았다.

자신들의 배고픔과 투정을 감쌌던 저 젖을 삼남매 누구도 바라보려 들지 않는다. 만지지 않는다. 입 대지 않는다. 그리워하지 않는다. 아무도 그리워하지 않는 젖은 지난날의 흔적을 추억하듯, 제 길로 흩어진 자식들에 대한 그리움의 표적처럼 시든 수세미 모양으로 매달려 있다.

한 자식은 어머니를 버리고 머나먼 나라로 날아갔다. 한 자식은 깡그리 잊은 듯 외면했다. 그리고 한 자식은 줄곧 어머니를 증오해왔고, 강제로 떠맡은 것을 억울해 했으며, 어머니와의 생활을 못 견뎌했다.

그런데 어머니는 미안하다고 말한다. 잘못했다고 용서를 빈다.

재우는 밤새 어머니 머리맡을 지켰다.

이따금씩 바람이 부는 듯도 했다. 이따금씩 어린 갈매기들의 허기진 울음소리가 가까이서, 멀리서 들려왔다. 이따금씩 재우는 12초 간격으로 창을 넘어오는 등댓불을 물끄러미 바라보곤 했다.

서른둘, 재우의 나이에 어머니는 남편을 떠나보냈다. 어린 두 자식을 곁에 두고, 재우를 태중에 간직한 채 시작한 고단한 인생길이었다.

"난 옛날부터 빨리 늙었으면 좋겠다고 생각했단다. 젊은 나이에 과부가 되었다는 소리가 죽기보다 싫었다. 빨리 마흔이 돼야지. 젊은 나이에 어린 자식을 셋씩이나 끼고 어찌 살아가누, 이런 소리는 더 이상 안 들어도 되겠거니 했다. 그런데 마흔이 되어도 똑같아. 그래서 더 빨리 쉰 되고, 더 빨리 예순 되고 싶은 생각이다. 너희들도 빨리빨리 자랄 테니까, 좀 좋으니……."

그 말이 기억에 남아 있는 까닭은 어린 재우의 생각과 반대였기 때문이리라.

가뜩이나 늙어 보이는 어머니가 창피해 죽을 지경이었다. 학예회나 운동회 날 다른 어머니들은 젊고 예쁘기만 한데, 어머니는 꺼칠한 얼굴에 몸뻬 차림이었다. 그런 어머니가 더 늙고 싶어 안달이라니.

서른두 살이 되어서야, 당신의 원대로 폭삭 늙어버린 어머니의 머리맡에 쪼그리고 앉아 재우는 그 뜻을 헤아리고 있었다.

세상 어느 여자가 빨리 늙고 싶어할까. 서둘러 자신의 청춘을 떠나보내기 원하는 여자가 어머니 외에 또 누가 있을까.

어머니가 여자라는 사실조차 깨닫지 못했던 셈이다. 서른두 살의 청상과부가 겪어야 하는 서러움이 무엇인지 알지 못했고, 한편 모른

척했다. 당신의 입장에 서서 당신의 생각이 무엇이었는지를 아예 생각하려 들지 않았다.

재우는 창가에 어스름이 물러갈 즈음 하나의 결론에 도달했다.

어머니가 구명도에 온 이후 철저히 일방적으로 판단하고 결정을 내리려 했다. 혼돈과 갈등 역시 그랬다. 어머니로 인해 자신의 위치가 위협받는 게 싫었을 뿐이다. 어쩌다 느끼는 양심의 가책조차 어머니의 입장을 고려한 때문은 아니었다. 어느 편이든 자기 편리한 쪽의 생각이 우선이었고, 어머니를 위한 적절한 선택은 염두에 두지 않았다.

더 이상의 혼돈과 갈등은 필요 없다. 어머니를 요양원으로 보내드리자. 그게 마땅하다.

바다에 빠져 목숨을 잃을 뻔했던 사고. 윗사람 눈치에 유류창고에서 갇혀 있던 일. 고열과 오한에 시달려도 속수무책 지켜만 봐야 하는 지금 당장. 그리고 앞으로 벌어질지도 모를 난감한 사태들.

노모를 모시기에 구명도는 적절치 못한 곳이었다. 새삼스런 깨달음은 아니었다. 하지만 정말 어머니를 위해서, 다른 곳을 찾아야 한다는 생각은 처음이었다. 해열제 하나 구하지 못해 쩔쩔매야 하는 이 외딴섬에서 계속 머문다는 것은, 틀림없이 당신의 삶을 서둘러 마감하게 만드는 짓이었다.

6.

"자네 뜻이 정히 그렇다면 어쩔 수 없는 일이네만⋯⋯."

구명도를 떠날 즈음 정 소장은 한숨을 내쉬며 뒷말을 흐렸다.

"구명도에서 지내는 게 결코 쉬운 일은 아니지. 자네 말대로 위급한 상황이라도 닥치면 대책이 없긴 하네. 하지만 모친께선 그 정도 불편을 감수하더라도 자네와 함께 있고 싶어할 거란 생각은 못해봤나?"

정 소장은 영산에 닻을 내려서야 흐려놓은 말끝을 잇는 셈이었다.

예컨대 아이가 원하는 건 줄창 놀아대는 것이다. 그러나 아이를 위하는 건 그 아이의 등을 떠밀어 학교에 보내는 일이다.

어머니의 문제 역시 다를 바 없었다. 또한 어머니는 더 이상 힘겨운 굴레가, 무거운 짐이, 곤란한 훼방꾼이 아니었다. 어머니를 위해서 이 길이 최선이라는 믿음 때문에 재우는 정 소장의 반대에도 떳떳할 수 있었다.

처음에는 '이레요양원'까지 동행할 듯하던 정 소장이 부두에서 작별을 고했다. 이어 뒤도 안 돌아보고 선술집이 모여 있는 골목으로 뚜벅뚜벅 걸어갔다. 재우는 정 소장의 뒷모습을 바라보며 속엣말을 중얼거렸다.

하필이면 외딴섬 등대지기가 되어 어머니 모시는 일조차 맘대로 못하는 건지, 저도 안타깝고 괴롭습니다.

어머니는 부두에 내리면서부터 몹시 불안한 기색이었다. 잔뜩 어깨를 움츠린 채 재우의 소매를 붙잡고 놓지 않았다. 마치 재우가 당신을 버리고 도망이라도 치려는 듯 생각한 것일까. 그런 어머니를 요양원에 남겨둬야 할 일이 벌써부터 마음을 무겁게 짓눌렀다.

재우는 어머니를 벤치에 앉게 했다.

"여기 가만히 계세요, 전화 걸고 곧 올게요."

"싫어, 무서워."

"무섭긴 뭐가 무서워요?"

어머니는 지나가는 사람들을 곁눈질해댔다. 두려움의 대상이 바로 사람인 셈이었다. 구명도와는 달리 앞으로 수많은 사람들과 섞여 살아야 하지 않는가. 재우는 어머니를 달래고 공중전화 박스로 향했다.

'이레요양원'에서는 정확한 도착 시간을 알고 싶어했다. 원장과 보호자의 상담 시간을 정해놓기 위함이었다.

통화를 하는 동안 어머니는 벤치에 앉아 재우 쪽을 뚫어져라 응시했다. 재우는 잠깐잠깐씩 어머니를 향해 손을 들어 보였다. 그때마다 어머니는 소녀처럼 수줍게 웃었다. 그 미소에 재우는 또다시 가슴이 저릿했다.

요양원과 통화를 마치고 재우는 잠시 망설이다 재차 수화기를 들었다.

재우의 이야기를 들어주던 난희가 말했다.

─ 유재우도 많이 변했구나. 난 네가 끝까지 아줌마를 포기하지 않을 거라고 생각했거든.

재우는 심한 자괴감을 느끼며 속말을 중얼거렸다.

너 때문에 결정한 건 아냐. 부담감을 느낄 필요는 없어. 전혀, 전혀

……

— 하여튼 이제는 등대지기만 결정하면 되겠네.

"잘 있어."

— 잠깐만!

수화기 저편에서 무엇인가를 뒤적거리는 소리가 들려왔다.

— 명우 오빠 연락처 알아냈어. 받아 적어……명우 오빠랑 같이 근무하던 내 친구 이야기했었지? 미리 부탁해놓았거든. 퇴직금 잔여금이 남았던 모양인데, 그걸 수령하려고 얼마 전에 전화가 왔었대.

"고마워."

하지만 괜한 수고를 한 셈이었다. 형을 탓하고 싶지 않았고, 형의 동의를 구할 이유조차 남아 있지 않았다.

버스 터미널로 가기 위해 택시를 기다리고 섰는데 어머니가 물었다.

"어디 가?"

"네."

"멀리 가?"

"멀지 않아요."

"같이 가?"

"네, 같이 가요."

어머니는 고개를 끄덕이며 재우의 어깨에 둘러멘 가방을 어루만졌다. 무겁지 않느냐는 뜻인 모양이었다. 차라리 예전처럼 욕설을 퍼붓고 억지를 부리는 어머니였으면……. 뒤늦게 살가운 정을 표시한들

양편 다 상처일 뿐이었다.

"이거 가져가게."

선술집에 앉아 있을 줄 알았던 정 소장이 다가와 포장된 상자를 내밀었다. 뭡니까, 하고 재우는 상자와 정 소장을 교대로 쳐다보았다.

"카세트일세. 자네가 챙기지 못한 듯해서 하나 샀네. 구명도에서 쓰던 거와 같은 모델이니까, 쉽게 다루실 걸세. 테이프는 자네가 마련하게나."

"기독교 단체에서 운영하는 요양원이라서 찬송가는 언제든 들을 수 있어요."

"당신 따로 듣고 싶으실 때가 분명히 있을 걸세."

＊ ＊ ＊

평일 오전의 대합실은 한산했다.

표를 끊어 돌아온 재우에게 어머니가 저거, 하며 손가락으로 밖을 가리켰다. 대합실 입구에서 한 노파가 삶은 옥수수를 팔고 있었다.

"옥수수가 드시고 싶어요?"

어머니는 기다렸다는 듯 고개를 끄덕였다. 강원도 첩첩산중이 고향인 탓에 옥수수라면 신물이 난다던, 어머니의 말이 떠올랐다.

삼남매는 모두 옥수수를 좋아했다. 신물이 난다는 어머니 때문에 어린 재우는 자신에게 돌아올 몫이 늘어 마냥 반가웠을 것이다. 찐빵을 사온 날은 어머니는 또 말했다. 밀가루 음식은 통 소화가 안돼. 어머니는 그렇게 변명을 꾸며대며 자식들 입에 하나라도 더 넣어주길 소원했다는 생각이 들자, 재우는 콧등이 시큰해졌다.

"몇 개 사올까요?"

어머니는 머뭇대다 엄지와 검지를 폈다. 재우는 지폐를 꺼내 어머니 손에 쥐였다.

"어머니가 직접 사오세요."

"못해."

"할 수 있어요. 재우가 보고 있을 거니까, 안심하고 가서 사오세요."

어머니는 쭈뼛거리며 연신 뒤를 돌아보며 노파에게 다가갔다. 그런 어머니의 모습을 보며 재우는 생각했다.

이젠 이것저것 어머니 혼자서 해야 될 거예요. 제대로 못하면 구박도 받고, 싫은 소리도 듣게 되겠죠 앞으로는 혼자서 해결할 수 있는 일들을 더 많이 만들어요. 그래야 구박도 안 받고 싫은 소리도 듣지 않게 될 테니까요.

어머니는 양손에 옥수수를 나눠 들고 왔다.

"거 봐요, 할 수 있죠?".

"할 수 있어."

"앞으로도 잘할 수 있죠?"

"잘할 수 있어."

어머니는 이쪽저쪽을 살피더니 결정한 듯 그중 큰 옥수수를 내밀었다. 뒤에 먹겠다고 해놓고 재우는 물었다.

"어머니, 찬송가 좋아하죠?"

"좋아해."

"찬송가 테이프 사올 테니까, 가만히 계세요. 할 수 있죠?"

어머니는 시무룩한 얼굴로 옥수수를 내려다보았다. 함께 다녀오는 것이 어떨까. 재우는 잠시 망설이다 포기했다. 몸살을 심하게 앓고 난 후 어머니의 움직임이 예전 같지 않았다.

어머니를 플라스틱 의자에 앉히고, 재우는 대합실 광장 우편에 늘어선 상점가를 지목해 안심시킨 후 말했다.

"금방 올 거예요."

"금방 와?"

"그럼요. 아주 가까운 걸요. 옥수수 드시고 계세요. 할 수 있죠?"

"할 수 있어."

재우는 어머니의 야윈 어깨를 서너 차례 토닥이고는 대합실을 떠났다.

7.

가슴이 새까맣게 타 들어가는 안타까움이 이런 거였구나.

가슴이 무너져 내려 차마 눈물조차 흘릴 수 없는 통절함이란 바로 이런 거였구나.

재우는 줄곧 그 생각이었다. 그 때문에 무릎 관절이 쑤시고 발목이 시큰거리고 발바닥에 물집이 잡혔건만 멈춰설 수 없었다.

정오 무렵부터 새벽이 임박한 시각까지 거리를 헤매고 다녔다. 영산경찰서와 열다섯 군데의 파출소, 시립보호소까지 샅샅이 뒤졌다. 하지만 끝내 어머니의 모습이 보이지 않았다.

"벌을 받고 있는 거야. 그렇지 않고선 이럴 수가 없어."

재우는 중얼거리며 마지막 남은 파출소를 향해 들어갔다. 무궁화 잎사귀 두 개의 견장을 단 순경이 꾸벅꾸벅 졸다가 고개를 들었다.

재우의 설명을 이미 익숙한 일인 양 심드렁한 낯으로 듣던 순경이 물었다.

"실종자 몸에 주소나 단서가 될 만한 게 있습니까?"

고개를 젓는 재우에게 순경이 딱하다는 듯이 혀를 찼다.

"노망든 노인네한테 주소 팔찌야 기본 아닙니까. 인상착의만 갖고 찾기란 만만치 않습니다. 노인네 인상이 거기서 거기고, 또 본인들이 누구인지 모르는 걸 어쩌겠어요 여하튼 접수는 해놓겠습니다."

어디서나 비슷한 소리였다. 하루에도 치매 노인의 가출 신고가 수없이 접수된다고 했다. 그러나 실종된 노인이 가족의 품으로 돌아가는 일은 많지 않다는 것이었다.

재우가 작성한 서류를 살펴보던 순경이 물었다.

"이 전화번호는 확실한 거죠? 실종자를 어렵사리 찾아내 연락을 취해보면 엉터리 전화번호인 경우가 종종 있거든요."

"왜죠?"

"처음부터 찾을 생각은 없었던 거라고 봐야죠. 막상 집을 나간 부모를 모른 척하자니 양심에 찔려 신고만 해두는 거죠. 이 정도 했으면 됐다, 뭐 그런 식의 자기 위안이라고나 할까요. 자식을 잃어버린 부모는 끝까지 찾아나섭니다. 미친 사람처럼 생업도 버리고 전국을 떠돌죠. 그러나 자식이 부모 찾는 경우는 그렇지 않아요."

재우는 기나긴 한숨을 토해내고 말했다.

"물 한잔 마실 수 있습니까?"

순경이 탁자 위에 내려놓은 한잔의 물을 재우는 고개를 떨구고 바라보았다.

벌써부터 숯불을 삼킨 듯 기갈이 심했다. 그러나 선뜻 잔을 들 수가 없었다. 물 한 모금 마시는 것조차 파렴치하고 돼먹지 못한 짓을 저지르고 있는 기분이었다.

어머니는 지금도 어디서 헤매고 있다. 목이 타도 나처럼 물 한잔 청해 마실 줄도 모르면서, 갈라진 목소리로 마냥 아들의 이름을 부르고 있겠지. 나야 이리저리 찾아볼 곳이라도 생각해내지만 어머니는 속수무책 아들의 얼굴만 떠올리며 막막해 할 것이다.

재우는 시큰거리는 발목을 손으로 몇 차례 꾹꾹 누른 뒤 파출소를 나왔다.

하루 낮과 밤을 꼬박 뛰다 걷다를 반복한 셈이었다. 어깨에 둘러메고 있던 가방은 언제 어디서 없어졌는지 모른다. 땀으로 흠씬 젖은 상의에서 시큼한 냄새가 풍겼지만, 그 역시 상관할 바가 아니었다.

더 이상 찾아나설 만한 곳도 없었다. 그래도 어디론가를 향해 가야 했다.

어머니가 영산을 아주 떠난 것은 아니었다. 버스나 택시를 잡아탈 능력조차 어머니에게 없다는 사실이 한편 다행스럽게 생각되었다. 영산을 뒤지고 뒤지다 보면 어디선가 불현듯 어머니를 만날 수 있으리라.

새벽 안개가 내려앉은 거리 이쪽저쪽을 재우는 눈에 핏발을 세우고 두리번거렸다. 그러나 햇살이 비치면 사라질 안개처럼 어머니를 만날 수 있다는 확신은 점차 옅어져 가고 있었다. 때늦은 후회만이 족쇄처럼 재우를 옥죄어왔다.

대합실로 다시 돌아오기까지 걸린 시간은 10분 남짓이었다.

10분은 짧은 시간이다. 하지만 어머니에겐 1시간, 혹은 2시간의 길이만큼 아득했을지도 모른다.

왜 자기 기준으로밖에 생각하지 못했을까. 재우는 테이프만 사서 냉큼 달려오지 못한 자신을 꾸짖고 한탄했다.

레코드 가게 옆의 금은방이 눈에 띈 게 화근이었다. 그 흔한 반지 하나, 목걸이 하나 갖지 못한 어머니를 떠올린 게 탈이었다. 요양원에 가면 모두 비슷비슷한 연배일 테고, 적어도 쌍가락지쯤은 다들 끼고 있으리라는 점에 생각이 미친 게 문제였다.

결국 재우는 금은방에서 몇 분을 지체했다. 딴에는 예쁜 걸로 고른다고 고른 반지를 갖고 돌아왔을 때, 그 반지를 끼워줄 어머니의 모습은 보이지 않았다.

대합실 안을 부질없이 뒤지지 말고 곧바로 밖부터 살폈어야 옳았다.

저쪽으로 가더구먼. 옥수수 파는 노파가 광장 우편의 상점가를 향해 턱짓을 했다. 어머니는 오지 않는 아들을 찾아나섰으리라. 미덥지 못한 아들이 행여 길이라도 잃었을까, 걱정이 앞선 탓일지도 모른다.

재우는 터미널 쪽으로 방향을 잡았다.

이미 수십 번 왕복을 한 셈이었고, 어머니가 앉아 있던 자리는 딴사람이 차지하고 있거나 비어 있었다. 그럼에도 어머니가 그곳 그 자리에 가만히 앉아 있을 듯한 생각이 자꾸만 재우의 발길을 이끌었다.

터미널에 거의 도달했을 때였다.

길 건너편 골목으로 언뜻 사라진 노파가 어머니일지도 모른다는 생각이 들었다. 작고 깡마른 체형에 구부정한 허리, 잿빛 블라우스에 하얀 물방울무늬가 박힌 감색 치마……. 재우는 지체없이 사차선 도로를 가로질러 뛰어갔다.

"어머니!"

성경을 가슴에 안은 노파가 흘끔 돌아보고는 골목 막다른 곳에 있는 교회 안으로 들어갔다.

재우는 풀썩 주저앉았다.

더는 한 걸음도 떼어놓을 수 없을 만큼 맥이 풀려 멍하니 하늘을 올려다보았다. 안개 속에서 불 밝힌 십자가가 아슬아슬한 높이로 떠 있었다. 새벽 예배가 시작되었는지 교회 안에서 아련히 찬송가가 흘러나왔다.

재우는 주머니에서 반지를 꺼냈다.

어머니를 위해서 두번째 산 반지였다. 회갑을 앞두고 마련했던 반지는 되팔아 술을 마셨다. 어머니의 존재를 깡그리 잊으마 다짐하며 마신 술이었다. 그리고 두번째 반지 때문에 어머니를 잃었다.

딱 한 번이라도 어머니 손에 반지를 끼워드릴 수만 있다면…….

주르르, 눈물이 흘러나왔다. 이어 재우는 아이처럼 콧물까지 훌쩍이며 울었다.

왜 그리 어머니를 미워했던가.

어찌하여 따뜻한 말 한마디 건네지 못했을까. 무슨 까닭으로 손 한 번 다정하게 내밀지 않았던가.

재우는 뼈저린 후회 속에서 비로소 알았다. 자신이 진정 원했던 것이 무엇인지가 이제 분명해졌다.

미움 저편에는 어머니에 대한 그리움이 있었다. 선뜻 풀어놓을 수 없는 간절함으로 어머니는 늘 한곳에 자리했던 셈이다. 그 그리움을 표시하는 데 서툴렀을 뿐이다.

＊ ＊ ＊

어제의 태양이 다시 중천까지 솟아오른 한낮이었다.

허기가 치욕처럼 밀려들었고, 아무 데나 쓰러져 잠들고 싶었다. 어머니를 찾는 것이 자신의 능력 밖의 일이라는 생각이 유혹처럼 다가왔다.

달리 도움을 청할 곳도 없었다.

피는 물보다 진하고, 절망과 후회와 안타까움을 전할 사람은 피붙이인 누나뿐이었다.

─ 내가 그렇게 말려도 듣지 않더니, 꼴 좋게 되었구나.

"누나! 어머니를 찾아만 줘. 그 다음에는 내가 다 알아서 할게."

― 뭘 알아서 할 건데?

"내가 모실 거야. 요양원 같은 곳에 보낼 생각은 더 이상 하지 않겠어."

― 우습구나. 버스 떠난 뒤에 손 흔들기라더니, 계실 때 잘 좀 해드리지······.

"매형의 위치라면 어머니를 찾는 게 어려운 일도 아니잖아?"

― 네 매형이 그런 데 신경쓸 겨를이 어딨냐?

"그런 데라니?"

누나에게선 한동안 대꾸가 없었다.

"지긋지긋한 가난이 싫었어. 우리 어머니는 다른 어머니처럼 왜 자상하지 않을까. 왜 무식하고 답답하기만 할까. 같은 자식인데 왜 형과 나는 다른 대접을 받아야 하는 것일까. 그게 모두 어머니 탓이라고 여겼지. 어렸을 때, 차라리 고아였으면 좋겠다는 생각을 얼마나 많이 했는지 몰라. 하지만 이젠 알 것 같아. 어머니는 나한테, 그리고 우리 삼남매한테 최선을 다하셨어. 그런데 우리 삼남매 모두 어머니를 버렸던 거야······처음부터 다시 시작하고 싶어. 내 맘 알겠어, 누나? 앞으로 어머니한테 얼마나 잘할 수 있을지는 모르겠어. 하지만 어머니를 이렇게 잃고 싶진 않아. 날 좀 도와줘······."

누나에게선 명쾌한 대답을 듣지 못했다.

이대로 포기할 수 없었다. 그러나 더 이상 어찌해야 옳은지 난감하고도 암담했다.

재우는 정 소장에게 전화를 했다. 정 소장이라고 달리 방법이 있을까마는 하다못해 푸념이라도 늘어놓을 셈이었다. 그러나 차물도에도, 구명도에도 정 소장은 없었다. 영산에서 하룻밤을 묵은 뒤 돌아가고 있거나 아직 부두에 정박중이라는 의미였다.

서둘지 않았다. 제아무리 서둔대도 퉁퉁 부어오른 발이 따라주지 못했다.

터벅터벅, 여객선 터미널을 지나쳐 어선들이 정박해 있는 곳으로 향하다 재우는 우뚝 멈춰섰다.

환상을 보고 있거나 일종의 착시 현상일 거라는 생각이 들었다. 벌써 숱하게 어머니로 착각해 엉뚱한 사람을 불러 세우곤 했다.

그러나…….

어머니가 소녀처럼 수줍게 웃던 그 벤치, 아, 거기에 어머나는 앉아 있었다. 거기에 앉아, 재우가 잠깐잠깐씩 손을 들어주던 공중전화 박스를 쳐다보고 있었다.

재우는 물에 빠진 사람처럼 허우적대면서 달렸다. 거푸 헛발을 딛어 넘어지고 무릎이 깨졌지만 달리고 또 달렸다.

"엄마……."

어머니 아냐, 엄마야! 진작에 정정해주었음에도 단 한 차례도 입 밖에 내지 못했던 그 말이 절로 튀어나왔다.

어머니가 반쯤 입을 벌린 채 재우를 바라보다 흑흑, 울음을 토해냈다.

"왜 이제 왔어, 나쁜 놈!"

재우는 와락 어머니의 어깨를 안았다. 눈물이 주르르 볼을 타고 흘러내렸고, 시작이었다. 재우는 어머니의 깡마른 어깨에 얼굴을 묻고 흐느꼈다.

"나쁜 놈, 나쁜 놈!"

어머니는 재우의 등을 손바닥으로 때렸다.

여기까지 무슨 수로 왔는지, 조바심과 근심으로 얼마나 많이 마음이 상했는지, 어디를 헤매다녔는지, 밤을 어떻게 지새웠는지……. 그건 전혀 중요하지 않았다. 이렇게 품에 안을 수 있게 되었다는 사실 하나로 눈물겨운 고마움이었고, 가슴 벅찬 감격이었다.

어머니가 때리던 손을 멈추고 치마를 걷어올려 재우의 눈물을 닦아냈다. 노상에서 울먹이는 서른두 살의 사내도, 벌건 대낮에 훌렁 치마를 걷어올리는 어머니에게도 부끄러움은 없었다.

"아드님 되시는가?"

재우는 등뒤에서 들려오는 소리에 고개를 돌렸다. 족히 일흔은 넘겨 보이는 노인이 출항 준비라도 하는 듯 한쪽 어깨에 그물을 둘러메고 서 있었다.

"어제 저녁부터 내내 그러고 있었다오. 노망기가 뵈던데, 난 또 어떤 못된 자식이 내다버린 줄 알았지."

세상 팔도에 어미 없이 태어난 자식이 있나. 노인은 돌아서 혼잣말처럼 중얼거리며 멀어져 갔다.

"먹어."

어머니가 불쑥 옥수수를 내밀었다. 재우는 비로소 어머니 손에 옥수수가 그대로 들려 있는 것을 알아챘다.

꼬박 세 끼를 굶은 어머니였다. 그런데 어쩌자고, 어쩌자고 옥수수를 마냥 들고만 있었단 말인가. 어디에 있는지도 모르는 자식 때문에 당신의 허기쯤은 아무래도 좋았을까. 어머니의 사랑은 언제나 이런 식이었단 말인가.

재우는 손을 들어 어머니의 야윈 뺨을 어루만졌다.

"빨리 먹어."

옥수수를 받아들었지만 선뜻 입에 댈 수 없었다. 재차 채근을 받고서 재우는 한입 베어물었다. 그제서야 어머니도 당신 몫의 옥수수를 먹기 시작했다.

목이 메었고 뜨거운 눈물이 흘러내렸다.

"맛있어?"

"네, 맛있어요."

재우는 생각하고 또 생각했다. 손때가 묻고 땀이 배어들고 시큼한 냄새마저 났지만, 지상에서 가장 맛있는 옥수수를 지금 먹고 있는 거라고. 지상에서 가장 맛있는 옥수수를 먹고 있는 지금 이 순간만큼은, 자신이 가장 행복한 사내일 거라고.

재우는 어머니의 손을 잡았다. 그리고 어머니의 손을 자신의 가슴에 갖다대고 말했다.

"엄마를 요양원에 보낼 수 없어요. 아니, 보내지 않겠어요. 그게 정말 엄마를 위한 일일지라도 할 수 없어요. 이제 내 자신을 위해서, 더이상 엄마의 손을 놓지 않겠어요. 엄마가 필요해요 그러니까 엄마도 내 손을 놓지 말아요. 그래줄 수 있죠?"

어머니가 재우의 얼굴을 유심히 들여다보더니 말했다.

"할 수 있어. 잘할 수 있어."

재우는 어머니의 손을 잡고 벤치에서 일어났다.

해야 할 일들이 산더미처럼 쌓여 있는 기분이었다. 어차피 떠나보낼 어머니라고 여긴 탓에 부족해도 넘겨버린 것들이 숱하게 많았다. 이제 본격적인 어머니와 아들의 삶을 준비해야 할 때였다.

재우는 공중전화 박스를 지나쳤다 곧 되돌아섰다.

난희에게 무엇을 말해야 하는지 분명히 알 듯했다.

"다시 시작하고 싶다고, 너는 말했지. 고마워. 하지만 이런 생각을 했어. 다시 시작하는 것에도 순서가 있다고……어머니와 처음부터 다시 시작하고 싶어……어머니는 어쩌면 나에게, 당신을 증오하는 자식에게 다시 한번 기회를 주고 싶었던 거야. 그래서 병든 몸을 이끌고 구명도까지 오게 된 거라는 생각이 들어……알아, 알고 있어. 어머니가 온전한 생각을 하지 못하지만, 그건 이미 중요하지 않아……나에게 마지막 기회야. 절대로 놓치고 싶지 않아……너와의 일은 그다음에 생각해야겠어. 물론 네가 어떤 선택을 하든, 무엇을 하든, 무슨 생각을 갖든, 그건 어디까지나 너의 권리야."

제6장 등대지기

1.

바다는 고요했다.

태양은 수평선 아래로 가라앉으며 마지막 잔광을 부드러운 터치인 양 펼쳐놓고 있었다. 하루의 일과를 마친 고깃배들이 멈춘 듯 황혼의 바다 위를 미끄러져 가고, 가수알바람이 건듯 불고, 기슭에는 대여섯 마리의 갈매기들이 한가로이 노닐었다.

홀쩍 한 달이 흘러갔다.

한 달 내내, 맑은 시냇물 속에 가라앉은 조약돌처럼 재우의 마음은 고요했다. 한때 어머니로 인해 분주했던 생활이 오히려 어머니가 곁에 있어 평화로워진 느낌이었다.

어머니의 상태가 급격히 좋아졌거나 호전될 기미를 보인 것은 아니었다. 재우 편에서 먼저 변하기로 했다. 어머니를 이해하려 들지 말자. 그냥 그대로의 어머니를 받아들이기로 했다.

재우는 어머니 방의 자물쇠부터 걷어냈다.

어머니와 함께 한방에서 잠들고 함께 깨어나 한상에 둘러앉았다. 어머니의 언어와 사고 능력이 달라진 것은 아니었지만, 가능한 많은 이야기를 건네려 애썼다.

어느덧 수다쟁이가 되어버린 재우였다.

어머니가 자신의 말을 얼마나 알아듣는지는 마음에 담아둘 필요가 없었다. 8년 전, 아니 더 오래전부터 재우는 어머니에게 긴 이야기를 해본 기억이 전무했다. 속내를 터놓는다는 게 아예 불가능한 일처럼 여겨졌다. 어머니는 천성적으로 무뚝뚝했고, 재우 역시 곰살가운 아들은 아니었다.

이제 재우는 무엇이든 말할 수 있었다. 지난 일들과 오늘의 일과와 먼 미래까지 낮은 목소리로 속삭였다. 때로 어머니는 고개를 끄덕였고, 때로 엉뚱한 대꾸를 하곤 했다. 그러나 어머니가 곁에 있다는 사실에, 그래서 꾸미고 가릴 필요 없이 이런저런 이야기를 할 수 있다는 점에 재우는 감사했다.

어머니는 하루 종일 재우 곁을 떠나려 들지 않았다.

작업을 할 때도, 사무실에서 서류를 꾸밀 때도, 관사 주방에서 식사를 준비할 때도, 어머니는 언제나 재우의 손이나 옷자락을 잡고 놓지 않았다. 지난번 길을 잃었을 때의 충격 때문만은 아닌 듯했다. 재우가 어머니를 향해 마음의 문을 열어놓았듯이, 어머니 역시 둘째 아들의 존재를 인정하고 당신을 기꺼이 맡긴 듯한 느낌마저 들었다.

마음먹기 나름……

평화와 분쟁은 동전의 양면과 같다. 어느 쪽을 택해 뒤집어놓느냐에 따라 달라지는 것이다. 재우는 줄곧 분쟁의 소란스러움 속에 있었고, 한순간 동전을 뒤집어놓듯 평화 속으로 걸어 들어온 듯했다.

그러나 모든 것이 순조롭지는 않았다.

어머니에게는 여전히 돌발적인 행동이 남아 있었다. 대소변을 가리지 못했고, 때때로 제어가 불가능할 정도로 억지를 부렸다. 그리고 무엇보다 어머니는 눈에 띄게 쇠약한 모습으로 변해가고 있었다.

구명도로 들어오기 전 건강진단을 받았다. 치매를 체크하기 위한 조치였다. 그러나 뜻밖의 사실이 밝혀졌다. 협심증이었다. 진행 상태로 미루어 적어도 수년 전부터 격렬한 통증을 겪어왔으리라는 것이 담당의사의 소견이었다.

서른두 살에 남편을 떠나보내고 어린 자식 셋을 거두는 동안 어머니 심장은 만신창이가 되어 있었다. 누구도 알아채지 못했다. 만신창이가 된 심장을 껴안은 채 어머니는 제 갈 길로 흩어진 자식들을 위해 홀로 눈물 뿌리며 기도했을 것이다.

부디 행복해라. 부디 건강해라. 부디 성공해라……

과도한 운동이 어머니를 한순간 죽음으로 몰아넣을 수 있었음에도, 산책을 이유로 가파른 언덕을 몇 번씩이나 오르게 했던 재우였다. 심장의 통증으로 바닥에 주저앉은 어머니를 두고 투정을 부린다는 식으로 받아들였다. 또한 정신적으로 절대 안정을 요하는 어머니를 향해 분노하던 아들이었다.

담당의는 심장으로 혈액을 공급하는 관동맥이 전체적으로 가늘어져 있다고 말했다. 종합병원에 입원해서 체계적인 정밀검사를 받아야 할 것이며, 검사 결과를 봐야 정확한 판단을 내릴 수 있겠지만 십중팔구 외과적 수술이 필요할 듯하다고 했다. 당장은 약물 치료를 권했다. 어머니가 근원적 치료인 수술을 감당할 만한 정신적, 육체적 상태가 아니라는 거였다.

치매와 협심증.

어머니는 온전한 곳이 없을 정도로 망가져 있던 셈이다. 당신은 바로 거미 엄마였다.

어미 거미는 제 등에 산란해놓고, 부화된 새끼 거미들은 어미의 등에 촉수를 박아 진액을 빼먹으며 자라나고, 결국 자식들에게 자신의 전부를 빼앗긴 어미는 껍질만 남아버리는 참혹한 희생.

삼남매를 키우면서 정신도 육체도 소진해버린 어머니. 그런 어머니를 외면한 채 홀로, 제 힘으로 세상을 살아온 듯한 생각에 사로잡혔던 재우였다. 어머니로서 해준 것이 무엇이냐고 항의하며 억울해 했다.

재우는 뼈저린 자책을 통해 비로소 어머니와 마주한 느낌이었다.

어머니를 사랑할 수 없다면 세상 그 무엇도 품을 수 없다는 사실을, 당신은 익히 알고 있었겠지. 그래서 어리석은 자식에게 다시 한번 기회를 주기 위해 머나먼 외딴섬까지 찾아온 것이리라.

어머니는 벤치에 앉아 두 손을 무릎 위에 가지런히 올려놓은 채 먼 바다를 바라보고 있었다. 재우는 어머니의 이마를 덮은 머리카락을 쓸어넘겼다.

"엄마! 오래오래 사세요. 그래서 저에게 더 많은 기회를 줘요."

어머니가 근심스런 얼굴로 재우를 바라보았다.

"나 몇 살이야?"

"예순다섯요."

"많아. 너무 많아."

"왜 그런 말씀을 하세요?"

어머니는 엉뚱하게도 배가 고프다는 말을 했다. 그러나 재우는 어머니의 의식 저편에 있는 말을 짐작할 수 있었다.

살 만큼 살았다. 네 아버지보다 곱절을 산 셈인데, 무엇을 더 바라겠니…….

다음달이 휴가였다. 우선 협심증에 대한 정밀검사가 시급했다. 또한 근본적 치료라는 수술도 가능하다면 받게 하고 싶었다.

"열 밤을 자고 나서 서울에 가요. 우리나라에서 제일 좋은 병원에 가서 어머니를 다시 아프지 않게 해달라고 할 거예요."

어머니는 한동안 골똘한 표정을 지었다.

"돈 없어."

재우는 소리내어 웃었다.

예전 숱하게 듣던 말이었다. 용돈이라고 달리 받아본 적이 없었기에 재우는 자질구레한 것까지 손을 내밀어야 했다. 그때마다 어머니는 으레 말했다. 돈 없어. 당시는 야속하기 짝이 없는 말이었지만, 그 옛날 어머니의 모습을 다시 보고 있는 듯해 유쾌한 기분마저 들었다.

재우는 주머니에서 지갑을 꺼내며 자못 호기롭게 말했다.

"돈이라면 걱정하지 마세요. 돈 많아요."

"부자야?"

"그럼요."

재우는 지갑에서 지폐를 꺼내 어머니의 손에 쥐어주었다. 한순간 어머니의 얼굴이 밝아졌다.

부자는 부자를 낳는다. 가난뱅이는 또다른 가난뱅이를 양산한다. 마찬가지로 불행했던 자가 훗날 행복해진다는 것은 매우 힘들다. 불행은 늪과 같아서 한번 빠져들면 좀처럼 헤어날 수 없다.

어머니는 알고 있었을 것이다. 삼남매에게 유산처럼 대물림해줄 가난과 불행이 두려웠으리라. 그래서 당신은 어머니로서의 자리만 지킬 수 없었겠지. 아비 없는 자식에게 아버지의 역할까지 맡아야 했으리라.

어머니는 힐끔 곁눈질해대며 지폐를 꼬깃꼬깃 접어 속옷 속에 감췄다.

2.

어머니는 재우의 의자에 앉아 뜨개질에 열중이었다.

재우는 당신에게도 집중할 그 무엇이 필요하다고 생각했다. 긴긴 겨울밤 뜨개질로 삼남매의 스웨터를 장만하던 어머니를 떠올렸다. 어머니는 용케 뜨개질 방법을 기억하고 있었지만 예전의 솜씨가 그대로 남아 있지는 않았다. 목적도 없이 한코 한코 떠 나갈 뿐이었다.

재우는 어머니의 더딘 손놀림을 바라보다가 창 밖으로 시선을 옮겼다.

등실의 유리창 교체는 좀처럼 이뤄지지 않고 있었다.

재우는 등탑에 올라 유리창의 구멍을 바라볼 때마다 온몸을 프레스기에 집어넣고 옥죄는 듯한 느낌에 시달렸다. 단순한 불안감을 지나쳐 불길한 예감마저 들게 했다.

수차례 손 과장에게 전화를 걸었다. 그러나 손 과장은 매번 심드렁한 반응이었고, 기껏해야 예산 타령이었다.

재우는 의자에 앉아 두 다리를 책상에 올려놓은 채 손톱을 깎고 있는 이길성을 바라보았다.

"유리창 교체 말이야, 이형이 전화를 해보는 게 어때? 내 말은 통 씨가 안 먹혀."

"거참, 정말 심하게 집착하네. 시월이면 어차피 전면적인 개보수에 들어갈 거 아냐. 그때 어련히 교체할 걸, 뭘 그리 성화야."

등대 시스템 자체가 바뀌는데 유리창 교체는 한가한 이야기로 들릴 만했다. 그렇다고 얼렁뚱땅 넘어갈 수는 없지 않은가. 등대를 떠나는 그날까지는 등대지기인 것처럼, 내일 당장 폐쇄될 운명의 등대라 해도 밤새 불을 밝혀야 할 오늘이 남아 있는 것이다.

"사실 유리창보다 시급한 건 타이머라고."

이길성은 등댓불의 소등과 점등을 자동적으로 조절해주는 타이머 교체 건을 말하고 싶은 모양이었다. 타이머는 지난 봄 수리가 불가능할 정도로 파손되었다. 교체를 신청해두었지만 이 역시 계속 미뤄지고 있는 상황이었다.

재우는 타이머 교체 지연에 대해선 그다지 신경을 쓰지 않았다. 타이머 자체를 신뢰치 않는 까닭이었다. 물론 정해준 시간에 따라 소등과 점등이 자동적으로 이뤄지니 편리한 것만은 사실이었다. 하지만 하루의 일기라는 것이 상황에 따라 변하기 마련이다. 구름이 짙게 깔린 저녁에는 평소보다 서둘러 등댓불을 밝혀야 하고, 비라도 흩뿌리는 아침에는 소등 시간을 늦춰야 한다. 등대원의 판단에 따라 한낮이라도 등댓불을 밝힐 수 있는 것이다.

타이머가 정상적으로 작동될 때도 재우는 직접 점등과 소등을 해왔다. 등대지기가 존재하는 가장 큰 이유를 타이머에게 맥없이 양도한 듯한 느낌이 싫은 탓도 있었다.

재우는 수화기를 집어들었다.

"과장님과 통화할 생각이면 좀 기다려봐. 오후에 오시면 기회를 봐서 말해볼 테니까."

이길성이 손톱깎이를 접으며 덧붙였다.

"청장님까지 오시니, 우리도 슬슬 대비 좀 하자고."

휴가중인 이길성이 낚싯배까지 대절해 서둘러 돌아온 이유를 알 만했다. 청장 일행은 낚시를 목적으로 구명도를 방문하는 모양이었다.

"공식적인 행차도 아닌데 대비는 무슨 대비, 낚시나 하다 돌아가고 말겠지."

재우의 말에 이길성은 피식 웃었다.

"유형이나 나나 똑같은 처지야. 간당간당한 목숨을 무슨 수를 쓰든 간수해야 될 거 아냐. 윗사람에게 밉보여 득이 될 게 뭐가 있겠어…… 허긴 유형은 이미 청장님께 눈도장을 찍어놨으니까, 나와는 처지가 다르긴 하네."

이길성이 청소도구함에서 대걸레를 가져와 재우에게 건넸다. 얌전히 뜨개질을 하던 어머니가 벌떡 몸을 일으키며 소리쳤다.

"잡상맞은 놈아, 네가 해!"

이길성은 싸늘한 시선으로 재우를 쏘아보더니 말했다.

"사무실 안까지 들어오시게 하는 건 너무하잖아?"

그 정도는 이해해줄 수 있는 거 아냐? 되묻고 싶었지만 재우는 어머니의 손을 잡고 사무실을 나왔다. 이길성의 목소리가 등뒤로 들려왔다.

"과장님께서 유형한테 이 말을 전해달라고 하시더군. 지난번처럼 유형 어머니를 조처해달라고."

"조처라니, 뭘 조처하라는 거지?"

이길성은 부두 쪽을 턱짓으로 가리켰다.

*　*　*

　　갈치를 구워 막 상에 올려놓는 순간, 기척 없이 현관문이 열렸다.

　　손 과장이 문가에 서서 재우를 노려보았다.

　　"도대체 유재우 씨 저의가 뭐야?"

　　지난번 낚시에서 쏠쏠하게 재미를 본 탓인지, 청장은 스무 명 남짓 자신의 낚시 동호회 회원까지 대동하고 구명도에 왔다. 왁자지껄 소란을 떠는 그들을 향해 어머니가 관사 창문을 열고 냅다 욕설을 퍼부었다. 청장은 쓴웃음을 짓고 말았지만 손 과장의 얼굴은 새파랗게 질렸다.

　　"사람을 말이야, 개망신을 줘도 유분수지. 나한테 불만이 있으면 직접 대놓고 해. 치사하게 굴지 말고."

　　손 과장은 분을 삭이지 못한 듯 막말을 해대기 시작했다. 그러나 일일이 해명하는 것도 우스운 노릇이었고, 달리 대꾸하고 싶지도 않기에 재우는 잠자코 있었다.

　　지난 일까지 들춰내며 울화통을 터뜨리는 손 과장을 어머니가 가만히 지켜볼 리 없었다. 어머니는 철저히 재우 편이었고, 최근 재우는 어머니의 적개심이 모성본능에 가깝다는 것을 알아차렸다.

　　어머니는 갈치를 집어들어 손 과장을 향해 내던졌다. 하필이면 뜨거운 갈치가 손 과장의 면상을 정통으로 강타할 줄이야.

　　재우는 어머니를 나무랄 생각이 손톱만치도 없었다. 단지 어머니의 허약한 심장이 염려되어 손 과장을 이끌고 관사를 나왔다.

몇 차례 사과의 말을 건네고 나서야 손 과장은 마지못한 듯 화를 누그러뜨렸다.

"청장님이 자네를 찾으시네."

이길성과 송철용이 청장 곁에서 시중을 들고 있었다. 그럼에도 재우를 찾는 걸 보면 낚시질이 신통치 않은 모양이었다.

"그리고 지금이라도 모친을 딴 곳에 모시게."

"관사 밖으로 나오시지 않게 하겠습니다."

"사람 참 말귀를 못 알아듣는군. 오신 손님들 잠자리는 마련해드려야 할 거 아닌가?"

"곤란합니다."

"뭐가 곤란하다는 건가?"

"지난번처럼 어머니를 냄새나는 유류창고에 감금할 수 없다는 말입니다."

"유재우 씨!"

불러놓고, 손 과장은 어처구니없다는 표정으로 서너 차례 도리질을 쳤다.

"뭔가 단단히 착각을 하고 있는 모양인데, 내 충고 하나 하지. 오늘 하룻밤을 어떻게 처신하느냐에 따라서 당신의 운명이 좌우될 수도 있어."

"그럴지도 모르겠습니다. 하지만 두번 다시 그 짓은 못합니다."

"진심인가?"

입장을 바꿔놓고 생각해보라는 말이 목구멍을 넘어왔지만, 재우는 웃음으로 대답을 대신했다.

"들기론 어쩔 수 없이 모친을 떠맡고 있는 처지라고 하던데, 그 때문에 앞길까지 망쳐서야 되겠어?"

"전 등대원입니다. 미끼나 갈아 끼워주고 시중이나 드는 접대부가 아닙니다. 또 관사가 등대원과 그 가족을 위한 곳이지, 낚시꾼을 위한 휴식처일 수는 없습니다. 접대부 노릇을 못하겠다고 해서 앞길 운운하는 건 이해하기 힘들군요."

"단순한 낚시꾼이 아니라 자네의 상사인 청장님이란 말이야, 이 사람아!"

"구명도를 방문한 목적이 낚시인 이상 등대의 일을 접어두고 청장님 수발이나 들 수는 없습니다."

"정말 답답한 사람이네. 하여튼 알았어. 자네 멋대로 해보라고."

손 과장은 표나게 가래침을 돋워 바닥에 뱉더니 비탈길을 내려가기 시작했다. 그러나 무슨 생각에선지 곧 되돌아왔다.

"하나만 묻겠네. 모친이 자네 곁을 한시도 떨어지지 않는다고 하던데?"

"사실입니다."

"그래 갖고 자네 업무를 제대로 수행할 수 있겠어?"

"문제없습니다."

"그건 자네 생각일 뿐이지. 노망든 노인네 돌보는 일이 여간 힘들지 않다는 거 모르는 사람 있나. 자네가 업무에 막대한 지장을 받고 있다는 게 내 판단이야. 그래서 하는 말인데……등대원을 계속 하고 싶으면 모종의 결단을 내려야 할 거야."

지방 신문에 기사가 실렸을 때, 손 과장은 자신의 입으로 분명히 말했다. 등대원뿐만 아니라 공직 사회 전체의 귀감이라고. 그런데 이제 와서 결격사유로 꼽고 있었다. 다시 말해 구조조정 대상 명단에 재우를 포함시킬 만한 이유라는 거였다.

"협박입니까?"

"협박? 말 조심해! 내가 뭐가 아쉬워서 자네한테 협박을 해."

손 과장이 입꼬리에 비웃음을 매달며 돌아섰다.

등대지기도 어머니도 포기할 수 없었다. 등대지기로서 어머니와 더불어 아득한 날까지 두런두런 살고 싶었다. 그게 분에 넘치는 일이고, 과도한 욕심이란 말인가.

재우는 손 과장 앞에 무릎 꿇고 사정이라도 하고픈 심정이었다. 그리하여 가능한 일이라면 알량한 자존심 따위는 얼마든지 내팽개칠 수 있었다.

손 과장을 불러 세웠다. 긴 한숨을 토해낸 후 재우는 입을 열었다.

"등탑 유리창 교체는 언제 해줄 겁니까?"

"볼펜 뚜껑만한 구멍 따위에 신경 곤두세우지 말고, 자네 일이나 걱정하라고."

"제발 서둘러주십시오."

"조만간 풍선껌 두 통은 보내지. 모조리 씹어서 그걸로 막아두라고."

3.

어머니의 고른 숨결을 확인한 후, 재우는 슬며시 몸을 일으켜 관사를 빠져나왔다.

연 이틀 비가 내린 후 개인 하늘에는 무수한 별들이 반짝였다. 남쪽 수평선을 거슬러 올라 하늘 복판까지 기다란 띠 모양으로 은하수가 펼쳐져 있었다.

재우는 천천히 등탑을 향해 걸음을 옮겼다.

선잠을 깬 듯 해피가 게으름을 부리며 뒤를 따라왔다. 얼핏 들여다본 사무실 안에는 당직인 송철용이 꾸벅꾸벅 졸고 있었다.

수천, 수만 번 오르고 또 오른 길이었다. 눈을 감아도 훤히 새겨진 마음속의 길이었다. 그럼에도 자칫 헛발을 놀릴 것을 근심하는 양 줄곧 바닥만 쳐다보며 발걸음을 옮기는 재우였다. 길섶의 풀 한 포기, 함부로 흩어진 돌멩이 하나까지 낱낱이 기억에 새겨놓고 싶은 까닭인지도 몰랐다.

저물녘 구조조정 명단이 팩스를 통해 구명도로 날아들었다.

구명도 항로표지관리소 유재우, 장기포 항로표지관리소 박명환.

몇 통의 위로 전화. 이어 임용 동기이자 동반 해고자가 된 박명환으로부터 연락이 왔다. 끝까지 싸우겠다고 했다. 소청 심사위원회에 청원을 하고, 그도 여의치 않다면 행정소송을 하겠다며 재우의 동참을 종용했다. 구조조정의 틀 안에서 이뤄진 일이므로 청원도 소송도 무익한 수고일 뿐이다. 박명환 역시 모르지 않을 터였다.

장기 근속자는 예우의 차원에서, 경력이 일천한 등대원은 구조조정의 본래 취지에 적당치 않으므로, 5년 이상 10년 미만의 경력자 중에서 선정하게 되었다고 했다. 열한 명의 등대원 중 세 명이 대상이었으니 이길성만 살아남은 셈이었다.

어떠한 선정이든 이유야 얼마든지 만들어낼 수 있었을 것이다. 결국 재우와 손 과장의 갈등이 박명환을 애꿎은 희생자로 만든 느낌마저 들었다. 그 갈등이 어머니 문제로 불거졌다는 생각에 잠시 어머니가 원망스러웠다.

청장의 방문 이후, 손 과장은 앙갚음을 하려는 양 노골적으로 재우를 괴롭혔다. 느닷없이 교육 대상으로 재우를 선발했다. 기능직인 등대원이 받아야 할 교육이 아니었으므로 손 과장의 의도를 능히 짐작할 만했다. 어머니를 남겨둔 채 서울까지 올라가 5박 6일 일정의 교육을 받는 것은 사실상 불가능했다. 그 밖에 재우의 처지로 감당하기 힘든 일만 골라 지시를 내려 업무 수행 불능자로 만들었다.

재우는 등탑 입구에 이르러서야 고개를 들었다. 반원을 그리며 다가왔다 멀어져 가는 등댓불을 바라보자 눈시울이 뜨거워졌다.

희망도 계획도 없이 아무렇게나 살다 아무 곳에나 쓰러져 죽어가길 원했던 사내가 있었다. 그 사내를 기꺼이 받아준 등대였다. 가족도 사랑했던 사람에게서도 버림받은 외로운 영혼, 그 영혼을 두 팔 벌려 감싼 등대였다. 사내는 그게 눈물겹도록 고마웠다.

8년이었다. 비바람과 폭풍우, 뙤약볕과 혹한 속을 함께 달려온 세월이었다. 그 세월 동안 등대는 사내에게 벗이었고 연인이었다. 살아가야 할 분명한 이유였으며, 고단한 삶이 기댈 언덕이었다.

하지만 떠나야 한단다.

재우는 등탑으로 들어가 계단을 오르기 시작했다. 한 계단씩 밟으며 자신에게 허락된 날을 헤아려보았다.

9월 30일자로 해직이 통보되었으니 정확히 23일 남은 셈이었다. 내일부터 시작되는 휴가를 계산에 넣는다면 오늘이 등대에서의 마지막 밤이었다.

재우는 등실 외곽의 발판에 주저앉아 어둠에 잠긴 바다를 바라보았다.

"바다에는 자유가 있어."

스물네 살 무렵, 영산에서 만난 술꾼은 그렇게 말했었다.

자유란 세상과의 절연을 의미한다고 재우는 생각했다. 바다에서 인연의 끈과, 그 인연이 만들어내는 그리움과 안타까움과 절망까지 떨쳐내길 바랐다. 그 소원으로 등대지기가 되었다.

그러나 재우는 외딴섬에서 비로소 세상을 사랑하는 법을 배웠다. 어두운 밤바다의 길잡이인 등댓불을 바라보며, 아무도 주목하는 이 없어도 고요히 빛을 던지는 등대의 의미를 가슴 깊이 받아들였다. 그리고 등대를 통해 인연의 끈을 다시 잡았다. 등대지기로서 어머니와 다시 시작할 수 있는 기회를 얻었다.

절망의 나락에 떨어진 사내에게 손을 내민 등대. 재우는 등대에게 빚진 자였고, 등대지기를 천직으로 여기며 한눈 팔지 않고 살아왔다.

그러나 이제 등대를 떠나야 한단다. 이제, 병든 노모와 늙은 개 한

마리를 껴안고 어디로든 가야 한단다.

"선배님!"

어느 결에 올라왔는지 송철용이 다가왔다.

쫓기는 사람처럼 담배 한 대를 서둘러 피운 후 송철용이 말했다.

"사표를 쓸까 해요."

"무슨 소리야?"

"중요한 건 감원이니까, 제가 사표를 쓰면 선배님께서 그만두지 않아도 되잖아요."

두세 달 전 바로 이 자리에서였다. 송철용은 재우가 구조조정 대상에 끼면 가만있지 않겠다고 선언했었고, 그 이야기를 다시 하고픈 듯했다.

재우는 멀어졌다 다가오고, 또 멀어지는 등댓불을 안타까이 바라보았다. 등대지기는 모두 등대를 사랑한다. 재우 자신만이 등대를 지켜야 한다는 것 자체가 독선이고 억지였다. 재우가 남는다면 또 누군가는 쓸쓸히 등대를 떠나야 하는 거였다.

"자꾸만 때가 되었다는 느낌이 들었어. 구명도가 무인등대로 전환이 확정되면서, 내 임무도 여기까지로구나 하는 생각이 떠나지 않았어……내가 정말 가슴 아픈 건 등대지기를 그만둬야 한다는 사실이 아냐. 나말고도 등대를 사랑하는 등대지기는 얼마든지 있으니까. 하지만 무인등대가 될 이곳이 마음에 걸려. 등대지기의 숨결이, 등대지기의 영혼이 깃들지 못한 구명도 등대가 어떤 꼴일지 상상이 돼. 그게 참 견디기 힘들어."

등대는 밤바다의 길잡이로서만 존재하는 것이 아니다. 누군가는 등대의 불빛 속에서 묵묵히 불을 밝히는 등대지기의 마음까지 읽어내며 따듯함과 용기를 얻기도 하는 것이다. 그러나 등대지기가 없는, 단순한 기계적 불빛에 불과하다면 무슨 소용이겠는가.

"이런 식으로 허망하게 선배님을 떠나보낼 수가 없어요."

송철용이 눈물을 글썽였다. 재우는 송철용의 어깨를 가만히 토닥였다.

"송철용 씨는 타고난 등대지기야. 그래서 마음이 놓여."

"농담하지 마세요. 전 아직 멀었어요."

"타고난 등대지기……예전에 정 소장님이 내게 해준 말이야. 처음에는 싫었지. 평생을 외딴섬에서 갇혀 지내라는 소리처럼 들렸거든. 그런데 시간이 지날수록 그 말이 참 고마웠어. 등대지기는 외롭고 고단한 직업이야. 하지만 누군가는 이 자리를 지켜야 하고, 그게 바로 나라는 사실이 가슴 벅차게 다가올 때가 있을 거야. 송철용 씨도 분명 그러리라고 믿어……내가 등대지기를 마치는 그날까지, 혹시 이 말을 전해줄 후배가 없으면 어쩌나 걱정했었어."

재우는 그 옛날 교회 중등부에서 암송했던 전도서의 구절이 떠올랐다.

한 세대는 가고 한 세대는 오되 땅은 영원히 있도다. 해는 떴다가 지며 그 떴던 곳으로 빨리 돌아가고, 바람은 남으로 불다가 북으로 돌이키며 이리 돌며 저리 돌아 불던 곳으로 돌아가고…….

유재우가 떠난 자리를 송철용이 든든히 지키고, 등대도 폈다가 저
문 태양이 다시 떠오르듯 영원히 존재하면 좋겠어.

재우는 송철용의 어깨에 가만히 손을 얹어놓았다.

"내일은 일찌감치 배수로 정비를 해야 할 테니까, 그만 자야겠어."

"휴가잖아요? 그리고 어머니 수술 때문에 서울 가신다고……."

"삼 주가 지나면 난 더 이상 등대지기가 아냐. 삼 주는 아주 짧은 시
간이잖아. 그러니 수술은 좀 미뤄도 될 것 같아."

4.

바다에는 폭풍 전야의 불안한 고요가 감돌고 있었다.

기상 예보에 의하면 필리핀 북쪽 해상에 머무르며 세력을 키우던
A급 태풍이 마침내 북진을 시작했고, 진행 방향으로 미뤄 내일 오후
쯤부터 한반도는 간접적인 영향권 안에 들어갈 것이라고 했다.

9월도 이미 중순을 넘어서고 있었다. 이번 태풍이 지나간 후 성큼
가을이 깊어지겠지. 그리고 구명도와 작별을 고해야 하리라. 소중한
시간은 서둘러 흘러가는 법이라던가, 재우는 시간 위에 못질이라도
하고픈 심정이었다.

정 소장과 어머니는 벤치에 앉아 있었고, 재우는 선 채로 그들을 바
라보았다. 한 살 터울임에도 어머니는 정 소장보다 10년쯤 연상으로
보였다.

나날이 기력이 쇠잔해지고 있는 어머니였다. 식사량이 현저하게 줄어들었고, 협심증의 증세가 깊어진 탓인지 조금만 걸어도 가쁜 숨을 몰아쉬며 식은땀을 흘렸다.

처음 구명도에 왔을 때만 해도 어머니의 건강을 염려하지 않았다. 관심조차 없었다고 하는 편이 옳았다. 하루라도 빨리 어머니의 굴레에서 벗어나고픈 생각밖에 없었다. 그 냉대와 푸대접이 불과 6개월 만에 어머니를 폭삭 늙게 만들어버린 것일까.

정 소장이 사무실 쪽으로 시선을 넘겼다.

"왜 이리 기척이 없어?"

"철용이는 제 휴가를 대신 쓰라고 그제 집에 보냈습니다."

"이길성은?"

"집안에 일이 있다며 오늘 나갔습니다. 내일 아침까지는 돌아올 겁니다."

"그래서 자네 혼자란 말이야?"

재우가 고개를 끄덕이자 정 소장이 얼굴을 붉혔다.

"그 친구 정말 못쓰겠구먼."

정 소장은 아내와 외아들을 태운 배가 바닷속으로 가라앉는 그 순간에도 등대의 불을 밝히기 위해 발전실과 등탑을 분주히 오르내렸다. 그러나 이길성은 어떠한가.

부친의 병환이 예사롭지 않다며, 이길성은 낚싯배가 부두에 도착한 정오 무렵이 되어서야 재우에게 양해를 구했다. 빤히 속이 들여다보였다. 추석을 뭍에서 보내려 미리 작심해둔 모양이었다. 송철용이 당연히 자리를 지킬 것으로 예상했고 재우 역시 휴가를 포기한 상태였으니, 문제 될 것 없다는 판단이었으리라.

하루에 감당할 업무량은 그렇다 치자. 만일의 사태에 대비하기 위해선 반드시 두 명 이상이 지켜야 하는 등대였다. 무슨 일이야 있겠어. 그러나 이길성은 자신만만했다.

재우의 반대에 이길성이 한 번만 눈 감아달라며 애걸을 했다. 재우는 내일 아침 돌아와야 한다는 약속을 받아놓는 것 외에 달리 방법이 없었다.

"나라도 남아 있어야겠군."

"안됩니다."

정 소장으로선 42년 만에 처음으로 맞이하는 한가한 추석이었다. 진작 큰댁을 방문할 계획을 세워놓고 있었고, 모처럼 사람 구실을 해보게 되었노라고 즐거워했다. 그런 정 소장을 잡을 수는 없었다.

한동안 실랑이를 벌이던 정 소장이 체념한 듯 말했다.

"등대가 걱정이 돼서 이러는 거지, 자네 때문은 아닐세."

"등탑이 무너져 내리지 않는 한 등댓불은 돌아가야 한다. 별일이야 없겠지만, 혹시 만일의 사태가 발생한대도 안심하십시오. 소장님 밑에서 팔 년을 생활했습니다. 목숨을 내놓는 한이 있어도 등댓불을 꺼뜨리진 않겠습니다."

정 소장은 소리내어 웃더니 정색을 하고 말을 받았다.

"목숨까지 걸라고 가르친 적은 없었네."

재우는 고개를 들어 등탑을 바라보았다.

등대를 떠나야 한다는 사실을 매순간 자각하면서도, 정작 그 뒤의 일을 생각해보지 못했다. 홀몸도 아니었다. 달리 가야 할 곳이 정해진 바도 없었다. 그럼에도 이상하리만큼 걱정이 앞서지 않았다. 최후의 순간 예기치 않은 일이 자신을 기다리고 있어 등대지기를 계속 하게 되리라는, 근거 없는 기대감에 앞날을 맡긴 기분마저 들었다.

"등대 떠나면 소장님께서 절 책임져주세요."

"허허, 이 사람 내가 무슨 힘이 있다고……."

"소장님께서는 선장 하시고, 전 부선장을 하면 되죠."

"손바닥만한 고깃배에 부선장이라니……일없네. 자네와는 너무 오래 함께 지냈어. 나이든 사람 곁에 있으면 몸도 마음도 빨리 늙는 법일세."

정 소장은 손바닥으로 턱 밑을 쓱 훔치고는 덧붙였다.

"정히 홀아비 사는 꼴을 구경하고 싶다면 서너 달쯤은 참아줄 수 있지."

"홀아비 살림살이는 전혀 궁금하지 않습니다. 누구처럼 구명도 등대를 먼발치에서나마 바라보고 싶어서죠."

정 소장도 재우도 소리내어 웃었다. 하지만 웃음 끝자락은 메마른 우물 속으로 떨어지는 물방울처럼 공허했다.

"저물기 전에 영산에 도착하려면 그만 일어나시죠."

재우는 어머니를 업고 정 소장을 배웅키 위해 부두로 향했다.

깃털처럼 가벼운 어머니가 두 손으로 재우의 목을 감쌌다. 어머니의 메마른 젖가슴 너머 미약한 심장의 고동이 전해져 왔다. 재우는 비탈길을 더디게 내려가며 생각했다.

　며칠 후면 이렇게 어머니를 업고 먼 길을 가야 될 거예요. 어디로 가야 할지, 무엇을 하며 살아야 할지 모르겠어요. 하지만 힘에 부치고 고단해도 어머니를 내려놓는 일은 없을 거예요. 그러니까 어머니도 제발 아프지 마세요. 8년을 남남처럼 담 쌓고 지냈어요. 적어도 8년은 둘째 아들과 살아줘야 되잖아요.

　등대호에 오르기 전 정 소장은 재우에게 손을 내밀었다.

　이틀에 한 번꼴로 이별을 해왔다. 구태여 이별의 절차가 필요한 사이도 아니었다. 난데없이 웬 악수람. 재우는 한동안 정 소장의 손을 내려다보았고, 어머니가 대신 정 소장의 손을 잡았다.

　"가지 마아……."

　"추석 잘 쇠세요. 아드님과 모처럼 맞는 추석을 늙은이가 끼어들어 망쳐서야 되겠어요."

　재우는 뱃전에 올라선 정 소장을 다급하게 불렀다.

　"오래전부터 묻고 싶은 게 있었어요……등대지기는 울지 않는다. 정말 가능한 일이라고 생각하세요?"

　"물끄러미 등탑을 바라보다 까닭 없이 세 번쯤 통곡을 하고 나서야 진짜 등대지기가 되는 거야."

　정 소장은 그 말을 남기고 구명도를 떠났다.

　멀어지고 멀어진 등대호가 수평선 위에 한 점으로 남을 때까지 재우는 부두를 떠나지 않았다. 등대호가 완전히 시야에서 사라지는 순간, 까닭없이 눈물이 솟아올랐다.

5.

바다는 시간이 흐를수록 거칠게 일어섰다.

불어오는 남서풍에는 비의 냄새가 담겼고, 수평선 위에 떠 있던 배들은 뱃머리를 돌려 귀항을 서두르고 있었다. 갈매기들마저 제 둥지에 틀어박혀 가끔씩 삐쭉 고개를 내밀어 수상쩍은 눈초리로 두리번거렸다. 팩스를 통해 들어온 기상청의 통보에 의하면 오후 2시를 기해 남해 전역에 주의보가 내려졌다.

이길성은 돌아오지 않았다.

— 아버님의 병환이 생각보다 위중해서 말이야, 내일은 꼭 들어가지. 본청에서 날 찾거든 유형이 알아서 적당히 둘러대줘.

내일도 돌아오지 않을 이길성이다. 아니, 돌아오지 못할 것이다. 주의보는 경보로 바뀔 가능성이 높았다. 다행히 태풍의 경로에서 벗어난다 해도 최소한 이틀은 홀로 등대를 지켜야 하리라.

재우는 종일 사무실, 발전실, 유류창고, 무신호실, 등탑을 종종걸음치며 쉴새없이 작업에 매달렸다. 숱하게 반복해온 일이건만 돌아서면 이내 미진한 느낌이었다. 혼자라는 사실 때문이리라.

발전실 점등 스위치를 올려 등명기가 환한 빛을 뿌리는 것을 확인하고 나서야, 재우는 긴 안도의 숨을 내쉬었다.

현관 앞에 쪼그리고 앉아 분주히 움직이는 재우를 지켜보던 어머니가 말했다.

"더워?"

"네. 힘든 하루였어요."

어머니는 재우 이마에 맺힌 땀방울을 야윈 손으로 닦아주었다. 재우의 등에 업혀 이곳저곳 옮겨다닌 까닭에 어머니의 몸에도 땀냄새가 배어 있었다.

"엄마, 우리 같이 목욕할까요?"

목욕을 시킬 때마다 애를 먹인 어머니였기에 당연히 도리질을 칠 줄 알았다. 그러나 선뜻 고개를 끄덕였다.

주저하는 쪽은 오히려 재우였다. 서른두 살의 사내가 어머니 앞에서 알몸을 보여야 한다는 게 결코 간단한 일은 아니었다. 그럼에도 어머니와 함께 욕조 안에 들어가고 싶어졌다. 다시는 기회가 없을지도 모른다는 생각이 강하게 재우를 사로잡은 까닭이었다.

어린 재우는 형을 따라 목욕탕을 다니곤 했다. 두 살 터울인 형이 동생의 몸을 제대로 닦아줄 리 없었다. 둘은 실컷 장난만 치다 돌아오기 일쑤였다. 그러나 어느 순간부터 형 혼자 다녔고, 재우는 부엌에서 목욕을 했다.

"너희는 왜 매번 둘이서만 오냐? 아버지가 없니?"

목욕탕 주인의 물음이 형을 창피하게 만든 탓이었다.

재우는 어머니에게 등을 맡겼다. 그 옛날 맵고 야무졌던 어머니의 손길은 사라졌고, 때를 미는 것이 아니라 어루만지는 정도에 불과했다.

"아프니까 천천히 좀 미세요."

재우가 짐짓 몸부림을 치자 어머니가 재우의 등판을 찰싹 때렸다.

시늉하듯 재우의 몸을 닦던 어머니의 손길이 한동안 움직이지 않았다.

"힘들면 그만하세요."

재우는 몸을 돌려 어머니를 바라보았다.

어머니의 눈에서 뚝뚝 눈물이 떨어지고 있었다. 재우는 이유를 물으려다 어머니의 손이 허리춤의 화상 흉터에 머물러 있음을 알아차렸다. 그 옛날에도 어머니의 손길이 멈칫대던 그곳이었다.

다림질을 하던 어머니가 잠시 자리를 비운 사이, 갓난아이였던 재우가 달궈진 다리미 쪽으로 굴러가서 데인 상처라고 했다. 성장 과정에서 얼마든지 일어날 수 있는 사고였다.

"커졌어."

"괜찮아요. 아무렇지도 않아요."

그러나 어머니의 눈물은 계속되었다. 강산이 세 번이나 바뀔 세월이 흘러갔건만, 상처마저 희미한 흔적이 되었건만, 어머니의 가슴에는 여전히 지워지지 않는 흉터로 남아 있는 모양이었다.

이런 어머니를 어떻게 미워했을까. 무슨 자격으로 이런 어머니를 미워하고 괴롭혀왔단 말인가.

어머니는 처음부터 그 자리에 있었던 것이다. 멀어지고 벗어나려 발버둥친 쪽은 재우 자신이었다.

재우는 어머니를 이해할 수 없다고 생각했다. 형과의 차별이, 둘째 아들에게 유독 냉정하고 엄격한 태도가 그랬다. 왜 이해가 앞서야 비로소 사랑할 수 있게 된다고 믿었을까. 이해 없이는 사랑할 수 없었을까. 정말 그때는 어디서부터 어떻게 어머니를 사랑해야 되는 건지 몰랐다.

그러나 어머니는 그런 건 애당초 상관도 하지 않았을 것이다. 그냥 사랑했으리라. 거기에 무슨 이유나 목적은 필요없었다. 늙고 병들고 사고의 능력마저 현저히 떨어졌어도, 어머니는 처음 그 자리 그대로 우뚝 선 채 아들의 상처를 자신의 것인 양 보듬고 있었다.

어머니가 울먹이는 목소리로 물었다.

"명우 어딨어?"

참으로 오랜만에 어머니 입에서 흘러나온 형의 이름이었다. 어느 순간부터 어머니는 형을 찾지 않았다. 마치 당신의 현실을 인정하고 체념한 듯 그렇게.

"형이 보고 싶어요?"

어머니는 순순히 고개를 끄덕였다.

"명우 형이랑 재우랑 누가 더 좋아요?"

"똑같아."

"똑같은데 왜 재우한테만 못된 엄마였어요?"

"아버지랑 똑같아. 걱정돼. 무서워."

어머니는 진저리를 치며 비누거품이 묻은 손으로 두 뺨을 감쌌다.

"명우 형은요?"

"약아. 걱정 없어."

"재우가 아버지를 닮은 게 왜 걱정되고 무서워요?"

어머니는 더 이상 대꾸하지 않았다. 그러나 재우는 어머니의 속말을 들을 수 있었다.

"제가 아버지처럼 될까봐 걱정됐어요? 아버지처럼 약해빠져서, 독한 데라곤 한 군데도 없어서, 아버지처럼 죽게 될까봐 무서웠어요?"

"비 와?"

어머니는 느닷없이 비 타령이었다. 아마 딴전을 부리고 싶은 모양이었다.

"그럼 미리 말씀을 하시죠. 아버지처럼 돼선 안된다고. 강하게 살아야 한다고. 미리 귀뜸이나 해주지 그랬어요?"

하지만 그게 말해서 될 일인가. 말로 가르치고 타이른다고 될 성싶지 않기에, 어머니는 스스로 모질고 엄한 어머니가 되려 했을 것이다.

6.

추석이었다.

8년 만에 어머니와 한자리에서 맞이하는 명절이었다. 그러나 또다시 무정한 아들이 되고 만 듯했다. 태풍의 접근으로 세 명의 등대원 모두 근무해도 손이 부족할 비상 사태였다.

모든 창문에 나무로 덧문을 달아 가렸고, 침수를 막기 위해 문턱마다 모래 주머니를 쌓아올렸다. 유류창고가 높은 파도에 유실될 경우를 대비해 지게질로 등유를 운반해놓았다.

태풍의 예상 경로는 아직 불투명했다. 한반도 남해안을 관통할 수도, 일본 쪽으로 우회할 수도, 서해상을 따라 북상할 수도 있었다.

그러나 구명도는 이미 간접 영향에 들어간 모양이었다. 아침부터 시작된 비는 엄청난 양을 쏟아부었고, 천둥과 번개가 끊임없이 구명도의 하늘을 찢어댔으며, 몸을 제대로 가누기 힘들 지경으로 강풍이 불었다.

재우는 2년 전 겪었던 태풍의 위력을 떠올렸다.

등대 생활을 시작한 이래 가장 참혹했던 일기였다. 주먹만한 돌멩이가 사람이 손으로 던진 것처럼 수평으로 휙휙 날아다녔다. 지상에 있는 모든 유리창이 깨지고 유류창고는 통째로 유실되었다. 바람에 맞선 등탑이 흔들리는 게 눈에 보일 정도였고, 남쪽 직벽을 타고 올라온 파도가 등탑의 허리춤까지 다다랐다.

특히 두려운 것은 등탑 주위에 파란 불꽃을 일으키는 복귀 뇌격이라고 불리는 방전 현상이었다. 구름에서 하강하는 선도 뇌격이 지상에 도달하는 순간, 반대로 지상에서 구름을 향해 상승하는 복귀 뇌격이 발생한다. 선도 뇌격과 복귀 뇌격은 지상에서 50미터 지점에서 만나 낙뢰가 된다. 일반적으로 사람이 목격할 수 있는 것은 하늘에서 떨어지는 선도 뇌격이다.

2년 전에 비견될 만한 위력의 태풍이 다가오고 있는 듯했다. 제발 비껴 지나가길 기원할 도리밖에 없었다. 과연 혼자 힘으로 그만한 태풍과 맞서 등대를 무사히 지켜낼 수 있을지 의문이었다.

어머니는 천둥과 번개가 무섭다며 이불을 뒤집어쓴 채 이따금씩 고개를 내밀어 재우의 존재를 확인했다.

오후 4시였다. 그러나 적난운으로 뒤덮인 하늘은 초저녁처럼 어둑신했다. 평소보다 서둘러 등댓불을 점등시켜야겠다고 생각하며, 재우는 자리에서 일어섰다.

　재우의 기척을 알았는지 어머니가 물었다.

　"어디 가?"

　"금방 돌아올 테니 가만히 계세요."

　"가지 마, 가지 마."

　"발전실에 가서 스위치만 올리고 올 거예요."

　재우가 방을 나서려는 순간이었다.

　"재우야!"

　불러놓고 어머니가 간절한 눈빛으로 재우를 바라보았다.

　"비가 너무 많이 내려요. 그래서 엄마랑 같이 갈 수가 없어요"

　그러나 신발을 신을 때 다시 어머니의 목소리가 들려왔다.

　"재우야!"

　"왜 재우가 걱정돼요?"

　어머니가 냉큼, 그리고 크게 고개를 끄덕였다. 재우는 어머니를 향해 활짝 미소를 지어 보이며 말했다.

　"등대지기는요, 비바람 정도로 넘어지지 않아요. 아무 걱정 마세요"

　현관문을 열고 나가려는 찰나, 이번에는 고함에 가까운 큰 목소리로 재우를 불렀다.

　세 번씩이나 연속으로, 그것도 정확하게 재우의 이름을 불러준 적은 없었다. 그런 어머니가 새삼 고마웠다. 하지만 재우는 내처 걸음을 옮겼다.

재우는 빗속을 내달려 발전실로 들어갔다.

연료탱크 가득 등유를 주입해놓은 후, 발전기에서 등명기로 연결되어 있는 전원 스위치를 올렸다. 당연히 힘차게 가동되어야 할 발전기가 잠시 우웅 소리를 내더니 툭 멈췄다. 몇 차례 스위치를 내렸다 올려보았지만 작동될 기미가 없었다.

어디가 잘못된 것일까. 불길한 예감이 빠르게 온몸을 관통하며 지났다.

발전기가 작동되면 곧바로 등댓불이 점등되고, 등댓불을 소등하면 자동적으로 발전기의 동작도 멈추게 되어 있었다. 잠시나마 작동이 되는 걸로 미뤄 발전기의 이상이 아니었다. 등명기 자체의 고장이거나, 발전기와 등명기 사이의 전원 연결에 문제가 발생한 것으로 추정되었다. 발전실 내부의 전원장치에는 이상이 없었다. 그렇다면 등명기를 점검해야 한다는 의미였다.

* * *

어둠이 서둘러 찾아온 하늘을 향해 재우는 기나긴 한숨을 토해냈다.

두려웠다.

폭우와 광풍과 번개를 뚫고 등탑에 오를 자신이 없었다. 아니, 등탑이 서 있는 언덕 근처조차 가고 싶지 않았다. 뇌우를 동반한 악천후에는 등탑에 접근하지 않는 것이 원칙이었다. 더구나 등탑 꼭대기에 자리한 등실에 오르는 자체가 위험을 자초하는 어리석은 짓이었다.

주의보가 내려진 지 이틀이었다.

바다는 텅 빈 채다. 어선은 물론 대형 선박들도 피항을 마쳤을 것이다. 과연 등댓불을 밝힐 필요가 있을까. 등댓불에게 항로를 물을 조각배 하나 남아 있지 않을 상황이다. 그리고 이미 해고가 결정된 상태가 아닌가.

재우는 망설이고 또 망설였다. 그러나 결국 공구 벨트를 허리에 두르고 폭우 속으로 뛰어들었다.

강풍에 휘청 다리가 꺾였다. 거센 빗줄기에 목덜미가 따가울 지경이었다. 망막을 하얗게 태워버릴 양 번개가 번쩍이자 이어 고막을 찢어놓을 듯한 천둥소리가 들려왔다.

관사 앞에서 재우는 다시 머뭇거렸다.

나 혼자의 몸이 아니다. 만일 무슨 일이라도 생기면 어머니는 어쩌란 말인가.

재우는 망설임을 떨쳐내려는 양 서둘러 관사를 지나쳤다.

등탑 입구에 도달했을 때, 불과 2, 30미터 거리에서 파란 불빛이 폭죽처럼 일어났다. 복귀 뇌격이 발생하고 있는 셈이었다.

"자칫 선 채로 통닭구이가 되겠군."

재우는 중얼거리며 등탑으로 들어섰다. 우우웅, 강풍에 등탑 전체가 흔들리는 소리가 저음악기의 둔중한 울림처럼 위로부터 들려왔다.

나선형 계단이 끝나고, 수직 사다리를 앞에 두고 재우는 또 한번 주저했다.

이제 두려움의 대상은 번개였다. 피뢰침이 있다고는 하지만 완벽한 안전장치는 못되었다.

2년 전 태풍 때 소리도 등대는 낙뢰로 등실의 지붕이 송두리째 날아갔다. 조사 결과 접지 부분에 문제가 있었던 것으로 밝혀졌다. 소리도 등대와 같은 일이 다시 벌어지지 않으리라는 보장이 없었다.

재우는 세차게 머리를 좌우로 흔들어 방정맞은 생각을 몰아냈다. 사다리에 발을 올려놓으며 중얼거렸다.

"등탑이 무너져 내리지 않는 한 등댓불은 돌아가야 한다."

등실 바닥은 흥건할 정도로 물에 젖어 있었다. 유리창의 작은 구멍으로 비가 들이친 탓이었다. 유리창의 교체를 집요하리만큼 요청했건만 번번이 묵살되었다. 결국 말썽의 원인이 된 셈이었다.

문제는 등명기 하단에 달린 비상 전원 연결 장치에 있었다. 등명기의 작동에 이상이 발생하였을 경우 전원을 차단하는 부분에 빗물이 스며들어 퓨즈가 끊어져 버린 거였다.

물기를 제거하고 퓨즈를 갈았다. 채우는 기도하는 심정으로 전원 스위치를 올렸다. 둔탁한 기계음과 함께 등명기는 회전하였고, 등롱 안의 램프는 빛을 발하기 시작했다.

해냈어. 재우는 환호성이라도 지르고 싶은 심정이었다.

그러나 마냥 즐거워할 수는 없었다. 근본적인 대처는 아니었고, 유리창의 구멍을 통해 빗방울은 여전히 날아들고 있었다. 손 과장 말대로 풍선껌이라도 씹어 틀어막고 싶어졌다.

당장은 도리가 없어. 그만 어머니한테 돌아가자.

재우가 중얼거리며 유리창에서 몸을 돌리려는, 바로 그 순간이었다.

7.

끝 모를 깊이의 바닷속으로 한없이 가라앉는 듯했다.

빛도 소리도 형체도 없는, 무중력의 막막한 우주 공간 속을 속절없이 떠돌고 있다는 기분도 들었다.

차가운 빗방울이 얼굴로 떨어지는 것을 느끼며 재우는 현실로 돌아왔다. 그리고 한순간 뜨거운 불기둥이 자신을 관통해 지나갔다는 것을 알 수 있었다. 오랫동안 괴롭혔던 불길한 예감의 정체와 비로소 맞닥뜨린 거였다.

눈을 떴다. 동공을 하얀 천으로 가려놓은 듯 온통 흰 빛이었다. 손가락을 들어보았다. 움직여졌다. 팔꿈치 아래까지는 힘겹긴 하지만 그럭저럭 움직일 수 있었다. 그러나 어깨는 수십 겹의 동아줄로 묶어놓은 듯 꿈적하지 않았다. 허리 밑으로는 아무런 감각도 느낄 수 없었다.

서서히 손을 움직여 하체를 더듬었다. 허리춤에 매달린 공구 벨트는 구워놓은 오징어처럼 오그라들었고, 24밀리 스패너는 엿가락인 양 휘어져 있었다.

재우는 눈을 부릅떴고 조금씩 주위의 형태가 시야에 들어왔다. 이어 등명기가 돌아가는 기계음에 섞여 불빛이 보였다.

아, 등대는 무사하다.

재우는 기나긴 한숨을 토해냈고, 이어 눈시울이 뜨거워졌다.

온몸이 걸레처럼 찢겨진 느낌인데 등대가 무슨 대수일까. 그럼에도 등명기가 12초 주기로 돌아가고 있는가를 확인하기 위해 재우는 숫자를 헤아렸다.

소리도의 경우처럼 등실 지붕이 날아간 것도 아니었다. 그런데 어찌 번개가 재우의 몸을 꿰뚫고 지나간 것일까. 번개는 결국 강력한 전기이다. 유리창의 구멍을 통해 내부로 날아들어 거대한 전도체인 등명기를 노렸을 테고, 그 앞에 서 있던 재우가 당했으리라.

"목숨을 내놓는 한이 있어도 등댓불을 꺼뜨리진 않겠습니다."

정 소장에게 건넸던 그 말이 결국 빌미였을까.

돌아보면 하루하루가 외줄을 타듯 아슬아슬한 순간의 연속이었지만 어쨌든 8년을 잘 버텨왔다. 고작 일주일 후면 더 이상 등대지기가 아니었다. 그런데 그 마지막 순간 툭, 외줄이 끊어졌다. 재우 자신의 다짐처럼 등댓불과 목숨을 교환할지도 모를 상황이었다.

정말 이대로 끝인가.

등대원 발령 직전 낙뢰에 대한 교육을 받은 적이 있었다.

'번개에 맞았다고 모두 즉사하는 것은 아니다. 응급조치를 받는다면 상당 수준까지 회복될 수 있다. 경우에 따라선 잠시 정신을 잃었다가 말짱하게 깨어나는 기적도 종종 있다. 미국의 한 삼림 감독원은 일

곱 차례나 번개에 맞고도 살아났다고 한다.'

그러한 기적적인 소생이 자신에게 일어날 수 없다는 것을 재우는 알 수 있었다. 응급조치를 받아야 그마나 회복의 가능성이 있을 것이다.

상당 부분의 근육 조직이 무력하게 되었다. 특히 허리에 두르고 있던 공구 벨트에 낙뢰가 유입되면서 중추신경계를 무너뜨렸고, 하반신을 아예 움직일 수조차 없게 만든 듯했다.

그러나 외상보다 걱정스러운 것은 내상이었다.

호흡이 점점 가빠졌다. 누룩이 들어간 밀가루 반죽처럼 온몸이 빠르게 부풀어오르는 느낌이었다. 강력한 전기가 내부를 훑고 지나면서 장기가 화상을 입은 상태인 듯했고, 폐와 신장의 손상이 심각한 모양이었다.

얼마나 시간이 흐른 것일까.

재우는 시간을 확인하기 위해 왼손을 눈앞으로 힘겹게 이동했다. 4시 50분. 4시에 관사를 떠났으니 고작 50분이 흘렀을 뿐이라는 건가. 그러나 초침은 멈춘 상태였고, 낙뢰를 맞은 시점에서 시계는 망가진 거였다.

유리창 너머는 짙은 어둠에 감싸여 있었다. 바람은 더 강해진 듯했고, 번개와 천둥이 여전히 기승을 부리고 있었다.

동일한 장소에 두 차례 낙뢰가 떨어질 확률은 수천만 분의 일이다. 그러나 온통 망망대해였고, 20여 킬로미터 반경에서 가장 높은 곳이 등탑이다. 따라서 확률 자체는 전혀 신뢰할 것이 못된다.

아, 어머니.

재우는 두려움 속에서 어머니를 떠올렸다. 그리고 어머니 역시 겁에 질린 채 아들을 부르고 있으리라는 생각에 미쳤다. 그건 참으로 비통한 자각이었다.

최악의 상태였다. 치명상을 입은 육체 중 움직일 수 있는 곳이라곤 겨우 손 정도였다. 지상에서 아득한 높이인 등탑 꼭대기였고, 게다가 수직 사다리는 기어 내려가는 것조차 막아서고 있었다. 외딴섬에는 정신도 육체도 온전치 못한 어머니뿐이었다. 구조의 손길을 기대할 수조차 없었다. 재우가 현재 어떤 지경인지 아무도 모를 것이었다.

무엇에 희망을 걸 것인가.

누군가는 전화를 걸어올지도 모른다. 이길성일 수 있다. 추석 연휴긴 하지만 본청에서 연락을 취해올 가능성도 배제할 수 없다. 6시간에 한 번씩 구명도 인근의 기상을 보고하게 되어 있고, 보고를 받지 못한 기상청 담당자가 이상한 조짐을 느낄 수도 있다. 그러나……

외딴섬 등대지기의 안녕을 묻기 위해 폭풍우의 바다를 건너올 자가 과연 있을까.

이렇게 죽어야 하는 것인가.

홀로 남게 될 어머니는 어찌 되는가.

겨우 마음의 문을 열어 어머니를 받아들였다. 어머니와 함께 다시 시작하길 원했고, 어머니의 여생까지 내내 동행할 각오였다.

"엄마……."

뼈를 저미는 듯한 두려움과 절망 속에서 재우는 어머니를 부르고 또 불렀다.

내려가야 한다. 어떡하든 여기서 내려가야 어머니의 손을 잡을 수 있다. 내려가서 어머니의 손을 잡으면 기필코 살아날 방도가 있으리라.

재우는 팔꿈치를 바닥에 대고 상체를 일으키려 안간힘을 썼다. 그러나 육중한 납덩어리를 어깨에 올려놓은 양 꿈쩍도 하지 않았다. 도리 없이 두 손으로 바닥을 기기 시작했다. 채 1미터도 안될 사다리까지의 거리였다. 그럼에도 지구에서 달까지의 거리만큼이나 아득하기만 했다.

재우는 사다리에 턱을 기대고 밑을 내려다보았다.

까마득한 깊이의 어둠이 재우를 향해 죽음의 유혹인 양 손짓을 하고 있었다.

8.

알록달록 우리 아가 꼬까신
아장아장 어디어디 가느냐
산을 넘을 테냐 강을 건널 테냐
알록달록 우리 아가 꼬까신

서너 살배기 아이였다.

저만치서 아이의 엄마가 두 손을 활짝 벌린 채 노래를 부르고 있었다. 꼬까신의 아이가 넘어질 듯 뒤뚱거리며 엄마를 향해 다가가고 있었다. 냉큼 품에 안길 듯하면 어느새 엄마는 저만치의 거리로 물러섰다. 아이는 그런 엄마가 야속해서 울었고, 엄마는 아이의 이름을 불렀다.

"재우야!"

사다리에 턱을 고인 채로 잠이 들었던 모양이다. 아니다. 재차 정신을 잃었고, 점차 혼미의 늪 속으로 빠져드는 재우를 어머니가 무의식 저편에서 흔들어 깨운 거였다.

"재우야!"

환청이야. 관사를 나오려 할 때의 어머니 목소리를 다시 듣고 있을 뿐이라고 재우는 생각했다.

어머니가 세 번씩이나 이름을 불러주었던 이유를 비로소 알 듯했다. 어머니는 자식에게 닥칠 위험을 본능적으로 알아차렸다. 하지만 재우는 어머니의 간절한 만류를 뿌리친 셈이었다.

매번 그런 식이었을지도 모른다. 어머니는 변함없이 손을 내밀고 있었는데 재우 편에서 번번이 무시해버렸으리라.

"재우야!"

환청이 아니었다. 재우는 주위를 두리번대다 사다리 아래를 굽어보았다.

아, 거기 어머니가 있었다.

나선형 계단이 끝나고 수직 사다리가 시작되는 부분이었다. 어머니는 한껏 고개를 젖힌 채 재우를 애타게 부르고 있었다. 그러나 번연히 어머니를 보면서도 재우는 선뜻 당신의 존재를 믿을 수 없었다.

어머니가 무슨 수로 예까지 왔을까. 폭우와 강풍과 천둥 번개를 뚫고, 그 가파른 비탈길을 어떻게 올라왔을까. 겨우 서너 발짝 떼어놓는데도 가쁜 숨을 몰아쉬던, 만신창이가 된 심장을 안고 있는 어머니가 아닌가.

쇠잔한 기력으로 백아흔아홉 계단을 어찌 다 밟았을까. 두려움과 외로움이 늙고 병든 어머니를 인도하는 힘이었을까. 아니, 아니다. 어머니는 사경을 헤매는 아들을 향해 이 악물고 다가온 것이었다.

"엄마……"

"나쁜 놈!"

어머니는 울기 시작했다. 두 손으로 사다리의 발판을 부여잡고 어린아이처럼 엉엉 소리내어 울었다. 어머니의 울음 속에는 단순히 고통스러웠던 여정이 담겨 있는 것은 아니었다. 당신의 뜻을 거역한 자식을 그렇게 꾸짖는 것이리라.

재우는 복받쳐오르는 설움을 참기 위해 입술을 깨물었다.

엄마, 나 많이 아파요. 엄마가 나를 좀 만져줬으면 좋겠어요. 하지만……우린 너무 가깝고, 또 너무 멀리 떨어져 있는 거예요……마지막 순간까지 엄마를 못 보게 되면 어쩌나 했어요. 이렇게 얼굴을 보여줘서 고마워요. 그러니 이젠 됐어요.

"내려가요 내려가서 방에 가만히 있어요"

그러나 어머니는 오히려 사다리 철제 발판에 한 발을 올려놓았다.

"재우도 금방 내려갈 거예요. 어서요."

아무리 강풍이 몰아쳐도 폭우가 쏟아져도 뇌성이 울부짖어도, 누군가 구명도에 나타날 때까지 참고 기다려요.

아, 어머니는 나머지 발도 발판으로 옮겼다.

"안돼요!"

재우는 비명처럼 소리쳤고, 쿨럭쿨럭 기침을 토해냈다. 밭은기침을 참아내며 다시 외쳤다.

"제발 그러지 마요! 엄마는 올라올 수 없어요!"

"할 수 있어. 잘할 수 있어."

아니다. 어머니는 할 수 없다. 담력이 센 사내들도 오금이 저려 오르지 못하던 곳이다. 무엇보다 어머니에게 그럴 만한 기력이 남아 있지 않다.

어머니는 착각을 하고 있었다. 결코 영산 버스 터미널에서 옥수수를 사던 것처럼 간단한 일이 아니었다. 왜 어머니에게 터무니없는 자신감을 심어주었던가. 재우는 뒤늦은 후회로 몸을 떨었다.

어머니는 두 손으로 사다리의 발판을 잡고 재차 한 발을 옮겼다. 재우는 필사적으로 손을 내저었다.

치매로 정신은 온전치 못하고 협심증으로 기력마저 쇠잔해진 어머니. 당신을 지탱하게 만드는 힘은 도대체 무엇일까. 무엇이 당신의 두려움을 몰아내는 것일까. 그 무엇이 죽음마저 뛰어넘어 아들을 향해 한발한발 내딛게 하고 있는가.

어머니의 얼굴은 어둠 속에서도 단박 눈에 띌 만큼 창백해져 있었다. 저러다가 협심증의 발작이라도 일으킨다면, 결국 힘이 부쳐 사다리를 잡고 있는 손을 놓고 말리라. 수십 길 등탑 밑으로 추락하고 말 것이고……

설사 무사히 등실로 들어선다 해도 결코 반길 일이 아니었다.

재우는 자신의 비참한 꼴을 어머니에게 보이고 싶지 않았다. 치매의 어머니라도 자식이 죽어가고 있다는 것쯤은 판단할 것이다. 자식을 앞세워 보낸 부모는 그 자식을 땅에 묻는 것이 아니라 가슴에 묻는다고 하지 않던가.

그리고 올라오는 것보다 내려가는 쪽이 한층 더 힘겨울 터였다. 까마득한 깊이의 아래를 쳐다보는 것만으로도 어머니는 포기하고 말겠지. 단순한 두려움 때문이 아니다. 어머니를 인도하는 것은 오로지 모성본능이고, 그런 어머니가 죽어가는 자식을 남겨두고 홀로 내려가진 않을 것이다.

구조의 손길이 다가올 시간조차 예측할 수 없는 난폭한 일기가 계속되고 있었다. 관사에 머무른다면 적어도 허기와 죽음의 공포에 시달리진 않아도 될 것이다. 하지만 등실은 달랐다. 구조의 시간이 늦어진다면 결국 어머니 역시 삶의 끈을 놓고 말게 되리라.

어머니는 차라리 자식과 한자리에서 죽어가길 바라는 것일까.

말려야 한다. 무슨 일이 있어도 어머니를 더 이상 오르지 못하게 해야 한다.

재우는 공구 벨트를 더듬었다. 엿가락처럼 휘어진 스패너를 빼들어 밑을 향해 휘둘러댔다. 손아귀의 힘이 풀리며 스패너를 놓쳤다.

악, 외마디 비명이 들려왔다. 떨어진 스패너가 어머니의 이마를 때린 모양이었다. 금방 선홍빛 핏방울이 이마에서 뺨을 타고 흘러내렸다.

재우는 서둘러 고개를 돌렸지만 차라리 잘된 일이라는 생각이 들었다. 이제 단념하고 내려가리라.

그러나 어머니는 다시 올라오기 시작했다.

"제발 내려가요! 제발……."

악을 쓰고 애걸하는 것 외에 방법이 없었다. 차라리 질끈 눈을 감아버리고 싶은 심정이었다.

어머니는 스물여덟 칸 중 절반쯤 올라와 있었다. 사다리를 잡은 어머니의 손이 사시나무처럼 떨고 있는 것이 보였다. 어머니는 연신 가쁜 숨을 몰아쉬면서도 재우를 향한 시선을 거두지 않았다.

재우는 도리질을 치고 또 쳤다. 고함을 지를 힘조차 남아 있지 않았지만 눈물은 끊임없이 흘러내렸다.

어머니가 또다시 한 칸을 올라왔다. 이어 또 한 칸…….

* * *

추웠다.

폭염이 내리쬐는 사막 한가운데 버려진 느낌이건만 몸은 한정 없이 떨려왔다.

재우는 눈을 떴다.

손 내밀면 닿을 듯 가까이 있는 어머니를 확인하자 희뿌연 안개에 묻혀버린 것 같던 의식이 서서히 선명해졌다. 어머니의 손이 등실 바닥을 짚는 순간 정신을 잃었다. 그 사이 얼마나 많은 시간이 흘러갔고, 어떤 일이 있었는지 모르겠다.

재우는 어머니의 무릎을 베고 있었다. 어머니가 당신의 무릎 위에 재우의 머리를 올려놓았으리라.

"아파?"

어머니의 물음에 재우는 대뜸 악을 썼다.

"여긴 뭐하러 올라왔어요! 뭘 어쩌겠다고 바보같이 여길 와요!"

"많이 아파?"

"당장 내려가요!"

"아프지 마. 내가 살려줄게."

눈물이 주르르 흘러내렸고, 어머니가 손등으로 재우의 눈가를 훔쳐댔다.

종이 기저귀를 거부하는 어머니에게 재우는 힘들다고 푸념을 늘어놓았고, 어머니는 몸뻬 위에 종이 기저귀를 두르고 지금처럼 말했다. 하지만 그 말의 의미는 사뭇 다른 셈이었다.

"아프지 마, 내가 살려줄게."

어머니는 잠투정하는 아이를 어르듯 바닥에 누운 재우의 가슴을 토닥토닥 두드리며 같은 말을 반복했다.

아, 이게 어머니의 사랑이구나. 이렇게 어머니는 날 사랑해왔구나.

그걸 왜 이제서야 알게 되었단 말인가. 왜, 죽음의 그림자가 빠르게 덮쳐오는 지금 이 순간에야 절감하고 있을까.

재우는 어머니를 향해 손을 내밀었다.

"엄마, 날 좀 안아줘요."

재우는 어머니의 야윈 젖가슴에 얼굴을 묻고 통곡했다. 손을 뻗어 어머니 이마에 난 상처를 어루만지며 울고 또 울었다.

어둠이 물러가고 날이 밝았다.

천둥과 번개는 주춤해졌다. 그러나 폭우와 강풍은 더욱 거세지고 있었다. 구명도가 폭풍의 영향권 안에 완전히 들어선 듯했다.

어머니는 빗물이 흥건한 등실 바닥에 모로 누운 채 잠이 들어 있었다. 깊은 잠일 수 없었다. 강풍이 몰아쳐 등탑이 몸부림을 칠 적마다 깨어났고, 그때마다 어머니는 어김없이 물었다.

"아파?"

"엄마가 옆에 있으니까 하나도 안 아파요."

"내가 살려줄게."

"그럼요. 엄마는 재우를 꼭 살려줄 거예요."

말해놓고 재우는 눈물을 들키지 않기 위해 등명기를 쳐다보았다.

등댓불을 소등할 시간이었다. 전원 연결 장치까지는 1미터를 기어가야 한다. 그러나 몸을 움직일 만한 힘이 남아 있지 않았다.

등대지기가 죽어가고 있다. 그런데 등대에 불을 밝히는 것이 무슨 대수란 말인가. 재우는 등명기를 외면하려는 양 눈을 감았지만 잠시뿐이었다.

만일 소등을 하지 않는다면……

발전기 연료탱크로 등명기를 돌릴 수 있는 시간은 24시간이었다.

줄곧 켜둔 상태라면 오후 4시에 비상용 배터리에 의해 가동이 될 것이다. 배터리로는 고작 12시간이었다. 그렇다면 내일 저녁부터 구명도 등대는 불을 밝힐 수 없으리라. 다행히 바다가 가라앉고 이길성이 온다면 문제 될 것은 없었다.

그러나 등대지기는 섣부른 낙관을 해선 안된다. 언제나 최악의 경우를 대비해야 한다. 폭풍이 물러간다 해도, 이틀 정도는 거센 파도가 뱃길을 가로막을 것이다. 하루라도 더 등댓불을 밝히기 위해선 지금 소등을 해야 한다.

그러나 재우는 망설였다. 몸의 상태가 빠르게 악화되고 있었고, 이런 몸으로 어둠이 찾아왔을 때 다시 점등을 할 수 있게 될지 의문이었다. 이래저래 마찬가지 상황일지 모른다.

아직은 등대지기다. 등대지기가 존재하는 이유는 오직 등댓불을 밝히기 위해서다. 내일 당장 죽음이 찾아와도 나에겐 여전히 오늘이 남아 있고, 오늘의 몫으로 등대를 사랑하는 거다.

재우는 어머니를 불러 손가락으로 전원 장치 부분을 가리켰다.

"저리로 데려다 줘요."

9.

"밥 줘!"

재우는 납을 매단 듯 자꾸만 감기는 눈꺼풀을 힘겹게 들어올렸다.

"배고파, 밥 줘!"

본능적인 몸부림으로 아들에게 왔지만 치매의 상태로 되돌아가고 만 어머니였다.

재우는 한동안 아무런 대꾸도 할 수 없었다. 안타까움과 서글픔에 또다시 콧등이 시큰해졌다.

"밥 줘, 썩어 자빠질 놈아!"

단순한 투정이나 억지가 아니었다. 어제 저녁부터 꼬박 굶은 셈이니 허기질 만도 했다.

"보세요, 여긴 아무것도 없잖아요. 그러니까 제발 내려가란 말예요. 냉장고를 열어보면 송편도 있고 산적도 있고, 엄마 좋아하는 부침개도 있어요."

추석맞이를 하라고 정 소장이 가져온 음식들이 고스란히 남아 있었다. 어머니 혼자 사나흘은 족히 버틸 양이 될 것이다.

그러나 욕설을 퍼부을 뿐 어머니는 꿈쩍도 하지 않았다.

어머니를 맥없이 사지로 끌어들인 죄값을 받고 있는 기분이었다.

삭발을 당한 채 기둥에 묶인 삼손이 하나님을 향해 단 한 번의 힘을 기원했듯이 재우는 기도라도 하고픈 심정이었다. 어머니를 내려보낼 수 있을 만한 힘을 얻게 된다면, 악마에게 영혼이라고 팔아치우고 싶었다.

"너만 배불리 처먹고 난 굶겨죽일 거야, 오살할 잡놈아!"

"엄마는 멋대로 투정을 부리지만 내 가슴은 찢어져요. 나도 내려가고 싶어요. 엄마만이라도 내려보내 드리고 싶다고요. 하지만 이 꼴을 보세요. 나더러 어쩌라는 거예요?"

어머니는 재우의 심중을 정확히 파악한 양 입을 다물었다.

빗방울이 다소 성글어지는 듯했다.

지금이 기회였다. 어머니의 얼굴이 창백하게 변해가고 있었다. 더지체한다면 어머니는 쇠잔한 기력조차 모두 잃고 말 것이었다.

"엄마, 그만 내려가세요."

"같이 가."

"엄마 먼저 내려가시면 재우도 갈 거예요."

"싫어. 같이 가."

"자꾸 이러면 화낼 거예요."

어머니는 재우의 말을 그대로 옮겼다.

"자꾸 이러면 화낼 거야."

그 말에 담긴 어머니의 뜻을 모르지 않았다. 하지만……

재우는 혼신의 힘을 다해 고함을 질렀다. 달래고, 눈물을 뿌리며 애걸을 했다. 그러나 어머니는 단호히 고개를 젓고는 처음으로 돌아간 듯 말했다.

"배 고파. 밥 줘!"

재우는 눈을 감았다. 아니, 눈꺼풀이 제 힘을 견디지 못해 내려앉은 느낌이었다. 잠이 밀려드는 건지, 간신히 붙잡은 의식의 끈을 스르르 놓쳐버리고 있는지 알 수 없었다.

신음이 절로 입 밖으로 튀어나왔다. 숨쉬기가 곤란할 만큼 가슴에 통증이 심했고, 현기증 때문에 눈앞이 졸지에 암흑으로 변했고, 몸은

걷잡을 수 없을 지경으로 떨렸다.

＊ ＊ ＊

유리창 너머 먹구름에 뒤덮인 하늘에서 끊임없이 장대비가 쏟아졌다. 번개가 들이쳤음에도 유리창 구멍은 예전 그 모양 그 크기였다. 그러나 볼펜 뚜껑만한 구멍으로 강풍이 무수한 빗방울을 몰고 밀려들었다.

재우는 등명기 하단에 머리를 비스듬히 기댄 채 누워 있었다. 전원 장치 부분이 비에 젖는 것을 막기 위해서였다. 그러나 빗방울은 재우의 얼굴까지 미치지 못했다. 어머니가 무릎을 세우고 앉아 온몸으로 빗방울을 막아주고 있는 탓이었다. 수없이 만류했지만 어머니는 내내 고집을 부리고 있었다. 재우는 등대를 지키고, 그 아들을 어머니가 지키고 있는 셈이었다.

서글픈 현실 속에서 재우는 옛 생각에 잠겼다.

초등학교 저학년 때였다. 비가 오는 날이면 어머니는 어김없이 교문 앞에 우산을 들고 서 있었다. 난희의 노란 우산, 형 몫의 이단으로 접는 우산. 재우의 우산은 언제나 비닐 우산이었다. 재우는 그게 불만이었다.

그러나 어머니 몫의 우산은 아예 없었다는 사실을 그때는 미처 몰랐다. 쏟아지는 비를 맞으며 뛰어가는 어머니를 당연하게 생각했고, 비닐 우산밖에 건네주지 않는 어머니를 원망했으며, 비닐 우산을 함부로 다루며 투덜대던 재우였다.

하얗게 질려 있는 어머니의 입술을 바라보며 재우는 고개를 떨구었다. 벌을 받아야 할 사람은 정작 재우 자신인데, 어머니는 아들의 죄값을 대신하려는 양 고통을 감내하고 있었다.

재우는 어머니를 지켜보며 삶에 대한 애착을 되살렸다. 어쨌든 이 곤경에서 헤어나고 싶었다.

어머니처럼 될 수는 없었다. 어머니처럼 자신을 버리고 헐어가면서까지 당신을 사랑하지는 못하겠지. 그러나 어머니에게 받은 게 열이라면 그 하나라도 제대로 갚고 싶었다.

희망은 스스로 포기하지 않는 한 반드시 이루게 되어 있다고 하지 않던가. 재우는 눈을 감았다. 아직 남아 있는 가능성과, 어머니를 내려보낼 방도를 궁리했다.

"명우야!"

재우는 어머니가 형의 이름으로 자신을 부르고 있다고 생각했다. 그러나 어머니의 눈길은 오히려 재우 반대편을 향하고 있었다.

"얼마나 보고 싶었는데, 이제 오면 어떡해……이리 와라. 이 엄마가 너를 좀 안아보자꾸나……."

어머니는 헛것을 보고 있었다.

한동안 허상의 큰아들과 이야기를 나누던 어머니가 물에 젖은 자루처럼 모로 쓰러졌다. 육체적 정신적 한계에 도달한 셈이었다.

10.

차가운 감촉에 재우는 눈을 떴다.

어머니가 두 손으로 빗방울을 모아 재우의 입으로 흘려보내고 있었다. 재우는 입을 벌린 채 목젖을 움직여 빗방울을 넘겼다. 타오르는 숯불을 삼킨 듯한 고통이 사라졌다. 이어 어머니는 허옇게 갈라진 재우의 입술을 젖은 손가락으로 어루만졌다.

재우는 생각했다. 어머니가 곁에 없었다면 번개에 의한 내상이 아니라 갈증으로 먼저 죽고 말았을 거라고.

"더 줄까?"

"아뇨"

재우가 대답하자 어머니는 비로소 당신의 입술을 축이기 시작했다.

치매와 모성본능. 어머니는 마치 두 개의 의식 사이에서 시소를 타고 있는 듯했다. 그리고 재우가 위험한 지경에 처했을 때마다 어머니는 본능의 지시를 받은 양 재우에게 손을 내밀었다.

재우는 무엇인가 자신의 하체를 빠져나가는 느낌이었다.

오줌이었다. 자신의 의지와 무관하게 오줌을 싸고 만 것이었다. 생리적인 것조차 처리할 능력을 상실했다는 참담함과 자괴감……

아, 어머니는 이런 기분을 수도 없이 느꼈겠구나. 그런 당신을 탓하고 윽박지르던 재우였다. 수치심을 안기고 모욕했던 아들이었다.

재우는 어머니의 눈길을 피해 바닥에 흘러가는 오줌을 바라보았다. 붉은 빛이 선명했다. 퉁퉁 부어오른 전신, 그리고 피오줌. 급성 신

부전의 증세라고 짐작되었다. 마지막 순간이 빠르게 다가오고 있는 셈이었다.

어둠이 밀려들었다. 어둠이 내리면서 다시 빗방울은 거세졌고, 등탑은 시종 강풍에 시달리고 있었다.

재우는 손을 뻗어 전원 장치의 스위치를 올렸다.

등명기가 돌아가고 등댓불이 12초 주기로 폭풍의 밤바다 위에 빛을 뿌리기 시작했다. 여전히 바다는 텅 빈 채일 테고, 재우와 어머니 외에 아무도 지켜보지 않는 등댓불이었다. 그러나 서글픈 일만은 아니라고 재우는 생각했다.

"재우가 등대지기인 거 알아요?"

어머니가 천천히 고개를 끄덕였다.

"아들이 등대지기면 엄마도 절반은 등대지기인 거예요. 그러니까 엄마도 이 노래는 알고 있어야 돼요."

얼어붙은 달 그림자
물결 위에 자고
한겨울의 거센 파도
모으는 작은 섬
생각하라 저 등대를
지키는 사람의
거룩하고 아름다운
사랑의 마음을

여느 사람들이 예사로이 불러대는 노래였다.

기타를 막 배우기 시작한 소년의 어설픈 흥얼거림이거나, 깜박이는 등댓불을 바라보며 한순간 감상에 빠져든 처녀이거나, 하다못해 노래방에서 밑천이 떨어진 술꾼들의 합창이거나……

하지만 정작 등대지기 자신들은 좀처럼 부르지 않는 노래였다.

누구는 노래로 풀어내기에는 삶의 무게가 지나치게 무겁기 때문일 것이고, 누구는 처연한 가락으로 옮기며 속울음을 삼키는 것이 마땅치 않을 테고, 또 누구는 품고 감싸두었다가 어느 날 자신의 전부를 한 소절의 노래 위에 다 실을 수 있기를 소망하리라.

다시는 부를 수도 듣지도 못할 노래라는 것을, 재우는 알고 있었다.

이제 무엇이 남았을까. 돌아본 자신의 인생이 과연 노랫말처럼 거룩했을까. 아니, 적어도 아름다운 적은 있었을까.

모르겠다. 모르겠어.

다만 한 가지……한 소절 노래 위에 한 사내의 전 생애를 실을 수 있다는 것이 반드시 덧없지는 않으리라. 외딴섬 등대지기로 살다 등탑에서 삶의 마침표를 찍는다는 것이 반드시 슬픈 일만은 아니리라.

11.

몇 번은 깜박잠에 빠진 듯했다.

또 몇 번은 정신의 끈을 놓쳐버린 듯했다.

밤은 가고 아침이 찾아왔다. 세번째 밤이 끝났고, 네번째 낮이 시작된 셈이었다.

비는 그쳐 있었다. 등탑을 뒤흔들던 강풍도 사뭇 기세가 꺾였다. 바다는 여전히 높은 파고로 일렁거렸지만 집채만한 파도로 들끓던 때에 비하면 차라리 고요한 호수였다.

엄청난 위력의 태풍은 구명도를 관통하고 지나며 등대지기를 거꾸러뜨렸다. 그러나 등대만큼은 어쩌지 못했다.

재우는 손을 내밀어 전원 장치를 차단하지 않았다. 재우의 계산대로라면 두어 시간 안에 배터리는 완전 방전이 될 것이고, 절로 등명기는 멈춰버리고 말 것이었다.

두어 시간이 새삼 안타까운 의미로 다가왔다. 그만큼이라도 다가올 어둠을 대비해 소등해두어야 옳았다. 하지만 겨우 손가락만 움직여질 정도로 근육이 굳어진 상태였다. 그리고 어머니의 손을 맞잡고 있었다. 손을 빼내면 다시는 어머니의 손을 잡을 기회가 찾아올 성싶지 않았다.

죽음은 이제 발치까지 도달해 있었다. 밤이 다가올 때까지 자신이 버텨낼 수 없다는 사실을, 재우는 알았다. 어머니 역시 그랬다. 아니, 재우보다도 빨리 죽음의 경계를 넘어서고 있는 듯했다.

어머니는 빈번하게 헛것을 보았고, 그때마다 정신을 잃곤 했다. 허기와 탈진이 어머니를 빠르게 마지막 순간으로 몰아가고 있었다.

컹컹……

해피의 울음이 등탑 아래에서 들려왔다. 평소의 우렁찬 울음이 아니었다. 폭우와 강풍으로 듣지 못했을 뿐이지, 해피는 줄곧 주인을 향해 기나긴 울음을 토해냈던 모양이다.

해피의 울음을 들은 때문일까. 어머니의 눈꺼풀이 더디게 열렸다.

태풍은 끝이 났어요. 엄마, 조금만 더 견디세요.

그러나 재우는 한마디의 말도 입 밖으로 끄집어낼 수 없었다. 스스로도 믿기지 않는 어설픈 희망이어서가 아니었다. 목구멍에 날을 세운 유리조각이 무수히 박혀 있는 듯한 통증 때문이었다.

오랜만에 눈을 뜬 어머니는 누운 채로 힘겹게 속옷을 벗으러 들었다. 재우는 어머니를 말리고 싶었다. 임종을 앞둔 노인네들은 하루에도 수차례 속옷을 갈아입는다고 했다. 그런데 무슨 까닭에 속옷마저 벗어내려는가.

어머니는 끝내 속옷을 벗었고, 그 속옷에 바닥에 고인 빗물을 적셔 재우의 입가에 댔다.

아, 육체적 고통과는 또다른 신음이 재우의 입에서 흘러나왔다.

재우는 이제 비로소 알 듯했다. 어머니가 당신의 목숨을 내놓은 채 왜 자신에게 왔는지, 치명상을 입고도 지금까지 견딜 수 있도록 만든 힘이 과연 무엇이었는지…….

살고 싶었다. 어머니의 간절한 소망대로 살아남고 싶었다.

재우는 터지고 갈라진 혀를 내밀어 젖은 속옷을 핥았다. 어머니의 젖을 탐하는 허기진 아이처럼 속옷에 담긴 물기를 빨았다. 한 방울, 또 한 방울…….

갈증을 완전히 씻어내기엔 턱없이 부족했지만 가물가물 멀어지던 의식은 점차 또렷해졌다. 새까맣게 협착이 되어버린 듯한 목구멍이 열렸고, 재우는 경련이 일어 씰룩거리는 입술을 더듬거리며 말했다.

"난 이제 됐어요. 엄마 차례예요."

그러나 어머니는 속옷을 당신의 입술로 가져가지 않았다. 팔을 움직일 만한 기력조차 남아 있지 않은 듯, 재우 쪽으로 마냥 손을 내민 채였다.

"어서요, 엄마!"

어머니의 눈꺼풀이 힘없이 닫혔다.

"엄마!"

재우의 다급한 외침에도 어머니의 눈꺼풀은 열리지 않았다. 어머니는 자식을 앞세워 보내고 싶지 않은 모양이었다.

이젠 눈물조차 말라버렸다.

만일 어머니가 내게 오지 않았더라면, 내 인생이, 그리고 어머니의 삶이 더 길어졌을지 모르겠다. 아마 그랬을 것이다. 하지만 구명도에서 지낸 짧은 순간, 어머니와 다시 시작할 수 없었다면……. 내 인생은 좁고 어두운 병 속에 갇힌 것과 같아서, 사랑의 빛도 향기도 없었으리라. 그러니까 아주 슬픈 종국은 아니다. 그 누가 어머니의 손을 부여잡고 세상과 이별을 하겠는가.

"엄마……사랑해요."

서른두 해를 살아오면서 재우는 단 한 번도 말하지 않았다. 어머니에게 태연하게 할 수 있는 말이 아니라고 생각했다.

어머니는 자신의 살과 뼈를 내주며 삼남매를 키웠다. 하지만 어머니는 삼남매 누구에게서도 들어보지 못했을 것이다.

"재우가 엄마를 사랑하는 거 처음부터 알고 있었죠?"

어머니의 얼굴에 고요한 미소가 번졌다. 그리고 그 미소는 옅어지지도, 더 깊어지지도 않은 채로 있었다.

반짝, 어머니의 얼굴 위로 구름을 벗어난 태양이 햇살을 드리웠다.

재우는 속옷을 움켜쥐고 있는 어머니의 손등에 입을 맞췄다. 빠르게 어머니의 손등은 온기를 잃어가고 있었다.

재우는 두 눈을 부릅뜨고 어머니를 바라보려 했다. 마지막 순간까지 어머니를 바라본 채 잠든 듯 세상과 이별하고 싶었다. 그러나 절로 눈이 감겼고, 의식은 다시 어둡고 깊은 동굴 속으로 가라앉고 있었다.

재우는 아득해지는 의식 속에서 보았다.

어머니는 저 멀리, 까마득한 곳을 향해 걸어가고 있었다. 잠깐 돌아볼 만도 한데, 손 한번 흔들어줘도 좋으련만, 재우만 남겨둔 어머니였다. 여기까지 같이 왔는데, 마지막 고비길도 같이 넘어섰으면 좋겠는데, 당신 홀로 가야 할 길인 양 잰걸음으로 멀어지고 멀어졌다.

에필로그

구명도는 머나먼 섬이다.

남도의 항구 도시인 영산에서 꼬박 3시간 난바다를 헤쳐 나가야 닿을 수 있는 구명도는, 이제 무인도이다. 네 명의 사내가 등댓불을 밝히며 살던 시절은 끝이 났다.

외딴섬 구명도. 그래도 갈매기들은 봄이면 날아와 1년의 절반을 보내고, 등대지기를 떠나보낸 등대는 어김없이 불을 밝힌다.

해피가 정 소장을 앞서 부두를 벗어나 비탈길로 접어들었다. 앞발을 경중경중 들어올리고 기세 좋게 꼬리를 흔들며 비탈길을 뛰어올랐다.

정 소장이 서서히 걸음을 떼어놓기 시작했다.

재우는 줄곧 배수로가 엉망이 된 비탈길을 내려다보았다. 정 소장의 등에 업힌 상태임에도 헛발을 내딛을 듯한 느낌에 고개를 들지 못했다. 언덕을, 언덕 위 하얀 등탑을 차마 바라볼 수 없는 까닭이었다.

살아서 떠날 수 없으리라 믿던 곳이다.

그러나 재우는 살았다. 어머니를 등탑에 묻고 제 홀로 살아남았다. 살아서 태연하게 돌아온 거였다.

태풍이 소멸한 즉시 구조의 손길이 다가왔다. 정 소장의 노력으로 해경의 헬기가 구명도 상공으로 날아왔을 때 어머니는 이미 세상을 버린 뒤였고, 재우는 마지막 숨을 헐떡거리는 순간이었다.

담당의사는 재우가 두 번의 기적을 경험한 거라고 했다. 번개를 맞아 즉사하지 않은 바가 그렇고, 장기의 상당 부분이 손상을 입은 상태에서 나흘을 견뎠다는 자체가 두번째 기적이라고 했다.

"당신의 강한 의지가 당신을 살린 겁니다."

확신에 찬 담당의사의 말이었다.

재우는 대꾸하지 않았다. 그걸 어찌 설명할 수 있을까. 어머니가 마지막 순간까지 빗물에 적신 속옷을 자신의 입에 대어주던 걸, 도대체 무슨 낯으로 고백한단 말인가.

재우는 꼬박 1년을 입원해 있었다. 다섯 차례 전신마취에 이은 대수술을 받았다. 6개월을 병상에 누워 있어야 했고, 재활치료로 나머지 6개월을 보냈다. 끝내 허리 아래의 신경을 되살릴 수는 없었다. 자신의 두 발로 영영 대지를 딛을 수 없다는 의미였다.

비탈길을 올라선 정 소장은 내처 구릉지로 향했다.

재우는 고개를 돌려 막 지나쳐온 관사를 보았다. 홀로 8년을 살았던, 그리고 마지막 6개월을 어머니와 동거했던 관사. 현관 출입구에는 기다란 널빤지 두 장이 X자로 못질되어 있었다.

정 소장은 구릉지 벤치에 재우를 내려놓았다.

색이 바래고 군데군데 칠이 벗겨진 상태였다. 게다가 세 개의 허리 버팀목 중 두 개는 빠져버려 벤치의 구실조차 제대로 해낼 성싶지 않았다. 그래도 용케 남아 있다는 사실이 새삼 고맙고 반가웠다.

난희를 위해 만들었지만 본인은 정작 몇 차례 앉아보지 못했다.

난희는 지난달 마침내 결혼을 했다. 난희로선 초혼이었고, 은행나무 사랑이라던 피디는 재혼이었다. 큰 파도를 겪은 뱃사람은 작은 파도를 근심하지 않는 법일까. 재우는 담담히 난희를 떠나보냈다. 자신의 처지를 직시한 까닭일지도 모른다.

재우는 퇴원을 앞두고 줄곧 생각했다.

내 인생은 끝이 난 거다. 하반신 마비. 쓸 수 없는 절반의 육체처럼, 인생 역시 딱 절반만 포기할 수 있다면 좋으련만……

현실은 결코 나머지 절반에 기대 걸 수 있을 만큼 관대하지 않았다. 당장 가야 할 곳도, 할 수 있는 일도 없었다. 그리고 어머니를 죽음으로 내몰았다는 자책은 날로 깊어졌다.

재우는 마지막으로 구명도를 보기 원했다. 수시로 영산에서 서울까지 먼 길을 오가던 정 소장이 퇴원에 맞춰 구명도로 데려왔다.

잠자코 담배를 피우던 정 소장이 자못 활기찬 목소리로 말했다.

"오늘부터 자네를 등대호 부선장으로 임명하겠네."

재우는 씁쓸히 웃고는 예전에 정 소장이 했던 말을 되돌렸다.

"손바닥만한 고깃배에 부선장이라뇨? 일없습니다. 소장님과는 너무 오래 함께 지냈어요. 솔직히 이젠 지겹네요."

"난 자네를 기필코 부선장으로 써먹어야겠네."

"제 꼴을 보세요. 험한 뱃일을 이 꼴로 어찌합니까? 병신 주제에 배를 타면 소장님도 망신, 저도 망신입니다."

"일단 해봐. 할 수 있어."

재우는 정 소장에게서 고개를 돌렸다. 아니, 자신의 내부에서 울려 퍼지는 어머니의 목소리를 외면하고 싶은 거였다.

할 수 있어. 잘할 수 있어……. 어머니가 영산 터미널에서 옥수수를 사본 이후 입에 달고 다니던 말이었다. 그리고 등탑의 수직 사다리를 오르면서 목이 메도록 외치던 바로 그 말이었다.

정 소장은 재우를 쏘아보더니 휙 몸을 돌려 관사 쪽으로 걸어갔다.

해피가 다가와 재우의 신발 위에 턱을 올려놓았다. 1년을 만나지 못했건만 해피는 제 주인에 대한 애정을 고스란히 간직하고 있었다.

정 소장의 모습이 관사 뒤편으로 사라진 것을 확인한 후, 재우는 아랫입술을 깨물고는 고개를 젖혔다.

시리도록 하얀 빛의 등탑이 시야에 들어왔다. 수많은 밤을 불면으로 이끌었던 등탑이다. 맥없이 어머니를 떠나보낸 곳이었고, 그 순간을 기억하는 것조차 염치없는 노릇에 불과하다고 생각했었다.

"엄마……."

눈물이 주르르 흘러내렸다. 악다문 입술을 비집고 울음이 흘러나왔다.

재우는 벤치 등받이에 얼굴을 묻었다. 겨우겨우 사다리로 올라와 손등으로 눈가를 닦아주던 어머니가 사무치도록 그리워, 재우는 울고 울었다. 아프지 마, 살려줄게. 쓰러진 아들의 가슴을 토닥이며 했던 그 말을 떠올리며, 재우는 꺼억꺼억 통곡했다.

"어미가 되어서 언제나 널 울리기만 했구나. 정말 미안하다. 하지만 이젠 그만 울어라. 어미 때문에 우는 건 아주 나쁜 일이란다. 어미 때문에는 더는 울지 말아라."

재우는 고개를 들었다. 환청이라고 하기엔 너무나도 또렷한 어머니의 목소리였다. 아, 눈물로 흐려진 눈이지만 재우는 분명히 보았다. 등실 유리창에 기대선 어머니가 손을 내밀고 있는 모습을.

어머니가 마지막으로 당신의 목소리와 모습을 보여주고 있는 거라고, 재우는 생각했다. 그리고 살아야 할 이유를 잃은 아들을 달래고 꾸짖는 거라고…….

정 소장은 들고 온 삽으로 벤치 밑을 파헤쳐 항아리를 꺼냈다.

"모친과 자네가 벤치에 앉아 있는 모습이 참 보기 좋았지. 그래서 임시로 여기에 모셨었네. 이제 자유롭게 보내드리게."

재우는 떨리는 손으로 백자 항아리 뚜껑을 열었다.

손바닥을 펴자 한 줌의 어머니가 풀풀풀 연기처럼 흩어졌다. 고단했던 어머니의 인생은 그렇게 아들을 떠났다.

유골 항아리 바닥에 반듯하게 접은 화선지가 있었다. 제법 도톰한 내용물이 느껴졌다.

"펴보게. 모친께서 자네에게 남긴 거니까."

더듬더듬 화선지를 펼치던 재우는 뚝 손을 멈추었다.

빗물에 적셔 재우의 입술에 물려주던 그 속옷. 마지막 순간까지 자식을 살리려던 어머니의 안간힘이 고스란히 담겨 있는 그 속옷.

재우는 무릎 위에 속옷을 올려놓은 채 넋을 놓고 바라보았다.

"모친께서 자네에게 그토록 바랐던 것이 무엇인지 이제야 알겠는가? 자네는 이제 함부로 죽을 수도 없는 몸일세."

휘익, 불어온 바람에 속옷이 재우의 무릎을 벗어나 저만치 떨어졌다.

재우는 지체없이 손으로 땅을 짚어 벤치를 내려왔다. 그리고 속옷을 향해 엉금엉금 기어갔다. 두 다리를 잃은 채 맞닥뜨려야 할 세상이 만만치 않을 테지만, 살아가야 할 이유가 저만치 있었다.

재우는 속옷을 집어 뺨에 댔다.

정 소장의 목소리가 등을 넘어왔다.

"그만 가세. 내일은 물때가 좋아서 고기깨나 들 거니까, 자네가 고생 좀 할 거야."

재우는 크게 고개를 끄덕였고, 그 순간 등대가 어스름의 바다 위에 기나긴 빛을 던지기 시작했다.

재우는 등탑으로 시선을 서서히 옮겼다. 어머니는 여전히 등실 유리창에 기대선 채 재우를 향해 손을 내밀고 있었다.

"아들이 등대지기면 엄마도 절반은 등대지기라는 말 생각나요? 그런데 엄마 혼자서 구명도 등대를 다 차지하고 있군요. 잘됐어요, 잘됐어요. 이제부터는 엄마가 재우의 등대지기인 거예요."

― 끝 ―

작가 후기

　'문학은 자기 구원의 행위'라는 니체의 말을 그다지 신뢰치 않습니다. 앞으로도 내내 그러할 듯합니다. 문학은 궁극적으로 작가 자신보다는 독자를 향해 열려 있어야 한다는 믿음 때문입니다. '자기 구원의 행위'가— 그런 게 있다면 말입니다— 문학의 품격을 가늠하는 기준이라면, 제 글은 처음부터 엇나간 셈입니다.

　저는 엄숙한 사람이 아닙니다. 어깨에 힘주고, 구두끈 조이고, 눈에 핏발 세운 채 자기 탐색에 열중하는 부류가 못됩니다. 어떤 기자가 평한, "작가라는 인상보다는 비디오 대여점 주인 같다"는 말이 참으로 마음에 듭니다.

　그렇습니다. 헐렁헐렁 살고 싶습니다. 빈틈없이 무장된 사람보다 듬성듬성 허점이 있는 사람들과 사귀고 싶고, 그 사람들의 시선으로 세상을 살고 싶습니다.

　세상은 참으로 엄격하고 냉정합니다. 빈틈없는 시각으로 바라보면 정말 정나미 떨어지는 세상입니다. 하지만 세상 어딘가에 허점이 있다고 믿습니다. 그 허점이 따뜻함이 아닐까, 그 허점이 정나미 떨어지는 세상을 견디게 하는 힘이 아닐까 생각합니다.

〈가시고기〉를 통해 세상에 빚진 바가 많습니다. 〈등대지기〉를 쓰면서 그 생각이 잠시도 떠나지 않았고, 분에 넘치는 사랑도 때로 짐이란 것을 새삼 알았습니다. 이제 절반이나마 빚 갚음하기를 소망합니다. 그러나 막상 〈등대지기〉의 출간을 앞두고 부끄러움만 확대시켜 놓은 느낌입니다. 부디 용서하십시오.

재주가 성하지 못한 저로선 그저 더딘 걸음으로 걸어보는 도리밖에 없습니다. 가고, 또 가다 보면 어디쯤에선 부끄러움도 가실 줄 믿습니다.

2001년 8월

조 창 인